LES

TROIS CAPS

JOURNAL DE BORD

PAR

P. BRANDA

PARIS

LIBRAIRIE SANDOZ ET FISCHBACHER,

33, RUE DE SEINE, 33

1877

LES
TROIS CAPS

JOURNAL DE BORD

PAR

P. BRANDA

PARIS

LIBRAIRIE SANDOZ ET FISCHBACHER,

33, RUE DE SEINE, 33

1877

LES TROIS CAPS

1

4 juin 1875.

Le feu de Chassiron pâlit et tremblote à l'horizon...
un faible rayon de lumière est le dernier lien qui
nous unit à la France.

A chaque mouvement de tangage, il brille ou
s'éclipse... puis rien...

Adieu, patrie !...

Adieu, patrie !... Puissions-nous au retour te retrouver en paix, régie par des institutions fécondes...

Puissions-nous retrouver, noyée dans le mépris
public, cette poignée de faquins et d'hypocrites qui
te mène au fouet en t'aspergeant d'eau bénite !...

N'ayez cure, messieurs les substituts de la Providence, le monde marchera sans vous, comme il a
marché malgré vous... Les lois éternelles fonction-
neront très-bien sans le secours de votre sagesse... les
blés mûriront, le bien-être se répandra, la raison publique se développera, les sciences feront des conquêtes nouvelles... Sans vous, on fera des enfants ;
sans vous, les mères les nourriront du lait de leurs
mamelles ; sans vous, le père protégera le berceau de
son enfant. Sermonneurs insipides, mettez moins de
zèle à vivre à nos frais, calmez votre soif de mo-

nopoles et de priviléges, refrénez vos appétits de
grasses sinécures, et nous vous croirons désinté-
ressés... Si vous n'étiez que la mouche du coche, à la
rigueur on se ferait à votre bourdonnement inutile,
mais c'est pitié de voir chanceler un noble coursier
anémié par la vermine.

6 juin 1875.

Nous approchons des solstices ; le terrible golfe de
Gascogne, comme un lazzarone au soleil, s'endort dans
le farniente. Voiles serrées, le navire, à la vapeur,
glisse doucement sur la mer tranquille.

Délicieuse soirée. — Au coucher de l'astre radieux,
nous avons aperçu dans le sud, à l'horizon, de grands
nuages immobiles colorés de rose... Salut, sierras de
la poétique et folle Espagne !...• La nuit se fait, les
étoiles scintillent dans un ciel transparent, les matelots jouent et causent ; à huit heures on voit un feu,
le beau feu d'Estaca, non loin du cap Ortegal.

Mon isolement me pèse ; le sympathique visage de
M. X..., officier du bord, m'invite à nouer conver-
sation ; mais comment faire ?

« Les phares, dis-je en regardant Estaca, se multi-
plient tous les jours et doivent singulièrement atténuer les difficultés de la navigation côtière.

— C'est l'indispensable complément de la vapeur;
on doit aux nouveaux feux des économies de temps
et de charbon incalculables ; plus on a les moyens
d'aller vite, plus on a besoin, pour les utiliser, de
moyens de reconnaissance.

M. — L'antiquité les a connus : le phare d'Alexandrie,

gigantesque colonne au haut de laquelle on entretenait un brasier, est resté célèbre. La nature en est peut-être l'inventeur ; le Stromboli éclaire aujourd'hui les marins comme au temps d'Homère. Pendant la nuit, la lave incandescente au fond du cratère illumine l'atmosphère supérieure et couronne le volcan d'une rouge auréole visible de très-loin.

X. — Un feu de pêcheur allumé sur la grève fut, si l'on veut, le premier phare ; cependant la lentille à échelons inventée par Buffon, sans laquelle aucun progrès n'était possible, me semble le vrai point de départ de tous nos travaux modernes... Fresnel tira de la lentille de Buffon tout ce qu'elle pouvait produire ; l'éclairage des côtes est à lui seul un titre de gloire immortelle pour ce grand physicien.

M. — Le phare actuel est donc une œuvre toute française. Par cette création, nous avons bien mérité de l'humanité, et c'est au pied de ces monuments que nous avons le droit de dire avec la chanson :

Que l'on est fier d'être Français,
Quand on regarde la colonne.

Combien un phare peut-il sauver d'existences et de richesses ?... Quels services rendus par le seul feu d'Ouessant, par exemple !... Millions d'hommes et milliards de valeurs sauvés par cette *Stella maris*. Le savant est le saint des temps modernes, si, comme il est juste, la sainteté se mesure aux bienfaits...

X. — Aussi la science de l'optique et la science des constructions ont-elles rivalisé de zèle. Rien d'admirable comme le phare scintillant des Roches-Douvres ; élevée sur un écueil à fleur d'eau, en pleine mer, au milieu de courants de foudre, cette puissante colonne de fer a lancé ses magnifiques étincelles dans Paris, à l'exposition universelle.

M. — Autrefois les navigateurs échappés à quelque grand péril dédiaient un temple à Neptune; aujourd'hui leur piété devrait élever un phare.

7 juin 1875.

Après avoir suivi de très-près la côte d'Espagne, nous quittons le cap Finistère, énorme masse granitique d'un imposant aspect. Les continents aiment à finir en surgissant à pic des profondeurs marines; on ne les voit guère, à leurs extrémités, s'insinuer cauteleusement dans le sein de la plaine liquide; à la plébéienne furie des vagues, ils opposent la hautaine impassibilité aristocratique des monts rocheux.

Rencontre d'un croiseur espagnol courant à contrebord; — il surveille la côte, et cherche à couper la bande de brigands organisée par Don Carlos des secours expédiés par l'internationale légitimiste et cléricale.

Ce qui me remet en mémoire ce pieux fragment de l'*Union* :

« Notre armée est pleine d'enthousiasme et de foi chrétienne, on récite le chapelet une fois par jour... Glaceron me montrait l'autre jour un crucifix qu'il sortait de sa poche et me disait : Voilà celui à qui nous devons la prise de Vich. »

Farceurs!

Jésus s'est fait crucifier pour livrer Vich à des bandits, pour être porté dans la poche de Glaceron et pour servir d'étendard à des pétroleurs !.

Arriverons-nous jamais à nous pénétrer de cette

vérité primitive : Incendier au nom du Roy ou de la Commune, c'est être un incendiaire ; assassiner au nom de Marat ou de Jésus-Christ, c'est être un assassin.

Mais non, les *honnêtes gens* entendent se réserver tous les monopoles, même ceux de l'incendie et de l'assassinat.

8 juin 1875.

41° Nord, 12° Ouest.

On a laissé tomber les feux, le navire s'est couvert de toile ; tout est dehors, cacatois et bonnettes. Mollement soulevée par la grande houle de l'Océan, la carène plonge bientôt après son avant dans des flots de blanche écume... Une douce brise de nord nous conduit vers les alisés réguliers comme le mouvement de la terre dont ils sont la conséquence...

Car la rotation de la terre se fait partout sentir : sur la molécule d'air appelée des pôles par les chaleurs tropicales, sur le boulet projeté dans une direction nord et sud en les déviant à droite, sur la locomotive lancée le long d'un méridien en la pressant contre le rail de droite.

13 juin 1875.

Au point du jour, la vigie signale la terre... et bientôt, dans les lueurs de l'aurore, nous voyons se dresser à l'horizon les montagnes élevées de Palma.

La Grande Canarie appartient à ce groupe d'îles volcaniques appelées jadis Fortunées. Là, flotta le puissant pavillon tyrien, ce protégé de Melkarth, le dieu voyageur, fils de Baal. Tyr la superbe couvrait alors la mer de ses vaisseaux ; les uns allaient aux Fortunées, ceux-ci aux Cassitérides, riches en étain, ceux-là, sur la foi des moussons, voguaient vers la merveilleuse Taprobane, célèbre par ses diamants, ses perles, son ivoire, ses tigres ; l'ambre de la Baltique attirait ses commerçants par la Voie Sacrée.

« Les vaisseaux de la mer, dit le prophète, ont entretenu votre commerce, vous avez été comblée de biens, élevée dans la plus haute gloire au milieu de la mer... Les peuples qui vous ont bâtie n'ont rien oublié pour vous embellir... Ils ont fait les étages de votre vaisseau de sapins de Sanir, ils ont pris un cèdre du Liban pour vous faire un mât, les chênes de Basan pour vous faire des rames, l'ivoire des Indes pour vos bancs. Le fin lin d'Egypte tissu en broderies a composé la voile ; l'hyacinthe et la pourpre d'Elisa ont fait votre pavillon. »

Je comprends l'enthousiasme du prophète. En grandeur véritable, nulle nation ne dépassa Tyr. Elle a des colonies dans le Pont-Euxin ; elle exploite les mines d'argent de l'Espagne à Tartessus et à Gadès ; elle a des factoreries dans le golfe Persique ; elle explore la côte d'Afrique jusqu'au cap Bojador. La Grande-Bretagne, Ceylan, les Canaries sont les trois sommets du triangle exploité par la valeur tyrienne... sans parler de ses caravanes qui pénètrent au centre de l'Asie.

Malgré notre juste fierté des conquêtes de la science moderne, je ne sais si nous ne devons pas une admiration plus profonde à l'industrieuse audace de ce petit peuple qui osa lancer si loin ses barques chétives, et reculer à de telles distances les bornes du monde connu. Si l'exercice des mâles vertus est le plus noble titre à la gloire, qui osera en disputer la palme à ces hardis explorateurs ?

Après la destruction de Tyr et de Carthage, l'esprit des grandes entreprises maritimes sommeilla ; des conquêtes océaniques, il resta le vague souvenir et le nom des îles Fortunées.

Les Français les retrouvèrent en 1330 ; mais cette spirituelle nation tire toujours les marrons du feu pour le compte d'autrui.

Les Espagnols s'en emparèrent ; pour convertir le pays, ils recoururent à leur procédé favori : le massacre en masse, — conformément à la doctrine de Sépulvéda, chapelain de Charles-Quint et instituteur de l'infant Philippe, qui soutient que, d'après les lois de l'Église, c'est un devoir d'exterminer quiconque refuse d'embrasser la religion catholique. Là où les sectateurs de Baal avaient fraternellement échangé leurs produits avec les indigènes, ces évangéliques exterminateurs tuèrent tout au nom du Dieu.

Comme ses sœurs, les autres îles du même groupe, la Grande Canarie surgit du fond des eaux en témoignage de l'antique puissance des forces souterraines. Le vaste cratère à demi démantelé, dont la grandiose ruine s'élève au centre de l'île, devint pour Léopold de Buch un sujet de profondes investigations ; il y puisa la théorie de ses nouvelles conceptions géologiques.

Du mouillage, les regards se promènent sur des vallées toutes vertes de pampres, sur des vallons ombreux, des montagnes pelées, rougeâtres, tour à tour incendiées par le soleil ou délayées par la pluie.

Une citadelle délabrée couronne la ville ; rois et
moines ont pompé le sang de ce vaillant peuple espagnol, race noble s'il en fut ; et peut-être aujourd'hui, de
toutes les agglomérations européennes, celle où règne
le sentiment le plus élevé de la dignité humaine...
encore un lion mourant sous les suçoirs des parasites.

La ville n'est pas grande, l'île entière ne comptant
guère plus d'une vingtaine de mille âmes ; dans ce
pays brûlé, l'architecture des maisons à galeries intérieures répond aux besoins d'un climat où le premier
luxe est la fraîcheur.

De grands yeux noirs, curieux et sympathiques, nous
regardent aux fenêtres ; car l'Espagnol est bienveillant
pour l'étranger, quand son orgueil national n'est pas
en jeu. Quelques soldats déguenillés dorment à l'ombre
de beaux arbres à l'entrée du palais du   uverneur.

Au fond du vallon à l'entrée duquel la ville est
bâtie, de chaque côté d'un large lit de galets, à sec en
ce moment, s'étendent de vastes champs de cactus
une sorte de neige couvre cette bizarre végétation de
plantes grasses toujours vertes ; cette neige sera bientôt
la cochenille, elle est formée par la dépouille des-
séchée des femelles de ces hémiptères, dépouille
remplie d'œufs, sépulcre couvant la vie.

Malgré la beauté du ciel, la fertilité du sol, les qualités singulières de terrains d'où jaillissent les vins
parfumés, campagne et ville portent le cachet de la
misère. La paresse et l'ignorance, ces dignes filles du
monachisme, trônent avec l'assurance de reines in-
contestées ; elles se savent le fondement des mœurs,
l'essence de la vie, et regardent avec sérénité le défilé
de révolutions qui ne sauraient les atteindre.

14 juin 1875.

Dans l'après-midi, nous avons appareillé, et bientôt après nous contemplions du large l'ancienne Fortunée, chaos de monts, de pics, de dentelures, de masses surplombantes. On dirait une mer de lave aux vagues colossales subitement figées. En réalité, est-ce bien autre chose?...

Peu à peu ces montagnes se désagrégeront, s'écouleront vers l'Océan, molécule par molécule, disparaîtront sans laisser de trace, puis une dépression de la croûte terrestre remplacera par quelque abîme ces cimes orgueilleuses. Simple affaire de temps, — chose énorme pour nous, indifférente à l'éternelle nature. Plus loin, des profondeurs sous-marines surgiront au-dessus des flots des formes nouvelles. Les ondulations de la vague marine sont une miniature des grandes ondulations continentales de la surface terrestre; celles-là se comptent par secondes, celles-ci par milliers de siècles, — dans le macrocosme, c'est tout un. Tout phénomène se traduit en mouvement; les uns, comme les vibrations de l'onde lumineuse, s'évaluent par milliards à la seconde ; les autres, les périodes célestes, défient notre langue de trouver des mots, et notre esprit des images, pour exprimer la lenteur de leurs éternités.

Ces pics des Canaries, comme le Chimborazo, le Kitchinja, sont les crêtes de vagues dont la hauteur est une fonction de la gravitation, de la résistance de l'écorce terrestre et des forces souterraines, comme

1.

l'élévation de la lame est une fonction de la pesanteur et du vent.

15 juin 1875.

26° 48' Nord, 18° 40' Ouest.

M. — Quel beau coucher de soleil!... on chercherait en vain dans tout le ciel un soupçon de nuage, l'horizon violet de la mer tranche comme une ligne mathématique sur le ciel empourpré.

X. — La parfaite transparence de l'atmosphère nous permettra sûrement de voir le rayon vert.

M. — Qu'appelez-vous le rayon vert?

X. — Au moment précis où le disque du soleil disparaît au-dessous d'un horizon absolument pur, l'astre radieux lance un dernier rayon d'un vert éblouissant.

En effet, quand le beau cercle pourpre se déroba entièrement à nos regards, il en jaillit, comme adieu, une sorte d'étincelle électrique d'une merveilleuse couleur émeraude.

M. — C'est un phénomène purement subjectif... c'est-à-dire physiologique et nullement physique. Il faut nous délier de nos sens, dans l'étude du monde extérieur... Ils nous jouent souvent de très-mauvais tours... L'illusion du rayon vert, couleur complémentaire du rouge, doit tenir à la contemplation prolongée du disque d'un pourpre éclatant.

17 juin 1875.

20° 20' Nord, 21° 30' Ouest.

M. — Belle brise, ronde et régulière, depuis vingt-quatre heures on n'a pas touché une corde : c'est du bon temps pour l'équipage ; les pauvres gens, dans les régions australes, trouveront assez d'occasions d'exercer cette énergie, cette résistance à la fatigue qu'on admire avec justice dans l'homme de mer.

X. — Nous sommes en pleins alisés ; ici tout est fixe : houle, direction du vent, force de la brise ; les hommes de barre suffisent à mener ce vaste appareil de coque, de mâts et de voilure.

M. — Ce ciel bleu foncé sur lequel courent de grands nuages cotonneux est d'un aspect tout particulier... mais regardez donc : dans les régions inférieures de vastes nuées blanches et massives suivent le vent de toute sa vitesse ; d'autres, plus déliées, mais non moins rapides, s'élancent en sens contraire dans les hauteurs atmosphériques.

X. — C'est un effet du contre-courant supérieur. Tandis qu'à la surface, les molécules aériennes, appelées du nord par les chaleurs équatoriales, s'infléchissent vers l'ouest sous l'influence du mouvement de la terre, qui glisse sous elle pour ainsi dire, et se transforment en vent de nord-est, le vide produit par cet appel dans les régions hyperboréennes se comble par le vent de sud-ouest des régions supérieures. L'air dilaté dans la fournaise équinoxiale s'élève dans l'espace et s'élance vers le pôle par un mouvement hélicoïdal diamétralement opposé à celui des alisés. —

Aussi, suivant leur élévation, les nuées sont-elles emportées par des forces de directions contraires... L'inégalité de température entre l'équateur et les pôles entretient ce mouvement éternel. La moyenne de l'équateur thermal est de 31°, celle du pôle nord de — 23° ; mais entre le plus grand froid nord et la plus haute chaleur tropicale, la différence dépasse de beaucoup 100° ; cette différence de température et ses oscillations annuelles sont les grands moteurs aériens; la chaleur est la cause de tous les mouvements à la surface de la terre, comme elle est la source de toute vie.

M. — Oui, le soleil est bien l'âme du monde, et je ne puis blâmer les peuples enfants de l'avoir élevé au rang des dieux. Le monde physique est la base nécessaire du monde intellectuel, et l'étude de ses lois nourrit d'un robuste aliment notre intelligence. Si la nature n'est pas la plus haute manifestation de l'Eternel, elle est son merveilleux vêtement. Le roseau pensant l'emporte en noblesse sur l'univers ; mais que penserait ce roseau si l'univers n'existait pas ? L'amour de la nature est le cachet du vrai spiritualisme, le dédain du monde extérieur n'a pu naître que d'un mysticisme idiot.

X. — Quelle force tient ainsi ces nuages suspendus dans l'espace ?... l'eau s'y trouve sans doute à l'état vésiculaire ; dans les brumes, on peut très-bien observer au microscope ces petits ballons aqueux.

M. — Probablement les globules dont se composent les nuées tombent sans cesse; mais rencontrant dans leur chute de l'air non saturé de plus haute température, ils se vaporisent et remontent en vapeur dans les couches plus élevées pour s'y condenser de nouveau à l'état globulaire. Dans cette hypothèse, les

nuages, par leur constitution, tiendraient une place
intermédiaire entre les corps solides et les corps vivants... Les nuées auraient une certaine analogie avec
les êtres animés, dont le principal caractère est de
puiser et de rejeter sans cesse dans le milieu ambiant
des particules élémentaires; elles se rapprocheraient
aussi de ce que nous appelons des solides, corps dont
en réalité les molécules vibrent incessamment...
Sous la seule influence de la chaleur, les montagnes
changent à toute seconde de densité, de volume, de
figure géométrique; ces changements, imperceptibles
pour nous, ont sans doute pour quelques infiniment
petits une valeur plus grande que pour nous les variations de formes d'un nuage. Aux derniers échelons de la vie, ne trouvons-nous pas des êtres dont la
forme est aussi flottante que celle des nuées et qui
constituent, dans le milieu où ils nagent, de petites
nuées vivantes?... Et nous, de l'enfance à la décrépi-
tude, quelles variations extérieures ne subissons-nous
pas?... De la naissance à la mort d'un nuage, de la
condensation d'un corps humain à sa dissolution, ne
s'écoule-t-il pas deux périodes également fugitives
devant l'Eternel?

19 juin 1875.

16° 40' Nord, 21° 10' Ouest.

X. — Nous passons entre les îles du cap Vert et la
côte d'Afrique, gare aux tornades!... c'est maintenant
la saison.

M. — Ces coups de vent sont, dit-on, d'une violence extrême.

X. — Les cyclones ne soufflent pas avec plus de furie ; mais les tornades ont une courte durée, souvent le coup de fouet ne souffle pas plus d'un quart d'heure ; elles agissent d'ailleurs dans un espace très-restreint. Des symptômes bien caractérisés les annoncent, et si l'on ne se laisse pas surprendre, on jouit d'un beau spectacle sans danger.

M. — A-t-on pu constater la loi à laquelle elles sont soumises ? Déjà Dowe, Piddington, Bridet ont fait sur les tempêtes des observations du plus haut intérêt.

X. — La tornade suit la loi des cyclones, la grande loi universelle du tourbillon ; Descartes a renfermé dans quelques mots toutes les formes des mouvements naturels : ondulation, vibration, tourbillon. Or, les phénomènes, à quelque ordre qu'ils appartiennent, se résument en mouvements. Quand le vent soulève sur une grande route un tourbillon de poussière, nous assistons à une miniature de tornade, comme la tornade est un diminutif du cyclone.

M. — C'est bien encore l'image du travail des forces célestes... La nébuleuse du Chien de chasse et celle de l'aile boréale de la Vierge ne sont-elles pas visiblement de grands tourbillons ?... Poussière d'atomes ou poussière de soleils, la loi est la même. Notre système solaire envisagé dans son ensemble avec son double mouvement de translation et de rotation, et même chaque astre individuel, décrivant son orbite en tournant sur son axe, portent le cachet indélébile de leur antique état de tourbillon... La tornade doit être, sans doute, un majestueux météore ?

X. — Dans la direction de la terre ferme, des éclairs illuminant un ciel serein en sont le prodrome habituel.

L'horizon se charge peu à peu de nuées très-épaisses,
ces nuées s'amoncellent en un vaste segment noir;
sur ce fond sombre, de petits nuages blancs, déliés,
capricieux, frétillent avec une vivacité extrême, chan-
geant de forme à chaque instant, — des infusoires
dans une goutte d'eau, suivant votre idée de l'autre
jour, — le grand segment noir monte vers le zénith avec
une majestueuse lenteur. L'homme énervé se sent
transformé en condenseur électrique; un calme
solennel se répand sur les eaux, tout mouvement est
suspendu. Enfin la sombre nuée a gravi 30 à
40 degrés de hauteur..., comme un cavalier qui, après
avoir longtemps maintenu son impatiente monture,
lui lâche la bride en lui-labourant les flancs de l'épe-
ron, elle s'élance tout d'un coup dans le champ du
ciel en s'illuminant en tous sens... la mer fouettée par
le vent s'élève en poussière liquide, ses vagues écra-
sées par cette terrible puissance cherchent vainement
à s'insurger. La pluie tombe à torrents, le vent siffle
et hurle, la foudre gronde, les éclairs décrivent de
tous côtés leurs aveuglantes lignes fantaisistes. Si vous
avez conservé un peu de toile, veillez bien votre
barre, car le vent saute avec une étonnante rapidité.
Mais bientôt la brise mollit, les feux s'éteignent dans
l'atmosphère silencieuse, une agréable fraîcheur succède à la chaleur étouffante de l'orage. Il y a détente
dans la nature et dans l'organisme humain; toutes ces
bouteilles de Leyde sont déchargées... Si nous man-
quons les tornades, nous traverserons en tout cas le
pot-au-noir, ensemble des phénomènes météoriques
ayant avec elles plus d'une analogie.

M. — Comme la mer change de couleur!...

X. — Nous sommes sur des hauts fonds; par notre
travers se trouve le banc d'Arguin, de sinistre mé-

moire... Les marins n'osent en approcher comme
d'un écueil ordinaire, tant a été profonde l'impression
de cette terrible aventure de mer ; une superstitieuse
terreur éloigne de ces parages comme hantés par
des esprits malfaisants. C'est cependant un lieu de
pêche admirable, digne de rivaliser avec Terre-Neuve.
Une source d'aliments aussi féconde ne restera pas
sans doute toujours inexploitée ; la science trouvera
le moyen d'obvier aux difficultés du climat pour la
préparation du poisson conservé. Les souvenirs lu-
gubres évoqués par ces lieux doivent encore entrer
pour quelque chose dans cette négligence.

M. — Aucun naufrage, en effet, n'a été accompagné
d'incidents aussi horribles..... avez-vous connu
quelque acteur de ce drame ?

X. — J'en ai rencontré plusieurs. Tous gardaient
un silence absolu sur les détails de ce grand désastre ;
ils avaient conservé les uns pour les autres une aversion indicible. Deux d'entre eux habitaient la même
ville, trente années écoulées depuis l'événement
n'avaient pas apaisé leur mutuelle horreur ; chacun
d'eux fuyait l'autre comme le spectre du remords.
Un de ces malheureux a toujours vécu de fruits, de
légumes et de laitage ; la chair la mieux déguisée lui
inspirait un invincible dégoût. Si les gens du radeau
avaient les uns pour les autres une répulsion insurmontable, ils s'accordaient à professer pour les
hommes des embarcations une haine inflexible.

M. — D'où venait cette haine ?

X. — On voit dans de tels événements combien
l'égoïsme fait le fonds de notre nature, et combien
cet égoïsme tourne à la férocité quand la conservation
personnelle est en jeu. Qui peut alors apprécier la
vérité ?... Au dire des gens du radeau, les hommes

des embarcations les ont lâchement abandonnés; au dire des canotiers, les marins du radeau halèrent les remorques, accostèrent les canots pour les envahir; il y eut alors une lutte effroyable... les canotiers coupèrent à coups de hache les mains qui se cramponnaient aux chaloupes, filèrent les remorques et laissèrent le radeau partir en dérive.

M. — Réellement l'homme est un être étrange... Aujourd'hui il se suicide par ennui, demain il se bat en duel pour une niaiserie; tantôt il entreprend une guerre par distraction, on se fait casser les reins par curiosité. D'autres fois il se cramponne à l'existence avec frénésie... Sans l'ombre d'un doute, on eût trouvé, sur ces débris de la Méduse, plus d'un brave marin prêt à hasarder sa vie pour sauver un inconnu... et celui-là même, qui, dans d'autres circonstances, eût été un héros d'humanité, a plongé son couteau dans la gorge d'un homme affaibli pour boire du sang chaud et se repaître de chairs palpitantes.

X. — Le fameux nègre de Géricault remplissait encore, il y a peu d'années, les fonctions de concierge à l'hôpital de Gorée. Célèbre au Louvre, au cap Vert portier, il avait composé sur ces événements un roman impossible; mais à force de le ressasser, il avait fini par y croire.

M. — Souvent j'ai comparé la Convention au radeau de la Méduse. Lancés sur une sanglante mer sans rivages, dans l'impossibilité absolue d'aborder aucun refuge, sans boussole et sans espérance, les conventionnels se sont entre-dévorés... Des imbéciles les ont admirés, des hypocrites ont été trop sévères pour ces tristes jouets de la fatalité.

21 juin 1875.

11° Nord, 21° 30' Ouest.

M. — Nous voici aux solstices, la chaleur devient étouffante et, pour surcroît d'ennui, la brise tombe et cesse de nous rafraîchir.

X. — Le calme se fait, les nuages en balles de coton des alisés ne parcourent plus le ciel, nous sentons déjà l'influence du pot-au-noir.

M. — Un drôle de nom pour un phénomène météorique...

X. — Mais juste et faisant image... Si des savants l'avaient observé les premiers, ils n'auraient pas manqué l'occasion de placer un mot grec... Le diable emporte le latin et le grec avec les pédants et les sacristains qui l'enseignent!... J'aurais pu apprendre de si belles et si bonnes choses pendant que j'ai usé le sapin des lycées avec le fond de mes culottes; temps et culottes irréparablement perdus!... Le regret du passé est une faiblesse, quand il ne peut plus être une leçon; revenons donc au pot-au-noir : le firmament, plus nègre que les Africains, n'apparaît plus que barbouillé de suie; c'est une succession de violents orages, de brises folles, de grains venant de tous côtés, surtout de pluies diluviennes incessantes... L'atmosphère est lourde, et l'organisme souffre de la tension électrique exagérée de l'air.

M. — Cet état électrique s'explique : l'évaporation des dissolutions salines, et de la mer par conséquent,

développe de l'électricité ; les nuages font l'office de
condenseurs. Quand, par une accumulation successive, la charge devient trop considérable sur ces
condenseurs naturels, ils se trouvent dans les conditions voulues pour la production de la foudre. La
fréquence des orages est la conséquence nécessaire
d'une rapide évaporation de l'océan... Or, qui parle
d'électricité touche de bien près le magnétisme ;
l'évaporation de l'océan, sous les tropiques, est peut-
être une des sources du magnétisme terrestre ?... Cette
zone particulière du pot-au-noir est-elle bien constante ?

X. — Elle suit naturellement le soleil dans sa
marche annuelle au nord et au sud de l'équateur.
Tous les points compris entre les tropiques ont successivement le soleil au zénith, du 21 décembre au 21
juin ; sur le parallèle où le soleil est au zénith, c'est-
à-dire là où il darde ses rayons verticaux, la température s'exalte au plus haut point. Quand ces rayons
verticaux frappent un liquide, ils le vaporisent promptement. La vapeur produite s'élève, et, par le fait de
son ascension, se trouve soumise à deux tendances
opposées : tendance à la condensation, tendance à la
dilatation. — Tendance à la condensation, car elle
pénètre dans des régions de plus en plus froides. —
Tendance à la dilatation, puisqu'elle monte dans un
air de plus en plus raréfié. Suivant qu'une de ces
tendances l'emporte sur l'autre, il se forme des nuages
ou de la vapeur invisible. Dans les hauteurs atmosphériques, visible ou invisible, cette vapeur marchera
vers les pôles sur l'aile des courants supérieurs et se
condensera en approchant des climats froids ; aussi
lui devons-nous nos pluies et l'alimentation de nos
fleuves. Mais une évaporation aussi énorme ne se

produit point sans saturer les couches inférieures,
d'où résultent une accumulation de nuages bas et
lourds et une précipitation constante... Ou si vous
préférez : la chaleur détermine, dans la région où le
soleil est au zénith, une accumulation de nuages bas
et lourds; et, les régions solaires, frappant de toute
leur puissance la face supérieure de cette voûte
aqueuse, la transforment en vapeur invisible bientôt
transportée par les courants aériens... Quoi qu'il en
soit, il se forme sous le soleil un anneau de nuages
qui le suit dans sa marche et a, comme lui, son mouvement de déclinaison et sa période de station analogue aux solstices.

22 juin 1875.

8° *Nord*, 21° 40' *Ouest*.

Pas un souffle de brise. — Le navire glisse sur une
mer aplatie par des torrents de pluie ; nous sommes
en plein pot-au-noir. Le choc des volumineuses
gouttes d'eau rapides et serrées sur la surface de la
mer produit un crépitement monotone. Les matelots
rient, récoltent partout la pluie et se livrent au bonheur sans pareil de laver leur linge à l'eau douce,
vrais sages, ces pauvres gens se contentent de peu.

25 juin 1875.

4° 20' Nord, 22° Ouest.

Hier la pluie nous a laissé quelque répit, la chaleur
en a été plus suffocante... Aujourd'hui les cataractes
du ciel se sont rouvertes. Cette chaude humidité dé-
trempe l'âme; je pense à la question des nixes à
H. Heine : Votre âme est-elle de toile gommée?...
Pourquoi votre espèce est-elle si pesante et si bête? —
Le corps devenu déliquescent semble se dissoudre.

X. — Nous approchons de la fin de nos peines;
nous ne pouvons tarder à rencontrer les alisés du
sud-est, car ils suivent la marche annuelle du soleil, et,
remontant avec lui vers le nord, empiètent en cette
saison sur notre hémisphère.

M. — Remarquez comme la mer est devenue noire ;
on croirait naviguer sur le Styx.

X. — Nous entrons dans des parages où des commotions violentes ébranlent l'océan et prouvent
l'existence de volcans dans ses profondeurs. Cette
couleur particulière des eaux résulte peut-être de leur
combinaison avec les vapeurs et les gaz échappés
des soupiraux sous-marins.

26 juin 1875.

2º 30' Nord, 22º 10' Ouest.

M. — Les balles de coton courent de nouveau sur le firmament, le ciel a repris sa teinte d'azur, nous sommes sans doute dans les alisés.

X. — C'est le commencement des alisés du sud, nous les trouverons sans doute plus frais et plus réguliers que ceux du nord. Dans l'hémisphère austral, les continents occupent une bien moins vaste étendue; par suite, les vents y sont beaucoup moins soumis à l'influence perturbatrice des grandes terres, aussi les lois qui gouvernent ces météores s'y montrent-elles d'une simplicité relative.

M. — Surtout en les comparant aux lois si compliquées de la météorologie de nos climats... complication prise par le vulgaire pour du désordre, et qui a valu aux vents de notre pays d'être choisis pour symbole de l'inconstance. C'est la tendance moderne de voir partout des lois, là où l'athée voyait le hasard, et le théologien le caprice d'une inconséquente Providence... Au dire de l'officier chargé des montres, nous avons subi l'influence de courants rapides.

X. — Le grand courant équatorial nous a poussés dans l'ouest avec sa violence habituelle en cette saison. C'est un gigantesque fleuve océanique aux rives nettement délimitées; son rôle est immense dans la nature et, par conséquent, dans l'histoire. Il parcourt précisément une région de calmes longs et fréquents.

Saisis par les calmes, les navires à voile ne peuvent souvent franchir ce courant qui les emporte. Ainsi arriva-t-il à don Alvarez Cabral ; ce navigateur vint faire tête au Brésil en 1500 et découvrit par hasard, — un mot absurde toujours, ici plus manifestement encore, — ces contrées splendides.

M. — Le rôle de Christophe Colomb s'est donc borné à faire connaître huit ans plus tôt l'Amérique.

X. — Et cette découverte était fatale. Du moment où des navires avaient commencé le trajet direct des îles du cap Vert aux îles du cap de Bonne-Espérance, l'aventure de Cabral devait nécessairement arriver à l'un d'eux. D'après la direction des vents et des courants, un jour ou l'autre quelque bâtiment devait être affalé sur la côte brésilienne. Il faut être marin pour comprendre les nobles facultés de Colomb : plus on étudie ce puissant caractère, plus on l'admire. Mais étouffez ce grand homme à sa naissance, la découverte du Nouveau Monde, vers le commencement du XVIe siècle, n'en sera pas moins dans l'ordre des choses ; le hasard, — je m'y prends à employer ce mot que des générations plus instruites rayeront de notre dictionnaire, — le hasard eût accompli l'œuvre du génie.

M. — En effet, quand une découverte est mûre, elle est sûrement cueillie par un savant ; si elle échappe à l'un, un autre s'en empare. Leibnitz et Newton découvraient ensemble le calcul différentiel et intégral, le plus merveilleux instrument de progrès peut-être. Au moment où Le Verrier résolvait le magnifique problème de la détermination d'un astre inconnu par le seul indice de son action perturbatrice sur une autre planète, l'Anglais Adams accomplissait, de son côté, le même tour de force intellectuel, si propre à donner une haute idée de la science moderne. Les Bernouilli auraient très-certainement trouvé les lois de l'attraction, si le monde eût été privé de Newton ; il est même permis de s'étonner que Képler ait laissé à un autre cette gloire, après avoir touché la solution de si près. Aujourd'hui, dans l'empire des sciences, il est difficile de s'élever au rang de grand homme ; le nombre des savants est immense, chacun fait sa petite découverte. La science s'est démocratisée et marche d'autant plus vite que les colosses comme Galilée, Képler, Newton sont devenus à peu près impossibles.

X. — Les Islandais ont élevé des prétentions à la découverte du Nouveau Monde ; en tout cas, cette découverte stérile ne saurait porter atteinte à la gloire du grand Génois.

M. — Permettez-moi de prendre la défense des Islandais, ou pour mieux dire des Normands ; l'établissement de ces rois de la mer en Islande, avant l'an 1000, n'est-il pas un digne sujet d'admiration ?... Bientôt après, de ce nouveau point de départ, les Normands s'élancent au milieu des glaces, entreprennent une navigation redoutable encore de nos jours, atteignent, non-seulement le Groenland où ils fondent des missions, mais le Labrador où ils établissent un évêché ; au onzième siècle, leur audace les conduit par 41° de latitude et leur dévoile l'île de Manhattan où sera New-York. Quand on voit ces pirates arriver à de tels résultats, avec des moyens si misérables, on comprend la terreur inspirée par de tels hommes, et la prière du moyen âge : « Délivrez-nous du mal et de la fureur des Normands. » Ainsi, des siècles avant la naissance de Colomb, les Islandais connaissaient l'Amérique du Nord, et les Portugais

devaient infailliblement aborder le continent **austral**
avant sa mort.

X. — Le grand courant équatorial est d'une étude
fort attrayante ; partant du fond du golfe de Guinée,
il suit la ligne équinoxiale jusqu'au continent opposé ;
là, brisé au cap Saint-Roque, il se divise en deux
branches : l'une faible, courant au sud, suit la rive du
Brésil ; l'autre, puissante et rapide, côtoie les Guyane
pour se précipiter dans le golfe du Mexique ; surchauffée dans cette chaudière, elle s'élance par le
détroit de Bahama et projette dans l'Océan, sous le
nom de Gulf-Stream, son monstrueux jet d'eau chaude.
Le Stream court alors sur Terre-Neuve, où il fond les
gigantesques icebergs descendus des mers glaciales,
tourne toujours à l'est sous l'influence du mouvement
de la terre, vient baigner les Iles-Britanniques et la
côte française... Au grand courant équatorial la France
doit en partie la douceur de son climat et l'Angleterre
toute la fécondité de son sol.

M. — L'Angleterre lui doit tout, jusqu'à son
parlement... Les chaudes vapeurs du Gulf-Stream
se transforment sur le Royaume-Uni en pluies bien-
faisantes, puis en verdoyantes prairies, puis en magnifique bétail ; le bétail a nourri l'industrie, et le
développement de l'industrie a conduit au développement des libertés... Mais vous me parliez ces derniers jours de la fréquence des tremblements de terre
sous-marins dans ces parages... Si, ce qui n'est nullement impossible, à la suite de ces commotions, surgis-
sait une longue île à gisement incliné, du nord-est au
sud-ouest, sur la direction du courant, elle ferait dévier
dans l'Océan austral ces eaux si précieuses. L'Angleterre redeviendrait une froide contrée comme sous la
période glacière ; sans les chaudes vapeurs du grand

fleuve équatorial, régnerait sur l'empire Britannique, au lieu de sa douce température, l'âpre climat des glaciers du Labrador.

27 juin 1875.

0° 08' Nord, 26° 40' Ouest.

Nous allons couper la ligne. — Par une telle chaleur, ce sera plaisir de se jeter de l'eau au visage ; on n'y manquera pas, la mascarade est déjà commencée.

On ne reconnaît guère, dans ces saturnales quelque peu impies, le souvenir de la pieuse neuvaine par laquelle les premiers marins qui franchirent l'équateur se préparèrent à cet acte solennel, l'un des plus mémorables de l'histoire.

Une religieuse terreur dominait ces âmes si fortement trempées ; tous communièrent au moment du passage, après un jeûne long et rigoureux.

Et puis on se posait des questions, risibles aujourd'hui, terribles alors. Après avoir gravi la partie la plus haute de la rondeur terrestre, n'allait-on pas être emporté sur la pente opposée ?... Pourrait-on remonter cette pente ?

N'est-ce pas un curieux spectacle de voir trembler, devant un danger chimérique, ces vaillants, si braves devant des dangers trop réels ? La science nous rend ce grand service de dissiper les fantômes, de nous faire connaître le vrai péril et de nous aider parfois à le conjurer.

1er juillet 1872.

7° 37' *Sud*, 30° 20' *Ouest*.

La nuit est tombée, nuit sans lune, une succession de grains a rafraîchi l'air, l'atmosphère est transparente et pure, les étoiles fourmillent, surtout dans les environs de la voie lactée.

Cœli enarrant gloriam Dei, dit le Psalmiste. Non, cela n'est pas. Les astres ne chantent point la gloire de Dieu, mais le génie de l'homme. La prétendue élévation de l'âme, à la vue des cieux, est convention ou hypocrisie ; la contemplation de la voûte étoilée m'absorbe et ne m'émeut pas. Lorsque j'interroge ce champ infini, mais aride, il me répond sèchement :

— Toutes les molécules de l'univers gravitent les unes vers les autres inversement aux carrés de leurs distances et directement à leurs masses. Ne me demande rien de plus : Je suis la matière, la fatalité.

L'astronomie est le miroir où se reflète avec le plus d'éclat notre supériorité intellectuelle. Quand Le Verrier, sur la loi de ses calculs, écrit à Galle de Berlin : « Cherchez près de l'étoile δ du Capricorne, vous y trouverez une planète inconnue, » l'esprit humain me semble aussi vaste que les espaces célestes.

Newton ne prononçait jamais le nom de Dieu sans se découvrir, mais au fond n'était-ce point un hommage qu'il se rendait à lui-même.

Ce grand homme ne put suivre dans toutes leurs conséquences les lois de la gravitation. Ayant décou-

vert les perturbations planétaires, il crut à une tendance de ces perturbations à s'accroître indéfiniment,
et par suite à la nécessité de l'intervention d'une
main divine pour rétablir l'équilibre. Mais après
Euler, d'Alembert, Lagrange, vint Laplace ; pièces en
mains, il dit de sa voix magistrale :

— Les perturbations sont périodiques ; le système
solaire oscille indéfiniment, par périodes séculaires,
autour d'un état moyen dont il ne peut s'écarter que
dans des limites fort resserrées ; en un mot, le système solaire renferme en lui-même les conditions de
sa stabilité.

Laplace était athée ; quand il présenta à l'empereur son Traité du système du monde, Napoléon,
qui croyait à un Dieu destiné à son usage personnel,
fronça le sourcil en lisant la préface, et dit :

— Mais, monsieur de Laplace, et Dieu ?...

— Sire, répondit le grand académicien, je n'ai pas
eu besoin de cette hypothèse.

Un catholique demandait à Arago :

— Eh quoi, monsieur, vous n'avez rien vu au delà
des astres ?

— Je n'ai jamais été plus loin que les astres, répondit flegmatiquement l'illustre astronome.

Il est vrai : la gravitation maintient, à elle seule,
l'équilibre dans l'univers ; et je ne puis voir une providence active dans l'ordre du ciel, quand une simple
loi suffit.

Mais je sens en moi, — et la conscience même de
la fatalité me le prouve, — autre chose que la fatalité.

Oui, je suis enchaîné, comme l'âne à la meule,
dans un cercle nécessaire ; mais j'ai la liberté de me
mouvoir dans ses limites.

La liberté humaine, liberté restreinte, est la faculté d'agir dans un cercle de rayon déterminé.

Si je vois dans l'ordre du ciel une fatalité absolue, je pressens comme antithèse une liberté infinie : je ne puis la comprendre, l'humanité l'a appelée Dieu.

La nature se présente à nous sous trois faces :

MATIÈRE, FATALITÉ,

VIE,

INTELLIGENCE, VOLONTÉ, LIBERTÉ.

Je ne puis comprendre une intelligence sans volonté, une volonté sans liberté, une liberté sans intelligence et sans volonté. Ces trois idées inséparables, sinon adéquates, peuvent donc se résumer en un seul mot : Liberté.

Le devoir de l'homme est de se faire libre ; il ne naît libre que virtuellement. La liberté est la glorieuse récompense du travail, de l'étude, de la moralité.

Et si l'on me demande quelle est la fin de l'homme et du monde, je réponds sans hésiter : La fin de l'humanité en ce monde et la fin de l'homme dans la vie future sont l'extension indéfinie de la liberté.

Notre mission ici-bas est de reculer incessamment les limites de la fatalité qui nous enserre.

Le cercle de libre action n'est pas le même pour tous les hommes ; son rayon moyen varie avec les phases diverses de la grande vie de l'humanité : il croît avec le temps, par les labeurs des générations qui se succèdent, et c'est là ce qui constitue le progrès.

Nous avons tous en nous, dans une certaine mesure,

2.

ce que Georges Fox appelait la lumière intérieure, je la sens bien positivement en moi. Elle, elle seule, me porte à croire à une liberté infinie, antithèse de cette fatalité démontrée par la constance des lois physiques, par toutes les manifestations de la nature. Cette lumière intérieure qui nous permet de lutter contre les puissances nécessaires de l'ordre physique est une émanation de la liberté infinie.

La nécessité, dans la nature, est une forme de la volonté divine ; celle-ci, infaillible et parfaite, ignore l'inconstance et l'instabilité.

Voilà donc, dans toute sa simplicité, le terrible problème posé à l'intelligence moderne, et sans la solution duquel nous ne pouvons espérer ni ordre ni paix :

D'une part, la science, sous le nom de *lois*, nous signale partout la fatalité. D'autre part, nous avons conscience en nous d'une lumière intérieure, et nous éprouvons un irrésistible besoin de croire à une relation entre cette lumière intérieure et la liberté suprême.

La conciliation de ces deux idées, en apparence contradictoires, voilà ce qu'il nous importe de trouver.

L'homme est-il cette misérable créature de monseigneur Gaume tiraillée en tous sens par des anges et des démons ? Est-il le triste jouet de volontés extra-naturelles ?

Ou bien l'homme est-il un être libre, en lutte avec ses propres forces contre une nature dont la souveraine puissance a fixé les lois de toute éternité ?

4 juillet 1875.

14° 30' Sud, 34' 40' Ouest.

M. — N'êtes-vous pas frappé, dis-je à l'abbé, par le spectacle de ces deux taches lumineuses si remarquables? Elles s'imposent à l'attention des plus indifférents. Ce sont les Nuées de Magellan, l'orgueil du ciel austral. Chacun de ces brillants nuages, amas d'étoiles et de nébuleuses, est un véritable microcosme où nous saisissons d'un regard l'abrégé du ciel... Ça ne vous dit rien ce mot *nébuleuses*? Des savants fort respectables discutent encore sur leur constitution. Qu'est-ce que ces légers voiles lumineux qui enrichissent de leur pâle clarté le fond du firmament? Est-ce de la matière cosmique en train de se condenser pour enfanter une étoile suivant les grandes vues de Herschell? Devons-nous y voir, au contraire, un agrégat d'étoiles confondues par leur éloignement énorme? En un mot, toutes les nébuleuses sont-elles ou non résolubles? Le gigantesque télescope de lord Ross tend à faire pencher pour l'affirmative. Des nébuleuses considérées comme irréductibles se sont dissoutes en poussière stellaire sous la puissance analytique de ce colossal instrument. Résolubles ou irréductibles, les nébuleuses n'en témoignent pas moins de l'infinité et de l'éternité de l'Univers. La résistance, au pouvoir dispersif des instruments antérieurs, des nébuleuses réduites par le miroir de Ross, les recule à de telles distances que leur lu-

mière a dû mettre des millions d'années à nous parvenir. La géologie, malgré l'antiquité qu'elle assigne
à la Terre, n'oserait considérer les plus anciennes
évolutions de notre planète comme contemporaines
de mondes dont l'existence remonte à un passé si
lointain. Il y a loin de cet Univers au monde des
anciens, dont la révolution s'opérait autour d'un axe
solide muni de pivots tournant dans des crapau-
dines, comme Vitruve nous l'explique tout au long...
Je ne l'ignore pas, depuis quelque temps, vous avez
eu cette chance de découvrir dans la Bible toute
l'astronomie et toute la géologie, — après y avoir vu
le contraire pendant si longtemps. Il faut être juste
envers vos commentateurs, jamais on n'a vu hommes
si ingénieux et si subtils : on tirerait un verset de la
Bible au hasard de l'épingle, ils y trouveraient au besoin la prophétie du ballon et du clysopompe. Le
monde est bien petit, dit Christophe Colomb à son
retour d'Amérique; le mot est bien autrement vrai
pour le Nouveau Monde de Galilée. Aussi, depuis ce
diable de savant, l'homme tourmenté se refuse à
baser sa vie sur un système de croyances dont la
fausseté ne fait plus doute pour personne.

X. — Messieurs les rationnalistes, sceptiques et matérialistes, vous mettez toujours votre orgueil à l'abri
de ces fameuses sciences si peu fixées, et toujours
prêtes à démentir le lendemain leur affirmation de la
veille, mais passons... Si les savants ont parfois sou-
levé le voile dont s'enveloppe le monde matériel, il
est une toute petite chose qu'ils ignorent absolument,
cette petite chose est l'homme. Il est un rien qu'ils
dédaignent; ce pauvre rien, c'est tout simplement
l'âme humaine... Prétention singulière de remplacer
la religion par la science, et les lois morales par les

lois physiques. Vous aurez beau faire, vous ne comblerez jamais le vide du cœur humain avec vos lunettes, vos cornues et tout votre bric-à-brac scientifique. L'homme peut vivre noblement et ignorer les lois des astres, il végétera sans la révélation des lois morales. Que sont toutes vos lois physiques auprès de la connaissance de Dieu?... Or, comme cette connaissance est infiniment au-dessus de notre raison bornée, j'ai cette confiance que la Bonté divine, prenant en pitié notre faiblesse, nous a révélé les vérités nécessaires, abandonnant à nos facultés boiteuses les recherches de l'ordre matériel. Car si l'erreur, dans le monde physique, en somme, importe peu, elle a dans le monde moral les plus pernicieuses conséquences.

M. — Je vous accorde la supériorité d'importance des vérités morales... Je ne nie point les efforts souvent heureux de la religion pour la satisfaction de nos besoins spirituels, mais si elle est en désaccord avec tout ce que nous savons de plus certain, qu'y faire?... Considérez-vous, comme monseigneur Gaume, la science et la liberté comme les deux filles aînées de Satan?... Prenez garde, quand vous condamnez cet amour de recherches et de connaissances, vous faites non-seulement le procès de l'homme, mais le procès de la Providence à qui nous devons cet impérieux besoin, noble caractéristique de notre espèce. Nous ne faisons point profession de mépriser la raison parce qu'elle est faillible, elle est notre seul guide ; quand on est dans les ténèbres, on ne souffle pas sa chandelle sous prétexte qu'elle n'est pas le soleil. Notre raison est faillible, dites-vous, hélas ! nous le savons à merveille ; cependant, à notre avis, il est plus juste de dire qu'elle est bornée ; car nous prétendons posséder, dans un champ limité, il est vrai, le critérium de la certitude ; ce critérium est l'accord de l'expérience et de la raison. Nous cherchons la vérité par une suite de déductions et de syllogismes, c'est notre procédé pour aller à la découverte... et quand, par une suite de raisonnements bien liés, nous parvenons à découvrir une proposition nouvelle, nous la considérons comme *probable*, mais nous ne la classons dans l'ordre des vérités démontrées qu'après confirmation de l'expérience. Prenons pour exemple le phénomène des marées : déjà, du temps de Descartes, l'expérience des siècles avait constaté la relation des marées avec les phases lunaires. Pourquoi cette relation existait-elle ? Nul n'en savait rien. La coïncidence des mouvements de la mer avec le mouvement de notre satellite constituait alors une vérité *empirique*. Descartes, sans y parvenir, cherche la raison de cette coïncidence. Newton, prenant la question en main, attribue ce grand phénomène à l'attraction luni-solaire ; il calcule la part afférente à chacun des deux corps célestes, soit en raison de leur masse, soit en raison de leur distance, ceci est la *vérité théorique*. Bernouilli complète les formules de Newton, les rend plus pratiques ; on entre avec Laplace dans la voie de la comparaison de la marée calculée avec la marée observée, et quand enfin on arrive à un accord parfait entre la théorie et la pratique, c'est-à-dire entre l'expérience et le raisonnement, alors, mais seulement alors, on prétend avoir enrichi le domaine de nos connaissances d'une *vérité démontrée.* Tantôt la connaissance empirique précède la connaissance théorique, tantôt l'inverse a lieu. Les lois empiriques ne constituent pas une vérité, celle-ci comporte l'intelligence des choses, leur théorie ; une loi théorique ne constitue pas une *certitude*, quand l'expérience ne l'a point consacrée. L'instrument mathématique ne trompe pas, nous le savons par une longue pratique; cependant nous trouvons parfois la théorie mathématique en désaccord avec les faits. Quelle conclusion tirer de cette contradiction apparente? Celle-ci et rien de plus : nous avons mal posé le problème, nous avons négligé quelque élément inconnu ; il faut retrouver cet élément, déterminer sa part d'action dans le phénomène ; on cherche, on travaille, et l'on ne prétend tenir une vérité nouvelle que quand on explique l'enchaînement des faits. La vie de Newton nous offre un mémorable exemple de cette sévérité de méthode. Ce grand homme soupçonna l'identité de la pesanteur avec la gravitation, et raisonna à peu près ainsi : Cette identité me semble fort probable. Plutarque dit même que si la lune ne *tombait* pas vers la terre *comme les autres corps*, elle serait emportée dans l'espace, comme la pierre d'une fronde, par son mouvement tournant autour de notre globe ; toutefois cette identité restera toujours à l'état d'hypothèse gratuite, si je ne puis baser sur cette donnée une théorie conforme avec les faits. Cette théorie est d'ailleurs très-simple : si la pesanteur et l'attraction sont une seule et même chose, je n'ai qu'à prendre la force accélératrice donnée par la chute des corps à la surface de la terre, à la transporter sur la lune, — en la faisant varier inversement au carré de la distance, — et à voir si cette pesanteur ainsi transportée fera bien tomber la lune de la même quantité que la gravitation. Or, calculs et observations aboutirent à des différences notables : la pesanteur transportée sur la lune n'était point égale à la force accélératrice donnée par la forme de l'orbite lunaire ; la gravitation transférée de la lune à la surface de la terre ne concordait pas avec la force accé-

lératrice déterminée par l'étude du pendule ou de
la chute des corps. Newton eut le rare courage de
mettre sa conception au panier ; il ne chercha point
dans de vains sophismes une justification refusée par
les faits. Cependant il lui restait encore une espérance,
car il entrait dans ses calculs un élément sur l'exactitude duquel on pouvait avoir des doutes, cet élément
était le rayon de la terre. En effet, quand les beaux
travaux de l'abbé Picard eurent fixé avec une précision jusqu'alors inconnue la longueur du degré terrestre, le désaccord entre l'observation et la théorie
disparut. Ecrasé par l'immensité de sa découverte,
l'illustre astronome tomba dans une agitation si violente qu'il lui fut impossible de vérifier ses propres
calculs ; il dut confier ce soin à un ami.

X. — Il est impossible de vous tirer du domaine de
la matière, vous y revenez toujours ; vous fuyez les
questions morales pour vous réfugier sur le terrain
scientifique ; permettez-moi de vous rappeler à la
question, c'est-à-dire au monde moral.

M. — Le monde moral se divise en deux régions
bien distinctes : la dogmatique et la métaphysique
d'une part ; de l'autre, la morale proprement dite. Métaphysique, dogmatique, scholastique, en un mot les
sciences élevées, — ainsi les appelez-vous fastueusement,
— ne sont à mes yeux que de vains sujets de dispute
propres à distraire des moines fainéants. Quant à la
morale, reste à savoir si ce n'est pas une science
comme une autre, reposant sur le solide trépied de
l'expérience, de l'observation et du raisonnement ; si elle
n'est pas l'analyse raisonnée des phénomènes moraux,
comme les sciences appelées positives sont l'analyse
des phénomènes physiques. La morale, prolongement
de l'économie politique et de l'histoire, compte la statis-

tique parmi ses principaux éléments. C'est de l'étude des phénomènes moraux dans tous les temps et tous les lieux, c'est-à-dire de l'observation de l'homme à toutes les époques, et de la société sous toutes ses formes, que nous déduirons nos lois morales... Quand nous aurons vu, là comme ailleurs, le même ordre de faits conduire aux mêmes conséquences, quand nous aurons déterminé leur enchaînement logique, nous aurons découvert une loi morale.

A. — Quel but assignez-vous à la morale?... Le moins qu'on puisse demander à une science, c'est la définition de son étiquette.

M. — La morale a pour but l'intérêt du plus grand nombre. Quand une disposition sociale est conforme à l'intérêt du plus grand nombre, elle est morale ; quand un acte est contraire à l'intérêt du plus grand nombre, il est immoral. La morale, en un mot, est la loi de l'intérêt général.

A. — Identifier la morale avec l'intérêt général est, permettez-moi de vous le dire, une doctrine profondément immorale... D'abord, si cet intérêt général est mal entendu.

M. — S'il est mal entendu, l'expérience nous l'apprendra à nos dépens.

A. — La morale n'est donc pas absolue, si elle varie d'après les résultats de nos expériences, des expériences terribles, par parenthèse...

M. — Objectivement la morale est absolue sans doute... mais la morale est une science, et comme toutes les sciences soumises pour nous à la loi du progrès... son stimulant est d'éviter la souffrance ; c'est de l'hygiène, si vous voulez.

A. — Que devient, dans cette belle théorie, le dévouement, le plus noble attribut de l'homme?

M. — Il a toujours sa raison d'être… La doctrine de l'intérêt général n'est pas, tant s'en faut, la doctrine de l'égoïsme… Elle n'est que trop souvent en opposition *immédiate* avec mes désirs personnels, quoiqu'au fond en parfait accord avec mon intérêt ; mais avec mon intérêt indirect et lointain… L'idée de ce sacrifice immédiat fait à la cause commune, dont je serai payé dans une circonstance analogue par un sacrifice équivalent, me soutient et m'ennoblit.

A. — La base solide de la morale, c'est l'obéissance à la volonté de Dieu.

M. — Je ne proteste point contre cette définition, mais alors je l'explique….. Qu'est-ce qu'une loi physique ? — Une forme de la volonté éternelle. Il en est de même d'une loi morale. Quand j'ai déterminé une loi morale par l'observation des faits, des phénomènes moraux, quand j'ai acquis la certitude de sa conformité avec le bien général, elle me paraît bien plus sûrement une expression de la volonté éternelle que si elle avait été proclamée sur le Sinaï. Permettez-moi de considérer comme un article du *Credo* : Toute loi conforme au bien de l'humanité est une loi émanée de la volonté divine.

A. — Absorbé par l'étude de la matière, vous ne pouvez plus comprendre l'amour de Dieu…

M.—Pouvons-nous aimer Dieu, passez-moi l'expression, nous est-il permis de communier avec l'Infini autrement que sous les espèces de la nature et de l'humanité ?… J'en doute. Je prétends même trouver cette opinion dans l'Evangile. Lorsqu'un pharisien demande à Jésus quel est le premier commandement de la loi, entendez-vous, le *premier*, Jésus répond : « Le premier commandement est d'aimer Dieu de toute sa force et de toute son âme, et voici le second

commandement qui est en tout semblable au premier :
Tu aimeras ton prochain comme toi-même. » Donnant
assez à entendre, par cette réponse, que l'amour de
Dieu et l'amour de l'homme ne font qu'un. Aimer
Dieu dans l'humanité, tel est bien le sens de la doctrine évangélique. Le souffle puissant de l'amour de
l'homme anime toutes les pages du livre sacré, de là
son charme éternel. L'amour du prochain transformant en Eden spirituel cette terre de douleur, telle
est bien la bonne nouvelle. Certes, vous ne lirez point
dans la divine légende ces paroles textuelles : « Aimer
l'homme ou aimer Dieu est une seule et même chose. »
Mais vous le lirez entre toutes les lignes, et c'est pour
cela que l'Évangile « ne passera jamais ». Et je conclus : La morale est la science de l'intérêt général ; la
vertu est l'action, ou la coordination de sa vie, dans
l'intérêt du plus grand nombre ; la religion est le culte
de la nature et de l'humanité.

A. — C'est de l'athéisme pur...

M. — Du tout... je ne saurais aimer ce que je ne
puis ni voir ni comprendre... et je ne puis comprendre
Dieu que par ses manifestations : la nature et l'humanité.

7 juillet 1875.

21° 41' Sud, 40° Ouest.

Les nuages cotonneux traversent en courant le
dôme azuré ; le navire, au plus près, refoule vaillamment la houle et les lames ameutées contre lui par

une forte brise : si l'équipage n'était pas dans une quiétude complète, à voir le navire se coucher sur le flanc sous l'effort des risées, on se défendrait difficilement d'un sentiment de crainte.

M. — Vive la voile !... vraiment cette mâture est splendide... L'horrible fumée noire d'un bateau à vapeur n'a pas la prétention, j'imagine, de lutter d'élégance avec ces belles voiles blanches, gonflées comme le sein d'une jeune mère, suivant la comparaison du poëte antique... Quelle peste !... elle salit tout, navire et personnes, et vous condamne, sous peine d'aveuglement, au ridicule des œillères vertes.

X. — Oui, c'est très-poétique la marine à voile, quand on a du vent et bon vent ; mais le calme et le vent debout sont insupportables. Ventre affamé n'a pas d'oreilles ; sans vivres frais, adieu la poésie. Les anciens navigateurs ont bien souffert ; nous connaissons à peine le scorbut ; quant à la fameuse calenture, on la considère déjà comme une légende.

M. — L'incessante vue de la mer pendant ces traversées sans fin, les troubles digestifs causés par le défaut d'aliments sains, le souvenir inquiet et passionné de la terre natale que l'on croit ne plus revoir jamais... ont fort bien pu affecter le malheureux nostalgique, au point de lui faire prendre, dans l'hallucination de la fièvre, la mer pour une prairie, les vagues pour des collines ornées de bosquets... et l'infortuné se précipitait dans les flots, croyant fouler le sol du pays.

X. — Ordinairement les plus grandes souffrances provenaient de la pénurie et de la mauvaise qualité de l'eau. Enfermée dans des tonneaux de bois, elle prenait une odeur nauséabonde ; bientôt y grouillait toute l'immonde petite population des eaux croupies.

L'idée si simple d'enfermer l'eau dans des vases de tôle est peut-être la plus bienfaisante amélioration apportée à la vie du marin.

M. — Les longues croisières du temps passé devaient exiger une bien grande énergie... La vapeur en a modifié toutes les conditions. La nécessité de renouveler sa provision de combustible doit rendre le rôle du corsaire singulièrement difficile aujourd'hui.

X. — Il n'y a plus de corsaires; les croiseurs de la marine de guerre ont seuls droit de capture... ce n'est pas une des moindres sottises de l'empire.

M. — Comment ! vous ne considérez pas les nouvelles conventions internationales du traité de Paris comme un progrès de l'humanité.

X. — Je les considère comme une ineptie. Les Américains, gens sensés et pratiques, n'ont pas donné dans ce traquenard. Leur attitude seule a été logique : il fallait, ou conserver le vieux droit des gens, ou proclamer le principe de l'inviolabilité de la propriété sur mer. L'ordre de choses actuel est un non-sens. Quand un navire est saisi, il lui importe peu que ce soit par un officier de la marine militaire ou par un officier de la marine marchande. D'après tous nos règlements, d'après toute notre législation maritime, la marine de commerce n'est-elle pas, à tort ou à raison, la réserve de l'armée navale? N'est-elle pas, malgré l'étrangeté de l'expression, une véritable *armée territoriale* combattant sur l'Océan? Tous nos marins du commerce ne sont-ils pas inscrits et ne peuvent-ils pas à tout moment être levés pour la défense du pavillon? Nos capitaines au long cours ne peuvent-ils pas être requis, en cas de guerre, de servir avec l'épaulette d'enseigne?..... Pourquoi vous êtes-vous privés du droit de les commissionner directe-

ment et de leur permettre de venir en aide avec leurs
bâtiments à la défense de l'Etat? Pourquoi repousser
ces *francs tireurs* marins?... L'histoire est là pour démontrer la puissance de l'initiative privée dans les
guerres navales et l'incontestable supériorité des
corsaires sur les officiers militaires dans les guerres
de course. Celle-ci demande, comme qualité première,
l'âpreté au gain. Chacun sa spécialité : la bataille
rangée est le lot de l'officier militaire dressé dans ce
but, le rôle de cosaque est celui des hardis compagnons de la marine marchande ; l'oublier, c'est manquer au grand principe de [la séparation des occupations et de la division du travail. Quant à la puis
sance de l'initiative privée, permettez-moi de vous en
donner quelques preuves :

Chose étrange, là où tous les pouvoirs publics ont
été impuissants, là où le génie de l'empereur a échoué
malgré toutes ses flottes, de simples corsaires ont
réussi. En 1294, les Normands, à la voix de d'Har-
court et de Montmorency, opèrent une descente en
Angleterre et s'emparent de Douvres ; en 1339, ils
occupent Southampton. En 1423, nous les voyons
faire lever le siége du mont Saint-Michel. Un siècle
plus tard, 16 corsaires Dieppois attaquent une flotte
hollandaise, lui prennent 5 vaisseaux, en brûlent
une douzaine. En 1523, des Dieppois chassent encore
les Anglais de Belle-Isle-en-Mer. Au commencement du
dix-septième siècle, les corsaires malouins se joignent
aux Espagnols pour réprimer la piraterie barbaresque,
forcent la Goulette, détruisent 35 vaisseaux musul-
mans. Richelieu, à vrai dire, se contente de commissionner des corsaires. Qu'est-ce que Jean Bart? — un
corsaire. Qu'est-ce que l'héroïque Porçon de la Bar-
binais, le Régulus français? — un corsaire. Après

Colbert et Seignelay, la marine royale rentre dans l'ombre, non sans avoir jeté un vif éclat. Alors Duguay-Trouin entre en lice, puis Alain Porée qui eût été grand, s'il n'avait eu un tel rival de gloire. Jocet, commandant le *Saint-Laurent*, de Saint-Malo, lutte contre toute une escadre espagnole et se fait sauter pour ne pas amener son pavillon. En 1700, nous n'avions plus de marine militaire, jamais les corsaires ne furent plus redoutables : Danican, Pied-Noir, Daniel Dutertre, Cassard... Duguay-Trouin, à lui seul, est vainqueur dans cinquante-deux combats. Aux Sorlingues, d'un seul coup de filet, il enlève aux Anglais 60 navires. En 1711, l'illustre corsaire fait appel aux armateurs, son nom répond de la victoire : 15 vaisseaux s'arment à la Rochelle comme par enchantement; à leur tête il s'empare de Rio-Janeiro. La générosité du vaillant marin est à la hauteur de sa bravoure, le capteur de tant de riches prises meurt sans fortune; l'immense butin conquis par son courage a passé tout entier au soulagement des familles de ses compagnons d'armes..... Après Duguay-Trouin, c'est Cassard. Il fait la conquête de Santiago, la plus belle des îles du cap Verd, de Montserrat, de Curaçao dans les Antilles, force l'entrée de Surinam malgré 130 pièces de canon, et fait capituler Paramaraïbo. La Bourdonnais, le père de l'île de France, autre corsaire, plante son pavillon sur les murs de Madras. Sous Louis XVI, le baron de Rullecourt, avec une flotille équipée à ses frais, enlève le château de Montorgueil et s'emparait de Jersey, si les secours mandés à la métropole étaient parvenus à temps. Les exploits des corsaires de l'empire sont présents à toutes les mémoires; l'Amirauté anglaise employa 130 bâtiments, 20,000 marins pour les combattre. A cette époque apparaît Surcouf, que nul homme au monde ne surpassa en audace. La fin terrible d'Arégnaudau montre assez combien, de l'autre côté de la Manche, on redoutait nos corsaires. On retrouva son navire désemparé, l'équipage crucifié sur le pont et sur les murailles, sans doute pour épouvanter ses émules. Le secret de ce terrible drame resta impénétrable. Peut-être les auteurs de ce forfait ont-ils disparu dans quelque catastrophe, après la perpétration de leur crime... La guerre est une infamie, je l'accorde ; pour un héros elle enfante mille bandits ; elle démoralise l'homme et le fait retomber dans sa férocité native, rien de plus vrai. Si la société muselle la bête fauve, la guerre la rend à ses appétits sanguinaires..... Comme vous, je déteste la guerre ; mais si la fatalité nous entraîne, pourquoi nous priver bénévolement d'un moyen d'action si puissant dans la main de nos pères ?

M. — Mieux vaudrait assurément admettre, dans le code international, le respect de la propriété maritime et ne pas faire pour elle une exception injuste et illogique.

X. — La Prusse, au Congrès de Paris, a vaillamment défendu ce principe de justice ; il est équitable de le reconnaître. Les Etats-Unis et le Brésil se sont déclarés prêts à souscrire à la proposition prussienne. Dès 1823, la Grande République adresse une note dans ce sens au cabinet de Saint-Pétersbourg.

M. — C'était à la France, qui se pique d'être à la tête du progrès, de prendre en main cette noble cause. Pourquoi considérer la propriété territoriale comme sacrée, et violer la propriété navale ?

X. — On a fait cette objection : respecter la propriété sur mer, c'est éterniser la guerre.

M. — Cet argument est tout aussi valable sur terre, et propre à justifier tous les excès d'une invasion. Si l'on admet ce principe, aujourd'hui en faveur (principe contestable, je l'avoue, et je le conteste tout le premier) : « que la guerre se fait de gouvernement à gouvernement et non de nation à nation », est-il possible de rien objecter au respect de la propriété maritime ?... La France, du reste, à mon sens, se fait grandement illusion sur la puissance de ses croiseurs. Dans le vieux droit international, « la marchandise ennemie faisait le navire ennemi » ; en réalité, on ne reconnaissait pas de neutres, ou du moins on n'admettait aucunes relations commerciales entre le neutre et l'ennemi. Aujourd'hui, le principe inverse a prévalu : « Le pavillon couvre la marchandise », alors à quoi bon des croiseurs?

X. — A saisir les navires ennemis, à ruiner le commerce de la nation avec laquelle on entre en lutte.

M. — Erreur énorme : 1° A la déclaration de guerre, vous donnez aux navires marchands le temps de se mettre à l'abri. 2° Quand ce temps est écoulé, l'adversaire fait son commerce par neutres, au lieu de le faire sous son pavillon, voilà toute la différence.

X. — Pendant ce temps toute sa marine marchande est paralysée.

M. — Sans doute... Et c'est pour lui un grand dommage, mais on l'a considérablement exagéré. D'abord, si vous paralysez les navires marchands ennemis, vous paralysez du même coup les vôtres, car la partie adverse aura bien aussi ses croiseurs.

X. — On n'a pas encore trouvé le moyen de battre son ennemi sans recevoir des coups.

M. — C'est vrai. Passons donc sur cet argument qui a bien sa valeur cependant, car c'est notre habitude,

3.

dans nos plans de campagne, d'oublier les moyens d'action de l'ennemi. Vous vous imaginez paralyser le *commerce* de votre adversaire, erreur, vous paralysez son *commerce de transport*, rien de plus. L'ennemi fera ses échanges comme auparavant, il continuera à confectionner, expédier à l'étranger, recevoir de l'étranger sous pavillon neutre.

X. — Vous pouvez l'en empêcher par un blocus effectif !

M. — Autre question : dans ce cas il ne s'agit plus de croiseurs, mais d'escadres. Un blocus effectif !... c'est horriblement coûteux, si coûteux que, dans les conditions présentes, il est certainement plus onéreux pour le bloqueur que pour le bloqué. Je le répète, grâce à notre ignorance de l'économie politique, nous sommes dupes de grosses erreurs : 1° On entend en général par commerce, le *commerce extérieur*. Or, chez toutes les nations, même en Angleterre, le commerce intérieur est le plus important ; si une nation trouve sa prospérité dans les relations extérieures, elle peut vivre sans elles et attendre des jours meilleurs ; ainsi fîmes-nous sous les guerres de la République et de l'Empire. 2° Sans blocus effectif, le commerce extérieur se fait par neutres, vous immobilisez bien le *capital-navire*, mais qu'est-ce que le *capital-navire* auprès du capital terres, maisons, usines, manufactures, mines, bétail... 3° Inutilité d'un blocus contre toute autre nation que l'Angleterre. — Et qui aura la prétention de bloquer l'Angleterre ? — Empêcherez-vous, d'une part, l'Allemagne de commercer avec le continent ? Que peuvent vos croiseurs, vos flottes de blocus contre ses relations continentales ? D'autre part, au pis-aller, les marchandises qui viennent nécessairement par la voie de l'Océan prendront le détour de la Belgique et de la Hollande ; elles débarqueront à Anvers et Amsterdam au lieu de débarquer à Hambourg. Certes, ce sont des entraves, des pertes, mais non des causes de ruine immédiate. Qu'est-ce qu'un navire ? une voiture qui va sur l'eau. Si, l'armée allemande, en bloquant Paris, s'était contentée d'interdire l'alimentation de la ville par voiture et par wagon français, le siége durerait encore ; si en coupant toute communication avec les départements on eût laissé libres les communications avec la Belgique, il en eût été de même. Nous en sommes encore aux imbécillités du blocus continental ; encore Napoléon avait-il eu le gros bon sens de ne pas reconnaître de neutres, car il disait carrément : « Tout neutre est Anglais. »

X. — Ce qui, par parenthèse, lui mit le continent sur les bras.

M. — C'est vrai, mais du moins il était logique. Si nous voulons trouver dans nos croiseurs une arme véritable, il faut retourner au vieux droit, « la marchandise ennemie fait le navire ennemi », proclamer ensuite qu'il suffira de *déclarer* le blocus et non d'établir un *blocus effectif*. Nos belles escadres dans la dernière guerre nous ont coûté des sommes énormes, qu'ont-elles produit ? (1) A leur sujet, il est vrai de dire : efforts gigantesques, résultats nuls. Est-ce possible, le retour au vieux droit ? — Evidemment non. Je conclus : escadres de blocus et croiseurs sont des utopies : 1° Parce qu'ils ne peuvent rien contre le commerce intérieur qui a été, est, et sera toujours le principal commerce. 2° Parce qu'ils sont impuissants

(1) Il ne peut être question ici que du point de vue *agressif* : au point de vue *défensif* qui est tout autre, elles ont rendu d'incontestables services.

contre le commerce continental, lequel a une importance bien supérieure à celle du commerce maritime. 3° Parce que les croiseurs ne peuvent empêcher le commerce de se faire par neutres. 4° Parce que les escadres de blocus, effroyablement coûteuses, ne sauraient pousser leurs prétentions au delà de contraindre les échanges à un détour.

X. — La conclusion est assez nette : il semble, en effet, assez inutile de bloquer Amsterdam, si les Hollandais peuvent s'approvisionner à Anvers. On peut ainsi créer des embarras à son adversaire, faire monter un peu le prix des denrées ; il est ridicule de songer à l'abattre par des moyens si dérisoires et si onéreux.

M. — Et voyez où cela vous conduit : tout en vous interdisant de poser le pied sur le territoire des neutres, vous vous arrogez le droit de fouiller leurs navires ?

X. — La visite des neutres est une question hérissée de difficultés. Vous, croiseur ennemi de l'Allemagne, vous contenterez-vous de considérer comme neutre tout navire hissant à la corne le pavillon de l'Union ou de l'Angleterre ? Le jugement dernier sonnera avant votre première capture. Vous ferez donc mettre en panne tout navire suspect et vous vérifierez ses papiers.

M. — Or, sommer un navire de mettre en panne, monter à son bord, examiner ses pièces, est chose grave ; le plus souvent un capitaine de croiseur reculera devant cette extrémité. On l'a vu pendant la dernière guerre, les navires de guerre se bornent à faire des ronds dans l'eau, laissant passer les ennemis battant pavillon neutre en poupe, dans la crainte de s'attirer personnellement des ennuis et de compliquer, par de nouveaux conflits, la situation du pays.

X — La doctrine du respect de la propriété privée sur mer s'appuie, au contraire, sur des autorités fort sérieuses ; Napoléon s'exprime ainsi dans ses *Mémoires* : « Il est à désirer qu'un temps vienne où les mêmes idées libérales s'étendent sur les guerres de mer, et que les armées navales des deux puissances puissent se battre sans donner lieu à la confiscation des navires marchands et sans faire prisonniers de guerre de simples matelots du commerce ou des passagers non militaires ; le commerce se ferait, entre nations belligérantes, comme il se fait sur terre au milieu des batailles que se livrent nos armées. » En 1809, l'empereur, souvent préoccupé de cette pensée, écrit à M. Armstrong, ministre des Etats-Unis : « Dans toutes ses conquêtes, la France a respecté les propriétés particulières. Les magasins et les boutiques sont restés à leurs propriétaires ; ils ont pu disposer de leurs marchandises, et, dans ce moment, des convois de voitures chargées de coton traversent les armées françaises, l'Autriche et l'Allemagne, pour se rendre où le commerce les envoie. » J'en reviens à ma première thèse, l'absurdité des conventions du congrès de Paris, et je conclus : ou rétablir la course et permettre à une nation, en cas de guerre, de faire flèche de tout bois, retour au passé à peu près impossible, ou, comme vous le pensez, et comme le demande le progrès des idées modernes, comme le demandent le Brésil, la Prusse, les Etats-Unis, assurer le respect de la propriété privée sur mer.

9 juillet 1875.

2° 440' Sud, 44° 10 Ouest.

M. — Le Brésil devrait être français... Les huguenots
y fondèrent une colonie, surent se faire aimer des indigènes et tinrent longtemps les Portugais en échec
avec leur assistance. Mais la France ultra-catholique
d'alors, peu soucieuse, comme toujours, des intérêts
nationaux, n'était guère disposée à favoriser la fondation d'une colonie protestante, si française qu'elle
pût être.

X. — Néanmoins la grande colonie portugaise a
bien failli appartenir à la religion réformée, elle eût
fait ainsi sur le continent sud le pendant des Etats-
Unis du Nord, car les Hollandais s'en emparèrent et
conservèrent même assez longtemps Rio-Janeiro. Une
grande bataille navale, livrée dans les parages où nous
sommes, décida de l'avenir du Brésil ; les Portugais
l'emportèrent. L'amiral hollandais, contraint de
rendre son navire, s'enveloppa dans son pavillon et
se jeta dans la mer, « seul vrai tombeau, dit-il, d'un
amiral vaincu ». Tels étaient dans ce temps les marchands de harengs-saurs.

M. — Regrettez-vous notre pauvreté en colonies et
pensez-vous qu'elles soient une grande source de richesses pour une nation?

X. — L'Amérique n'en veut à aucun prix, l'Allemagne les dédaigne... qui l'eût empêchée, en 1871, de
prendre les nôtres si elle l'avait cru de son intérêt?

Les deux marines de premier ordre sont celles de l'Angleterre et de l'Amérique du Nord; les Etats-Unis n'ont jamais eu de colonies, l'Angleterre y renonce, elle a émancipé ses anciennes colonies qui jouissent toutes d'une parfaite indépendance. L'empire Britannique est une vaste fédération d'Etats souverains. Des marines de second ordre et à peu près égales de France, d'Allemagne et d'Italie, une seule a des colonies; c'est précisément celle dont la marine marchande est en décadence.

M. — Les idées dominantes se sont singulièrement modifiées sur cette matière; l'économie politique a gagné du terrain. Naguère, c'était un adage indiscutable : « Pas de colonies, pas de marine. » Aujourd'hui, on lit couramment dans les journaux : « L'Allemagne qui est assez heureuse pour ne pas avoir de colonies », et nul ne s'en étonne. Si une nation devait désirer des colonies, ce serait, semble-t-il, l'Allemagne, ses émigrations annuelles attestent son excédant de population; mais nous avons à notre portée l'Algérie et nous ne pouvons la peupler. Maltais, Espagnols, Italiens y affluent, mais ne s'y fixent pas. Les Allemands seuls y font souche, et, chose singulière, les Prussiens sont, de tous les colons, les plus empressés à se faire naturaliser. Quand les citoyens colonisent de leur propre mouvement, les établissements lointains, expansion naturelle de la vitalité nationale, deviennent, sans nul doute, une nouvelle source de puissance; mais quand un gouvernement se mêle de coloniser avec une nation comme la nôtre, dont tous les goûts sont archi-sédentaires, il jette l'argent des contribuables à la mer.

X. — J'ai passé dans nos colonies la meilleure partie de ma vie; elles sont le motif et le théâtre de gaspillages sans nom, et servent surtout à doter de sinécures les familles de fonctionnaires.

M. — La brise tombe.

X. — Le temps se met à l'orage, les alisés nous abandonnent, l'influence de la terre les combat victorieusement; avant longtemps il faudra mettre à la vapeur.

11 juillet 1875,

Dans l'ouest, à une heure de l'après-midi, au-dessus d'épais nuages, nous avons vu se profiler nettement sur le ciel les pics élevés du continent américain, et bientôt après, devant nous, dans le sud, les montagnes de l'île de Sainte-Catherine. Les jours ont déjà bien raccourci; à 7 heures du soir, quand nous avons jeté l'ancre, il faisait nuit close. Une mauvaise chandelle allumée sur le fort d'Anathomirim, sous le nom de phare, nous a aidés à prendre notre mouillage.

L'espace compris entre la terre ferme et l'île de Sainte-Catherine forme la rade d'Anathomirim, vaste, saine et bien abritée. Le continent s'étage en montagnes superposées toutes couvertes encore des splendeurs de la végétation tropicale. Des embarcations chargées de poissons et d'oranges entourent le navire, montées par les naturels, métis de nègres et de Portugais.

Nous avons visité le fort d'Anathomirim : le commandant, avec une dignité très-affable, nous a fait lui-même les honneurs de son domaine, pauvre domaine, peu fait pour donner une haute idée de la

puissance brésilienne. Tout y pue la négligence et la
fainéantise. L'îlot d'Anathomirim, séparé du continent
par un canal de quelques cents mètres, comporte
tout juste, par son étendue, l'établissement d'un fort.
Les casernes tombent en ruine, les murailles s'effon-
drent, une seule pièce figure en batterie, et quelle
pièce !... la sœur de celle dont nos côtes étaient
armées, quand, en 1870, nous avons si étourdiment
déclaré la guerre.

Aussi le brave commandant, sacrifiant son orgueil
personnel à l'honneur national, nous déclare-t-il
qu'Anathomirim, déchu de ses grandeurs, est tombé
au rang de poste de douane.

Dans la chapelle, un pan de toiture protége encore,
— c'est un miracle sans doute, — le maître-autel ; les
fidèles s'abritent pendant l'office sous la voûte du ciel.
Une quinzaine de nègres, déguenillés à en être nus,
composent la garnison.

Sur cette tête de rocher se trouve, on ne sait comment, un peu de terre végétale, aussi la flore brésilienne, la plus riche du monde, l'a-t-elle transformée
en parterre et en bosquets ; arbustes et plantes her-
bacées y étalent à l'envi les fleurs larges et luxueu-
sement colorées ; j'y retrouve, à l'état sauvage, les
plants les plus appréciés de nos serres. Des orangers
couverts de leurs fruits d'or et de leurs blancs bouquets de mariée parfument ce nid charmant ; d'élégants palmiers donnent à ce ravissant tableau la
physionomie tropicale. Quel empressement mettraient
des Anglais à polir ce diamant brut ! Mais non, toute
cette pompe de la nature ne sert qu'à mieux faire res-
sortir l'incurable laisser-aller de cette race portugaise
si admirable d'énergie à la fin du quinzième siècle et
au commencement du dix-septième. Le commandant

ne sent pas cela, il vit sans souci au milieu de ces ruines, de ce désordre, de cette saleté. Sans dépenses, avec un peu de travail et de soins, il remédierait en partie à cette détresse; lui et les siens aiment mieux faire les lézards au soleil. Pourquoi les haillons de ces soldats sont-ils si sordides? On est toujours propre quand on veut. Et malgré tout, cet officier a un séduisant extérieur de courtoisie et de noblesse. Quelle est la cause du marasme dans lequel s'étiolent Espagnols et Portugais?... Ces contrées n'ont pas été assainies par le vent de la réforme.

Don José, — c'est le nom du commandant, — le plus communicatif des hommes, nous a déjà fait part de son chagrin : il n'a pas d'enfants; pareil isolement doit être fort pénible, quand on n'y trouve pas quelque figure de marmot pour l'égayer.

Après avoir terminé la visite de la forteresse, nous entrons au salon où madame nous attend pour nous offrir le café. La commandante est une petite femme nerveuse, au teint olivâtre, figure intelligente et fine, front large et bombé, grands yeux noirs expressifs. Evidemment on a fait pour nous recevoir des frais de toilette; on le voit assez à la méticuleuse régularité de la chevelure, à la fraîcheur des manchettes et du petit col plat. Madame porte d'ailleurs une robe d'étoffe grise commune sans l'ombre d'un ornement. Quelle ouvrière se contenterait chez nous d'une pareille simplicité? Au premier coup d'œil cependant on reconnaît la femme distinguée. Une dame simple !... Il faut faire le voyage d'Anathomirim pour rencontrer semblable merveille. Une jolie femme n'est-elle pas cependant toujours jolie, quand elle sait prendre ce soin de soi, qui est la véritable coquetterie, si différente du luxe. ?

Madame parle un excellent français et nous confie sa prédilection pour notre littérature.

« Quelle distraction aurais-je ici, ajouta-t-elle, si je n'aimais la lecture?... La lecture et la contemplation de la mer, c'est toute ma vie... Regardez, comme de ma chambre, la vue est belle. »

Ces paroles étaient évidemment un prétexte pour montrer la chambre... et ce qu'elle contenait ; ce n'était pas sans doute ce mobilier propre, bien rangé, mais quasi-lacédémonien. Pourquoi donc nous entraînait-elle dans cet appartement où toute femme de tact évite de faire pénétrer des étrangers?... Quelques cadres pendent au mur, probablement des enluminures du Sacré-Cœur enflammé, Notre-Dame-des-Sept-Douleurs, l'apparition de Lourdes ou quelque autre imbécillité mystique.

Non parbleu, ce sont trois belles gravures, trois portraits : Danton, Robespierre, Marat.

La petite femme sourit de notre surprise, et du regard nous invite à parler.

« Madame, lui dis-je, si l'on doit honorer de pareils saints, mon plus grand désir est de voir leur culte s'établir hors de mon pays, ils nous ont fait trop de mal.

— La senora, — reprit le commandant en portugais, car il entend assez bien le français, s'il ne le parle pas, — s'est éprise d'un bel amour pour les héros de la Révolution française. Je ne partage pas son enthousiasme, malgré mon dévouement à la cause libérale si chère à tout Brésilien... nous vivons très-libres sous notre constitution monarchique ; nous avons un empereur pour la forme, il n'a pas l'autorité d'un caporal. »

Singulier éloge d'une machine, pensai-je en moi-

même, que de vanter l'inutilité de la pièce principale... Nous autres, Français, ne pouvons goûter ces
subtilités; dès l'antiquité, nous avons eu de l'aversion
pour les rois fainéants : nous préférons l'empe-
reur-grue au roi-soliveau, affaire de tempérament.
Aussi la France, rejetant à l'unanimité la royauté
constitutionnelle, se divise-t-elle en deux camps : Républicains et Impérialistes, sauf un petit nombre de
niais, et pas mal d'hypocrites qui ne font les gros yeux
à l'empire que dans le dessein de se vendre à lui fort
cher.

« Nous avons, continua don José, la monarchie
constitutionnelle dans toute sa pureté ; le premier
ministre est tout, et l'empereur le sait bien. Notre
souverain n'a pas d'illusion à cet égard : ne rien faire
sous peine d'être détrôné. C'est le seul homme du
Brésil à qui il soit interdit de s'occuper politique... Il
se promène, donne des bals, des fêtes, s'amuse et re-
présente la nation.

— La nation se représenterait fort bien toute seule,
reprit vivement la commandante.

— Si vous faites, répondis-je, une peinture exacte
de la situation de l'empereur, il est bien l'idéal d'un
prince constitutionnel, la cinquième roue d'un cas-
rosse, un porc à l'engrais, disait Bonaparte.

— Aussi j'aime mieux la République, dit la petite
femme avec fermeté, un roi ne saurait être seulement
inutile. S'il était seul, on pourrait ne voir en lui qu'un
soliveau coûteux, mais il a une famille, une cour, et
traîne après lui toute une horde de paresseux et d'affamés. Il faut nourrir toute cette valetaille et lui donner quelque chose à faire,—fort peu, il est vrai, — par
pudeur. Or, ce quelque chose à faire, qui est un emploi pour quelqu'un, est une entrave pour quelque

autre... un parasite de plus, c'est une liberté de moins. Un roi seul privilégié est impossible, une inégalité entraîne d'autres inégalités, un privilége s'appuie sur d'autres priviléges. Là où il y a un roi, il y a une cour ; là où il y a une cour, il y a tout un monde d'abus.

— Vous parlez d'or, madame, et nous serions bien près de nous entendre, si vous pendiez dans votre chambre, au lieu de ces méchants portraits, ceux de Washington et de Franklin.

— Washington joua sur le velours, il trouva tout fait le gros de la besogne ; ce n'est vraiment pas une bien grande merveille de fonder un solide gouvernement libéral là où il n'y a pas de castes, c'est-à-dire ni noblesse, ni clergé célibataire, ni Église-État. Extirper l'aristocratie, bâillonner le fanatisme, rappeler au droit commun un corps tout-puissant qui reçoit ses inspirations de l'étranger et regarde ses intérêts comme le droit et la morale même, faire surgir une société libre d'un peuple composé d'oppresseurs pourris et de serfs abrutis, c'est une toute autre tâche.

— Dans laquelle ceux que vous admirez ont totalement échoué... tout ce qu'ils ont voulu détruire se porte assez bien. Cette révolution a misérablement échoué sur le banc vaseux de l'empire... donc elle a été mal conduite. On ne fonde pas la liberté sur des têtes coupées... Si les grands hommes de bon sens de la Constituante avaient vécu, eût-on fait cette sotte expédition d'Égypte ? Il n'eût pas été inutile de posséder encore quelque Saint-Just pour accueillir à son retour le misérable qui abandonnait son armée en plein péril. Au 18 brumaire les Vergniaud, Barbaroux, Danton nous ont singulièrement manqué. Marat rêvait l'empire, Robespierre, par son immolation de toutes les âmes libres, l'a fondé.

— Il est bien permis de manquer le but dans une aussi colossale entreprise ; tenter de l'atteindre est glorieux.

— Oui, mais à la condition d'être pur de sang versé.

— Je ne pardonnerai jamais à Washington ses tolérances pour l'esclavage. Les hommes que vous reniez ont eu du moins, malgré leurs crimes, un sentiment plus haut de la justice et de la dignité humaines. Quant aux hypocrites qui ont toujours ce mot d'*ordre* à la bouche, je leur dirai : faire respecter dans quelques hommes le droit de déchirer d'autres hommes à coups de fouet, s'est appelé longtemps *maintenir l'ordre établi...* Trouvez-moi donc un désordre plus abominable que cet ordre-là? Pourquoi parle-t-on d'ordre toujours et jamais de justice ?

— N'avez-vous donc plus d'esclaves au Brésil?

— Il nous en reste un petit nombre, répondit le commandant, mais grâce à Dieu, avant dix ans, la noble terre du Brésil ne sera plus souillée par un seul esclave. D'abord tout enfant naît libre depuis le fameux vote unanime du parlement sur l'abolition de l'esclavage. Le gouvernement consacre une partie du budget au rachat des esclaves ; quantité de sociétés se sont fondées dans le même but ; en tête des souscripteurs, — notre nation a le droit d'en être orgueilleuse, — vous trouverez les noms de tous les grands propriétaires d'esclaves; enfin, c'est une mesure générale d'affranchir ses esclaves par testament quand on n'a pas d'héritiers directs. Vous ne trouverez pas aujourd'hui, dans tout le Brésil, un seul défenseur de l'esclavage. On est d'accord pour le considérer comme e plus grand obstacle au développement du pays;

vous trouverez sur cette question toutes les classes unanimes.

— Et ce beau mouvement, dit la dame, est l'œuvre des libéraux; à eux revient l'honneur de la réparation de cette grande injustice consacrée par la religion. Où a-t-on vu la religion protester contre l'esclavage? L'Église n'a-t-elle pas recherché avec ardeur la possession des esclaves, comme tous les autres biens terrestres? Où n'a-t-elle pas fait cause commune avec les maîtres, menaçant les pauvres noirs des peines éternelles, tandis que soldats et gendarmes se chargeaient de l'application des peines d'ici-bas !

— C'est vrai, madame, et même, à mon avis, on a singulièrement surfait l'humanité de Las Casas ; si le saint évêque s'est montré fort bienveillant pour les Indiens, il n'en a pas moins été un des promoteurs de l'esclavage des noirs en Amérique.

— L'esclavage, reprit-elle, c'est la démoralisation même : cruauté dans les caractères, infamie dans les mœurs. Le mari se fait un harem, et la femme se venge... en faisant déchirer sa rivale à coups de fouet. Souvent un père a pour esclaves ses propres enfants, et vous comprenez la haine terrible de la maîtresse du logis contre ces fruits de l'adultère. Mais il est impossible à une bouche de femme d'énumérer les conséquences de l'esclavage au point de vue des mœurs. Ce régime horrible, les libéraux, les libres-penseurs l'ont flétri, puis démoli ; il a eu pour derniers soutiens les soi-disant défenseurs de la religion, de la morale et de la famille... Hypocrites !...

— Madame est une exaltée, dit le bon commandant en essayant de calmer sa femme, nous sommes dans les meilleures conditions de paix et de prospérité, nous jouissons des bienfaits d'un gouvernement trèslibéral ; s'il est à l'horizon un point noir, c'est du côté du clergé. De vieille noblesse portugaise, je me vante d'être un fervent catholique, mais l'intolérance ultramontaine blesse mes sentiments libéraux, et je crains que la nécessité de la tenir en bride ne nous conduise à outrepasser le but. Le ministère n'est certes pas radical, pour me servir d'une expression française, il n'en a pas moins été obligé d'emprisonner deux évêques. La suppression des jésuites est décidée, ordre leur a été donné d'évacuer le pays, à l'exception des jésuites nés Brésiliens, mais à leur mort tout vestige de l'ordre doit disparaître.

— Depuis ses succès en France, reprit la commandante, le cléricalisme est devenu le fléau du monde ; mais l'esprit libéral est vivace au Brésil, la conjuration du jésuitisme et de l'ignorance ne prévaudra pas contre la vérité.

— Je ne suis pas admirateur, tant s'en faut, comme vous, madame, des hommes de 93 ; mais quand je relis les séances de notre immortelle Constituante, je m'effraie de notre reculade de quatre-vingts ans. J'aime la tolérance du commandant et je dis avec lui : Ni Église persécutée, ni Église persécutrice ; respect à l'Église libre, guerre sans merci à l'Église dominatrice. »

. . . .

On peut compter une dizaine de milles environ du mouillage d'Anathomirim à Notre-Dame-de-Desterro, capitale de la province de Sainte-Catherine. La beauté du paysage nous fit, de cette course en canot, une vraie partie de plaisir. Des montagnes bien boisées s'échelonnent par plans divers de chaque côté du large canal formé par l'île et le continent : sur les collines les plus rapprochées. on distingue tous les détails d'une luxuriante végétation ; dans le lointain vaporeux, une longue ligne blanche vivement accentuée tranche sur le violet des monts, c'est quelque gigantesque cascade dont les eaux écumantes étincellent aux rayons du soleil.

Desterro, ville en formation, encadre un petit port suffisamment rempli de navires et d'une activité relative.

Je présente des lettres de recommandation à un négociant indigène qui m'engage à visiter le gouverneur et m'offre de m'accompagner.

« Vous verrez un homme distingué, me dit-il, libéral et tout paternel pour ses administrés ; ces sentiments sont d'ailleurs le cachet de notre gouvernement. Au Brésil, nous avons eu ce bon sens, si rare dans les pays américains catholiques, de tenir les militaires éloignés des affaires publiques. L'armée chez nous n'est jamais sortie de son rôle, et ses chefs sont toujours restés soumis au gouvernement civil »

Nous entrons au palais du gouverneur comme dans un moulin, ni soldats ni gardes, pas même un concierge visible. Cependant le secrétaire général, prévenu je ne sais comment, vient au-devant de nous et nous fait entrer dans un salon très-modeste. Bientôt le gouverneur, grand vieillard à l'air digne, entre en léger paletot gris et nous tend affectueusement la main.

Après quelques banalités échangées et quelques compliments aimables, Son Excellence nous congédia.

« Le gouverneur, me dit mon compagnon, tient à cette visite des étrangers ; c'est un acte de déférence auquel il est fort sensible.

— Il est d'ailleurs de manières charmantes.

— Agé comme tous nos hauts fonctionnaires, nous

ne supporterions pas l'autorité dans de jeunes mains.

— Chez les vieillards, l'expérience de la vie tempère l'exercice du pouvoir; il y a chance de trouver en eux moins de hauteur et un esprit moins cassant.

— Et l'on supporte d'un homme à cheveux blancs ce qui serait intolérable chez un jeune homme. »

Nous parcourons en voiture la ville traversée de rues étroites, malpropres, bordées de maisons d'assez piètre apparence. Dans les quartiers excentriques l'aspect change : de charmants cotages ornés de vérandah étalent des parterres ravissants le long des avenues.

« Nous changeons de pays bien sûr, dis-je à mon guide, je ne reconnais plus la physionomie désordonnée de vos quais et de vos boutiques où l'on cherche l'utile peut-être, mais certes pas l'agréable; ici, tout au contraire, règne l'amour d'un luxe raffiné.

— Des gens d'une autre race ont en effet transporté leurs pénates en ces lieux ; si vous voyez une habitation élégante, dites : là demeurent des Allemands.

— Sont-ils nombreux au Brésil ?

— Pas encore, l'esclavage entravait l'immigration européenne.

— Comment cela ?

— C'est bien simple. Là où le travail est servile et, par suite, honteux, jamais les ouvriers libres n'émigrent. Nous l'avons fort bien compris : de là la grande popularité de l'abolition de l'esclavage. Pour devenir une grande puissance, nous devons largement ouvrir les portes à l'immigration. Il nous faut des ouvriers, de bons ouvriers, par conséquent des ouvriers libres. Quand on veut conserver ses esclaves, il faut les maintenir dans l'abrutissement, il faut les abaisser au rang des bêtes et les mener à coups de fouet; le jour où vous en faites des hommes, ils s'émancipent. Il est donc impossible d'en tirer l'ombre d'un travail intelligent. D'autre part, les ouvriers européens se soucient peu de lutter avec des esclaves ou du moins de se livrer à des occupations analogues; lorsqu'ils y consentent, ils demandent en compensation d'énormes salaires. C'est une loi générale : dans tous les pays à esclaves, le prix de la main-d'œuvre intelligente est à des taux exorbitants ; la production s'en trouve arrêtée.

— C'est vrai. A la Havane, j'ai vu payer un calfat au prix de nos députés, un forgeron prétendait à la solde d'un maréchal de France.

— Déjà nous pouvons juger des heureuses conséquences de notre régime libéral; les colons affluent de l'Amérique du Nord, de l'empire Britannique et surtout d'Allemagne ; le travail indigène se développe, et le noir, en devenant libre, est devenu laborieux.

— Vous exprimez, semble-t-il, des idées bien répandues, car je les ai entendu émettre par le commandant d'Anathomirim.

— L'opinion au Brésil, sur ces matières, est unanime : tout le monde considère la liberté des noirs comme la condition nécessaire de notre développement.

— Mais ne craignez-vous point d'être débordés et de voir votre nationalité disparaître.

— Mieux vaut encore la voir se fondre dans le flot européen que de la voir sombrer dans une révolte noire. Toute faute se paye, l'esclavage entraîne fatalement des malheurs ; si nous ne nous rachetons du châtiment par une prompte libération des noirs, nous arriverons à la situation d'Haïti ; pour prévenir la domination nègre, il nous faut ouvrir les écluses à l'invasion des blancs. Les immigrants deviennent bien vite

Brésiliens de cœur, le pays est si beau ! Américains et Irlandais neutraliseront l'influence trop envahissante de l'Allemagne... et puis de deux maux, il faut choisir le moindre.

— Le clergé, m'a-t-on dit, vous suscite de grosses difficultés.

— Un drôle de clergé !... aussi ignorant que fanatique, aussi immoral qu'ignorant. Le mariage lui semble une abomination, mais il vit publiquement avec des concubines, et la seule vertu qu'on lui trouve est l'amour paternel. Son rôle se résume en deux mots : indifférence absolue à toute morale, intolérance furieuse au sujet des pratiques. Les classes inférieures renoncent à se marier devant l'Église pour se soustraire à la rapacité cléricale. C'est en un mot le clergé des colonies espagnoles et portugaises, le clergé d'Espagne, d'Italie, de tous les pays où le catholicisme règne en maître et n'est pas résolûment tenu en bride par des sectes rivales. »

. . . .

Le continent n'est guère habité, des villages clairsemés bordent la mer ; la fraîcheur des torrents attire quelques cases isolées. La terre est fertile, le gouvernement léger, la température délicieuse. A l'ombre de leurs grands arbres, au milieu de leurs bananiers aux gigantesques feuilles vertes, entourés de leurs orangers toujours chargés de fruits et de fleurs, les indigènes mènent une vie indolente et calme. Mais il leur faut rester près des rives. En pénétrant dans l'intérieur, les colons s'exposeraient aux incursions d'indiens indomptés ; ces sauvages pillent, brûlent, massacrent non-seulement par amour du butin, mais plus encore par haine ; car ils haïssent de toute leur âme les Portugais, ces conquérants de leur beau pays de chasse.

Ces gens semblent heureux de leur civilisation imparfaite ; le sol est si généreux, la mer si abondante, la vie si facile ! Les peuples et les hommes jouissent peut-être de plus de félicité dans leur enfance ; avec la maturité viennent les grands soucis. Quelle est la fin de l'humanité ? Nul ne l'a jamais dit, nul ne pourra le dire ; elle ne semble pas être le bonheur ici-bas... N'importe, en avant ! soyons hommes.

Le tourment de la pensée est notre titre de noblesse... Les générations passées ont végété plus doucement peut-être dans la somnolence où les berçai leur bonne mère l'Église, si tendre pour ses enfants quand ils renonçaient à penser.

Aujourd'hui les temps sont plus rudes, la science nous élève et nous grandit, mais sa dureté est inexorable. L'Église dorlotait ses marmots, et quand ils criaient trop fort, elle les endormait avec quelque conte merveilleux.

19 juillet 1875.

Il fait calme, calme complet, rien ne trouble la mer ni le ciel. La pleine lune éclaire si vivement l'atmosphère que les grandes étoiles percent seules le voile lumineux du firmament. Le petit phare d'Anathomirim a l'air d'une malheureuse chandelle en rivalité avec le soleil.

J'envoie mentalement mes adieux au bon et aimable commandant de l'îlot et à la petite révolutionnaire aux yeux noirs, si prompte à s'émouvoir de toute pensée généreuse. Elle vit sur un rocher, mais elle vit de la

4.

vie de l'humanité, par l'esprit, par le cœur, — grâce
aux livres. Livres, soyez bénis ; vous avez fait à
l'homme le don de l'ubiquité.

Oui, la pensée est tout. Peut-être la pauvre petite
femme souffre-t-elle là, seule, de ce terrible mal, le
doute, si près des heureux campagnards de la côte...
Mieux vaut agrandir à la fois le cercle de ses douleurs
et l'horizon de ses pensées.

18 juillet 1875.

27° 50' Sud, 49° 20' Ouest.

X. — Nous courons au sud pour sortir au plus tôt
de cette région des calmes qui sépare les alisés des
vents d'ouest, vents d'une constance remarquable.
Dans l'hémisphère austral, il n'existe pas de surface
continentale comparable à la surface océanique, l'influence des terres n'y contrarie pas autant que dans
l'hémisphère nord les lois générales des mouvements
atmosphériques, aussi les vents soufflent-ils dans ces
vastes espaces avec une grande fixité. Quand nous
tiendrons les brises d'ouest, elles ne nous quitteront
guère, et plus d'une fois nous en aurons au delà de
nos demandes.

M. — La traversée va être dure, au cœur de l'hiver.

X. — Nous aurons du moins cette compensation :
de fortes chances, sinon la certitude, de ne pas ren-

contrer de glaces, car ce sont les chaleurs de l'été qui détachent des grandes banquises et des terres australes les gigantesques ice-bergs, les champs de glace et les glaçons plus redoutables encore. La grande élévation des ice-bergs, leur éclatante blancheur les signalent au loin à moins d'épaisses brumes ; la nuit, on peut se heurter contre un glaçon qu'on n'a pas vu à temps.

M. — Et leur masse est considérable...

X. — Parfois énorme. La hauteur immergée des glaces est environ six fois la hauteur émergée. La nuit, par gros temps, un ice-field de 2 à 3 mètres n'est guère visible ; son épaisseur totale sera de 15 à 20 mètres ; pour peu qu'il ait quelques centaines de mètres de largeur et de longueur, on arrive bien vite à des centaines de mille tonneaux, masses d'une inertie complète.

M. — On compte de bien autres masses pour les ice-bergs.

X. — Ceux-ci sont parfois de vraies îles ; on en a vu s'élever de 70 à 80 mètres au-dessus de la mer, ce qui leur donne des hauteurs totales d'environ cinq cents mètres. Souvent leurs pieds plongent dans des courants contraires aux courants de surface ; on voit alors ces montagnes se frayer un passage à travers les champs de glace, en brisant tout devant elles.

M. — Les courants sous-marins se font donc ressentir par de grandes profondeurs ?

X. — On en a acquis la certitude en sondant l'Océan. Les lignes ont toujours été emportées par des courants divers ; ce fait même constitue l'une des difficultés des sondages. Si l'on ne charge pas la ligne d'un poids très-lourd, la pesanteur ne peut vaincre sans peine les frottements énormes de l'eau sur la surface de la ligne, la vitesse de descente est par conséquent très-

faible, et par suite la ligne reste pendant longtemps
le jouet des courants sous-marins... Si l'on arme la
sonde d'une masse notable, on casse toujours, quand
on la relève, la ligne actionnée par les courants auxquels elle offre dans toute sa longueur une prise considérable. On obvie à cette difficulté par l'usage de
poids qui se détachent automatiquement par leur choc
contre le fond ; il reste alors à l'extrémité de la ligne
un instrument léger destiné à rapporter un échantillon
du sol. D'après les sondes effectuées, on est conduit
à donner aux profondeurs océaniques une valeur à
peu près égale à l'élévation des montagnes.

M. — La surface de la mer serait alors un niveau
au-dessus et au-dessous duquel les continents s'élèvent
et s'abaissent comme les vagues.

X. — Les échantillons ainsi rapportés des mysté-
rieux abîmes, examinés au microscope ont paru principalement composés de squelettes de foraminifères
et de gallonelles... Si l'on songe à la puissante vitalité
des eaux marines, on ne peut s'étonner de trouver
leurs profondeurs formées d'un vaste ossuaire, dans
lequel, comme partout, la grande place est aux petits.

21 juillet 1875.

31° 40' Sud, 45° 10' Ouest.

M. — Le temps est à grains et à rafales ; à peine
sommes-nous par 32 degrés, et déjà le froid se fait
sentir.

X. — Nous sommes bien maintenant dans la région

des vents d'ouest. Les vents sont sud-ouest ; dépendant du sud, ils nous apportent un air sec et glacé par les terres australes. Nous trouverons, au contraire, les brises de nord-ouest humides et relativement chaudes; émanées de la grande chaudière équatoriale et toutes chargées de vapeurs, quand elles pénètrent dans ces froides régions, elles abandonnent ces vapeurs qui se condensent en brumes épaisses et en pluies abondantes. Les vents venus du sud ne peuvent porter une grande quantité de vapeurs, puisqu'ils sont, à leur point de départ, à une température fort basse ; en arrivant dans un climat chaud, la tension de ces vapeurs augmente et l'air se dessèche de plus en plus. Aussi, dans une certaine mesure, mesure bien bornée encore, pouvons-nous pressentir le temps. Si le thermomètre monte, c'est probabilité de vent de nord ; s'il descend, probabilité de vent de sud, — marche inverse à celle du baromètre. Les brises de nord, d'après le baromètre, seraient des vents d'appel causés par le vide résultant de la contraction de l'air et la condensation des vapeurs dans les régions polaires ; et les brises du sud seraient des vents d'impulsion provenant d'une accumulation d'air dans les mêmes régions. Le psychromètre d'Auguste nous est aussi fort utile ; composé comme vous le savez, de deux thermomètres : l'un à boule nue donne la température atmosphérique, l'autre porte une boule enveloppée d'un fin linge mouillé, l'extrémité de ce linge plonge dans une petite cuvette d'eau pure et par la capillarité entretient l'humidité sur la boule. Plus l'atmosphère est sèche, plus l'évaporation est rapide sur le linge mouillé; cette évaporation ne peut se produire qu'en prenant de la chaleur à la boule thermométrique, c'est-à-dire en la refroidissant. Plus l'air est sec, plus grande est donc la divergence entre les températures données par les deux thermomètres. Les températures des thermomètres à boule nue et à boule mouillée se rapprochent-elles, l'atmosphère tend vers son point de saturation. Donc, moins il y a d'écart entre les thermomètres, plus il y a chance de brise équatoriale; plus cet écart est grand, plus il y a chance de vent polaire.

M. — L'hémisphère sud passe pour avoir une température inférieure à celle de l'hémisphère nord. La fameuse théorie d'Adhémar sur les révolutions du globe séparées par périodes de 10,000 ans repose sur cette hypothèse. Pendant le cycle actuel, les froids excessifs de cet hémisphère accumulent des quantités énormes de glace au pôle austral; puis quand, par le mouvement conique de l'axe terrestre, l'hémisphère sud tendra à devenir le plus chaud, il se produira à ce pôle austral une immense débâcle, cause d'un déluge nouveau.

X. — On ne peut admettre une semblable théorie quand on se rend bien compte de l'influence des vents et des courants, dont l'œuvre incessante est le rétablissement d'un équilibre moyen en deçà et au delà duquel il ne peut se produire d'importantes oscillations. Y a-t-il en un lieu une chaleur excessive? D'abord par ce fait même, la perte de calorique par le rayonnement vers les espaces célestes augmente en raison de l'excès de température; puis le transport de cette chaleur vers les lieux froids par l'intermédiaire des vents et des courants se trouve activé par son excès même. Il se fait sous l'équateur une évaporation constante; les vapeurs équatoriales transportées par les vents se résolvent en pluies dans les régions polaires où elles rendent, dans ce changement d'état,

une quantité considérable de calorique latent... Cette
eau ne s'accumulera pas indéfiniment aux pôles, le
niveau n'y monte pas toujours, tandis qu'il ne cesse
de baisser dans les régions tropicales. Si les vents
charrient les vapeurs aux pôles, les courants à leur
tour charrient à l'équateur le produit de leur condensation. La mer surchauffée à l'équateur se rend aux
pôles sous forme de vapeur, y abandonne par la liqué-
faction son calorique équinoxial et retourne ensuite à
la ligne, sous la forme de courant océanique, pour
s'y réchauffer de nouveau. Tel est le grand rôle mo-
dérateur de l'Océan ; l'air contribue bien plus encore
au rétablissement de l'équilibre des températures.
L'atmosphère est un compensateur d'une délicatesse
infinie, un seul point n'y peut être échauffé ou ré-
froidi sans produire un ébranlement dans toute la
masse.

M. — D'autre part, le théorème de Lambert établit
que la quantité de chaleur reçue annuellement par
chaque hémisphère est toujours la même, quelle que
soit la position du périgée par rapport aux saisons. On
le conçoit *a priori*, la même cause qui rend l'été plus
chaud pour un hémisphère, le rend plus court. Ainsi
actuellement la Terre arrive à son périhélie en décembre, c'est-à-dire dans la plénitude de l'été de cet
hémisphère ; la Terre se trouve donc le plus près possible du soleil à l'époque même où il darde ses rayons
les plus perpendiculaires pendant les plus longs jours;
mais aussi c'est le moment où notre planète a sa plus
grande vitesse de translation dans son orbite et la
durée de la saison chaude s'en trouve d'autant rac-
courcie, la vitesse de translation étant en raison
inverse du carré des distances. En résumé, tout se
balance : le soleil ne passe que 179 jours dans l'hé=

misphère austral, mais, pendant ce temps, il est beaucoup plus près de la terre que pendant les 186 jours qu'il passe dans l'hémisphère boréal... Et quelle que soit la position du périgée par rapport à la ligne des équinoxes, il se passera toujours un fait analogue : car tout excès de chaleur dû à une plus grande proximité du foyer central correspond à un excès de vitesse dans l'astre échauffé, pressé pour ainsi dire d'échapper à cette influence.

X. — Très-bien. — Mais le théorème de Lambert ne concerne que les quantités de chaleur reçues, c'est un seul côté de la question. La chaleur perdue ne joue pas un rôle moins important, or la perte est d'autant plus grande que l'excès de température est plus grand. Il est bien certain que le mouvement de la ligne des apsides par rapport au mouvement de la ligne des équinoxes doit faire qu'après chaque période de 10,000 ans les étés doivent devenir tour à tour plus chauds dans chaque hémisphère, et les hivers plus froids. La quantité de chaleur annuelle est bien la même, d'après Lambert, mais le mode de distribution de cette chaleur est aussi important que la quantité. Dans le cycle actuel, l'hémisphère austral voit succéder des hivers longs et froids à des étés courts et chauds, c'est certainement une condition favorable à la formation des glaciers. La théorie d'Adhémar repose surtout sur cette considération très-juste. Malgré tout, je me sens peu disposé à l'admettre ; à mon avis, elle ne tient pas assez compte du rôle de l'Océan et de l'atmosphère comme compensateurs.

M. — L'influence de la position du périgée doit se faire sentir, en effet, sinon sur la température moyenne annuelle, du moins sur la température de chaque saison. A l'époque présente, l'hémisphère Nord est le favorisé ; la Terre passe actuellement au périhélie vers le solstice d'hiver et par suite à l'aphélie vers le solstice d'été, c'est le moment du grand cycle où les hivers sont le plus doux, les étés le plus tempérés, pour nous Européens.

X. — Sans nier l'influence des causes astronomiques qui, en thèse générale, dominent toutes les autres, je les crois de bien faible importance auprès de l'action des agents météoriques pour l'équilibre des températures... L'eau provenant au pôle de la condensation des vapeurs équatoriales est de l'eau plus légère que l'eau salée, elle devra donc retourner à l'équateur en courant de surface. La mer intertropicale au contraire, surchargée de sels par l'évaporation, prend une densité plus considérable et tend à s'écouler en courant inférieur vers les régions polaires où elle déracine les glaciers ; d'où l'on conclut à l'existence de deux courants contraires : l'un d'eau douce, froid, superficiel, — l'autre saturé, chaud, profond, conservant une grande chaleur dans sa course à cause de la non-conductibilité et de la grande capacité calorifique de l'eau. La rotation de la Terre dévie ces courants à droite et transforme leur mouvement direct suivant un arc de méridien en mouvement spiral... La présence des continents modifie d'ailleurs ces courants généraux au point de les rendre méconnaissables. Souvent aussi l'augmentation de densité par l'excès de salure est plus que compensée par la diminution produite par un surcroît de chaleur; quoique plus saturée, une eau plus chaude peut être plus légère, ainsi semble-t-il en être pour le Gulf-Stream. De même, une eau douce peut devenir lourde en se refroidissant. Il résulte du croisement de toutes ces causes perturbatrices une extrême complexité dans la grande circulation océanique... Mais ce qui a pour nous la certitude d'un fait, c'est l'activité de cette circulation et par suite l'efficacité de son rôle de régulateur dans la distribution des températures.

M. — Cependant des données actuelles, on croit pouvoir conclure à une différence de température entre les deux hémisphères.

X. — On doit l'attribuer à la disposition des terres ; suivant toute probabilité, le pôle nord est occupé par une mer libre et le pôle sud par un continent glacé. D'autre part, ce qui nous importe, c'est la chaleur superficielle ; les rayons calorifiques s'arrêtent à la surface continentale, ils pénètrent profondément les masses liquides, une quantité considérable de calorique est absorbée par le changement d'état de l'eau en vapeur, enfin la capacité calorifique de l'eau est bien supérieure à celle des terres. Pour porter l'hémisphère austral essentiellement océanique à la température de l'hémisphère nord presque continental, il faudrait donc une quantité de chaleur bien plus considérable. La même quantité de chaleur solaire versée sur les sables du Sahara y produit un tout autre effet que sur les lames de l'Océan.

M. — D'après les anciennes théories, on croyait à un amoncellement continu des glaces dans les régions polaires ; on ne connaissait pas l'évaporation de la glace, évaporation si active dans l'air sec et raréfié des hauteurs. On ignorait aussi l'écoulement des glaciers fleuves lents et irrésistibles, écoulement régi par des lois analogues à celles des cours d'eau. Leur vitesse de translation vers le grand réservoir commun, la mer, pour ne pas égaler celle des masses liquides, n'en est pas moins notable.

X. — L'hémisphère sud, au delà du 35ᵉ degré, ne

contenant que la terre de Van-Diemen et la pointe de Patagonie, on peut présumer, par des raisons d'équilibre et de symétrie, l'existence d'une vaste calotte solide occupant le pôle. Les découvertes de Dumont d'Urville, les explorations anglaises aux terres d'Enderby et de Graham rendent cette hypothèse vraisemblable ; c'est là où, suivant Adhémar, se réuniraient les éléments du futur déluge.

M. — Ces rêveries n'en ont pas moins leur utilité,. en appelant l'attention des météorologistes sur les phénomènes astronomiques qui, en effet, commandent tous les autres. Le soleil s'éloigne de la constellation du Lièvre et marche vers la constellation d'Hercule ; sans doute, il traverse, avec son cortége de planètes, des milieux de températures diverses et dont notre température moyenne annuelle dépend évidemment.

24 juillet 1875.

35° Sud, 38° 30' Ouest.

M. — Je ne puis me lasser, l'abbé, d'admirer dans ce ciel austral les nuées de Magellan ; il y a là un mystère qui m'attire... c'est vraiment étrange de voir, en un seul point du ciel, ces amas de mondes entassés si près les uns des autres. Dans toute l'étendue du firmament, rien d'analogue ne frappe nos regards. A lui seul le grand nuage couvre plus de 40 degrés carrés. Pour notre œil, ce sont des lueurs d'une intensité assez semblable à celle de la voie lactée, mais le télescope y

découvre plus de 600 étoiles de toutes couleurs, 50 nébuleuses résolubles et 300 nébuleuses irréductibles. Notre intelligence trop étroite ne peut comprendre ces immensités... et cela m'irrite de rester ainsi confondu dans mon néant. Non, je ne puis
me faire à cette idée que ce mystère des cieux restera
toujours pour moi le livre fermé des sept sceaux ; et
j'espère trouver dans une vie postérieure la satisfaction de cette ardeur de connaître. Que voulez-vous?
Chacun comprend la vie future à sa manière.

X. — Connaître est beau sans doute, aimer est plus
doux encore ; moi, je crois à une satisfaction au delà
de toute limite de notre besoin d'aimer, c'est-à-dire
à notre absorption dans l'éternel amour en Dieu.

M. — Aimer et connaître... je ne demande pas
mieux. Mais je préfère le ciel de la science peuplé à
l'infini de mondes et de soleils à votre ciel d'anges, si
diaprées que soient leurs ailes et si mignardes leurs
figures. Leur vol n'a pas, j'imagine, la majesté de ces
astres qui parcourent les espaces... notre soleil, à nous,
est une véritable tortue, à peine va-t-il deux lieues par
seconde. Tandis que les nuages magellaniques brillent
d'un éclat si doux, voyez-vous, près de la Croix du
Sud, par un singulier contraste, une tache noire en
forme de poire, qu'avec un peu d'attention on peut
distinguer à l'œil nu?... Les astronomes appellent ces
obscurités des *sacs à charbon*, c'est un lieu vide d'étoiles, un trou de regard sur le néant...

X. — Alors dans cette direction le monde n'est pas
infini, et s'il est limité dans ce sens...

M. — Calmez-vous, syllogicien admirable, je me
suis laissé entraîner par la poésie... ce vide est relatif ;
le télescope y trouve encore de rares étoiles, dont le

nombre se multiplie avec la puissance des instruments, leur éloignement doit être énorme. Ce contraste des nuages magellaniques et du sac à charbon de la Croix du Sud, dans des parages du ciel voisins pour nous, complique encore la structure de l'Univers. Je m'imagine très-bien la partie immatérielle de mon être planant dans le champ de l'infini... mais où diantre a pu aller le bonhomme Hénoch, quand il a été ravi au ciel en chair et en os ?...

26 juillet 1875.

38° 30' *Sud*, 31 20' *Ouest*.

M. — Les vents d'ouest sont en effet d'une constance admirable ; ils oscillent du S.-O. au N.-O, — plus réguliers et plus humides quand ils dépendent du nord, secs et à grains violents quand ils tendent vers le sud.

X. — Ces météores sont régis par des lois précises comme celles du monde céleste ; seulement la simplicité relative du problème astronomique a permis d'arriver à une certitude de prévisions, dans cet ordre de phénomènes, impossible à atteindre en météorologie. Quand je parle de la simplicité du problème astronomique, j'entends les seuls mouvements du monde solaire, dont nous pouvons prédire l'état pour l'avenir le plus éloigné.

M. — Le moindre problème de physique est, en

effet, bien autrement compliqué; aussi ne peut-on y
faire un pas sans les béquilles de l'expérience. A quoi
se bornent, au contraire, les observations astronomiques?.. A compter des temps et mesurer des an-
gles. Il est impossible de considérer des faits plus dé-
nués d'intérêt en eux-mêmes; mais l'analyse mathématique s'en empare et de déduction en déduction
arrive aux plus merveilleuses conséquences. Ce n'est
pas que la météorologie ne soit, elle aussi, au fond, un
simple problème de mécanique. Comprend-elle autre
chose que le jeu de forces appliquées à la matière?
mais réduire ce problème en équations est très-certainement au-dessus de notre portée, et pussions-
nous arriver à poser ces équations, nous serions incapables de les résoudre. Aussi la voie à suivre dans
la science météorologique consiste d'abord dans une
immense accumulation de faits, dans leur classement,
puis dans la recherche des rapports par lesquels ils
sont unis, enfin dans la raison d'être de ces rapports.
Très-souvent en astronomie, par les mathématiques
seules, on arrive à déterminer *à priori* les lois de certains phénomènes confirmées ensuite par l'observation : nombre de perturbations ont été calculées d'a-
bord par la simple analyse avant d'être vérifiées; la
découverte de Neptune est l'exemple le plus éclatant
de ce mode de procéder. Hors du domaine étroit de la
mécanique rationnelle, dont l'astronomie du monde
solaire est un simple prolongement, une telle ambition nous est rarement permise; au lieu de voir les
faits confirmer la théorie, il faut se contenter de conformer la théorie aux faits.

X. — La prévision est le but général de la science,
comme dit la formule positiviste : savoir pour prévoir,
prévoir pour agir. La météorologie née d'hier est cer-

tes bien loin de ce but, néanmoins elle rend déjà aux navigateurs de réels services. Si nous sommes hors d'état de prévoir avec certitude les temps et les vents, au moins avons-nous à ce sujet des connaissances suffisantes pour fixer nos routes avec des chances favorables. Autrefois, par exemple, on se disait : La route la plus courte d'Europe en Australie est évidemment par le cap de Bonne-Espérance, donc la route la plus courte d'Australie en Europe est encore celle du cap de Bonne-Espérance. L'étude des vents n'a pas laissé de doute sur la fausseté d'une opinion si claire en apparence ; la route de retour, malgré l'allongement du parcours, est sans aucun doute celle du cap Horn, puisqu'on suit le vent d'ouest qui fait le tour de la Terre.

M. — L'astronomie sera toujours la reine des sciences, parce que de toutes c'est elle qui doit le moins à l'observation. Plus les sciences se compliquent, plus le rôle de l'observation grandit ; mais bientôt l'observation ne suffit plus, il faut recourir à l'expérience, c'est-à-dire à l'observation de phénomènes institués dans un but donné. La mathématique aide encore la physique de ses puissants moyens de déduction ; en chimie, elle devient à peu près impuissante, là cesse l'emploi possible de cette forme magistrale du raisonnement. Classer et comparer est la ressources des sciences biologiques. L'astronomie est une fleur du raisonnement, la météorologie doit tout à l'observation, la physique et la chimie marchent à l'aide de l'expérience, la biologie classe et compare pour s'éclairer. Enfin, si nous voulons déterminer les lois des sociétés humaines, ce n'est pas trop du raisonnement, de l'observation, de l'expérience, de la comparaison, aidés de la statistique et de l'histoire.

28 juillet 1875.

40° 31' *Sud*, 21° 50' *Ouest*.

M. — Sur cette mer balayée sans cesse par les mêmes vents énergiques, les lames atteignent sans doute leurs plus grandes dimensions; quelle est la hauteur maximum observée?

X. — Cette hauteur maximum est encore un sujet de controverse, on n'a pas constaté d'altitude supérieure à 10 ou 11 mètres. Mais dans les circonstances où les vagues atteignent des dimensions exceptionnelles, les observations offrent de telles difficultés qu'il est bien permis de se demander si les plus grandes perturbations du niveau marin ont été réellement mesurées.

M. — N'a-t-on rien obtenu du calcul?... La hauteur des lames dépend en somme de la pesanteur et du vent, c'est un problème de mécanique rationnelle qui ne semble pas en dehors de notre portée.

X. - Vous n'ignorez pas combien la mécanique des fluides, liquides ou gazeux, est encore peu avancée... Nos connaissances sur les perturbations de l'Océan sont très-bornées; aussi devons-nous attacher un grand prix aux quelques idées générales dues au génie de Laplace sur les conditions de stabilité de la mer, celle, par exemple, de la supériorité nécessaire de densité de la masse terrestre. Un océan de mercure serait instable : vents et marées pourraient porter ses flots révoltés à l'envahissement des plus hautes montagnes.

5.

Mais Cavendish a pesé la terre dans la balance de Coulomb ; la densité moyenne de notre planète est plus du quintuple de celle de la mer... Tel est le frein à la fureur des flots.

M. — Cette densité moyenne de notre globe est non-seulement supérieure à la densité de la partie liquide de sa surface, mais à celle des masses continentales, conséquence du mode de formation de notre planète. Quand la terre se trouvait à l'état fluide, — état antérieur dont l'aplatissement polaire semble un indice irrécusable, — les scories les plus légères ont surnagé.

X. — D'après certains théoriciens, le centre de la terre serait même encore aujourd'hui à l'état gazeux.

M. — Ces théoriciens ont certainement outrepassé de beaucoup les limites du droit d'hypothèse. Parce qu'ils ont vu la température croître avec la profondeur d'environ 1° par centaine de pieds, ils ont fait ce raisonnement énorme : puisque la température augmente de 1° par 100 pieds, pour 1,500 lieues on trouvera... je ne sais quel nombre, température fabuleuse à laquelle toute matière doit être vaporisée. Ces prétentieuses affirmations sont ridicules aux yeux de quiconque songe à l'infime épaisseur de l'écorce terrestre qu'il nous a été donné d'égratigner. Cependant on ne peut nier la haute température des couches sous-jacentes ; les volcans et les sources d'eau chaude sont des preuves auxquelles il n'y a rien à répliquer.

X. — Si le centre de la terre a cette haute température, elle doit se refroidir et nous sommes menacés de geler.

M. — Ainsi le pensait Buffon, mais cette conséquence n'est point nécessaire...

X. — Comment! si l'intérieure de la terre se refroidit, sa surface ne se refroidit pas...

M. — Mais non : Fourier, le grand physicien, l'a démontré par les considérations mathématiques les plus certaines... Admettez-vous, avec l'expérience et la théorie, qu'une sphère portée à une haute température se refroidisse par sa surface, et que la perte de calorique s'opère par couches successives de la périphérie au centre?

X. — Sans doute.

M. — Très-bien. — Ceci admis, plaçons un boulet rouge dans un appartement ; il se refroidira d'autant plus vite que son excès de température sur le milieu ambiant sera plus considérable... Il se refroidit, avons-nous dit, par la surface, mais il y a une température au-dessous de laquelle cette surface ne peut descendre, c'est celle du milieu ambiant.

X. — C'est évident.

M. — Nous avons admis la succession du refroidissement de la périphérie au centre... Au moment où la surface, en se refroidissant, arrive à la température du milieu ambiant, le centre du boulet sera à une température plus élevée, d'autant plus élevée que le rayon sera plus grand.

X. — Il est vrai.

M. — Donc, à partir de ce moment précis où la surface sera descendue à la température du milieu ambiant, la température de la surface sera indépendante de tout refroidissement intérieur.

X. — Je commence à comprendre.

M. — Mais, comme le disait l'illustre Fourier, si la Terre, dans sa course, pouvait abandonner un thermomètre après elle, ce thermomètre ne baisserait pas indéfiniment ; il s'arrêterait à un point quelconque, et ce point marquerait la température de l'espace... Reprenons notre boulet chaud : quand sa surface s'est mise en équilibre avec le milieu ambiant, faisons-le tourner autour d'un axe, et frappons-le perpendiculairement à cet axe d'un faisceau de rayons calorifiques. Qu'arrive-t-il?... une partie de ces rayons ne fait que tangenter les pôles, ils sont inefficaces et, les pôles, n'étant pas échauffés par ces rayons, restent à la température du milieu. Si donc nous n'avions ni océan ni atmosphère, la température des régions polaires nous donnerait immédiatement la température des espaces célestes. La zone équatoriale de notre boulet, au contraire, recevant d'aplomb les rayons calorifiques, s'échauffera, et sa température croîtra jusqu'au moment où la chaleur perdue par le rayonnement égalera la chaleur reçue de la source ; — moment qui arrivera bientôt, puisque la perte de chaleur est proportionnelle au carré de l'excès de la température du corps sur celle du milieu ambiant. La température de la zone équatoriale dépendra alors uniquement, d'une part, de la température du milieu, de l'autre, de la chaleur émanée de la source et ne sera nullement affectée par le refroidissement interne. Donc, étant données pour les espaces célestes une température déterminée et la constance de la chaleur solaire, il arrive de toute nécessité un moment où la température de la surface est indépendante de toute déperdition de chaleur centrale. Ce moment est-il arrivé?... Tout porte à le croire. Nous possédons, en effet, des observations astronomiques remontant à une assez haute antiquité pour constater l'invariabilité du jour sidéral depuis l'époque la plus reculée ; d'où nous pouvons conclure la constance de la température superficielle de notre globe.

X. — Comment cela?

M. —En vertu du théorème des aires... La somme
des aires décrites, en un temps donné, autour de la
ligne des pôles, par les rayons vecteurs des molécules
terrestres doit être constante ; si donc le rayon diminue, la vitesse augmente ; or, si la terre s'était
refroidie, elle se serait contractée.

X. — C'est diablement subtil.

30 juillet 1875.

42° 51' Sud, 14° 10' Ouest.

M. — C'est fastidieux d'être secoué à perpétuité
par cette mer dure, et, pour distraction principale, de
regarder l'eau couler le long du bord. Toujours la
même chose : vent du nord, — brume et pluie ; on
est détrempé, dégommé ; vent de sud — grains et
grêle vous fouettant le visage. Le froid devient vif ;
c'est rude d'aller serrer une voile quand les mille
épingles de la grêle vous piquent les mains et la
figure. Pauvres diables de marins !...

X. —Un métier d'enfer dans ces parages : fatigues,
nourriture échauffante, insuffisance de sommeil...
insuffisance de sommeil surtout, c'est là le plus
pénible : tous les jours pairs se coucher à onze
heures du soir pour se lever à quatre heures du
matin ; les jours impairs se lever à onze heures du
soir pour ne dormir le matin que de quatre à six ;
puis l'inverse le mois suivant,... Il faut avoir l'âme
chevillée dans le corps pour y résister. Néanmoins

les matelots aiment cette vie ; je n'en dirai pas autant des officiers, malgré le bien-être relatif dont ils jouissent. Sous les tropiques, quand il n'y a pas de manœuvres, on peut dormir sur le pont. Ici, non-seulement le sommeil, mais le repos sont impossibles ; quand le roulis n'est pas trop fort, les hommes passent la plus grande partie de la nuit à marcher à la file indienne, en frappant du pied pour se réchauffer, et en chantant quelque chanson monotone à nombre indéfini de couplets.

M. — Les nuits sont d'une longueur navrante ; le jour on se distrait un peu à regarder les damiers, pigeons de la mer en demi-deuil aristocratique, puis les malamoques, goëlands de nos côtes, devenus des géants, les pétrels d'un noir terne, connus sous le nom de cordonniers, quelquefois plus poétiquement désignés sous le nom d'âmes en peine... Cette dernière qualification d'âme en peine répond bien à leur plumage sombre, à leur vol bas, constant, rasant les crêtes des lames, sans repos ni trêve, sur l'immense solitude de l'Océan. A vrai dire, ces animaux semblent si stupides qu'on ne peut les soupçonner d'être accessibles à l'ennui.

X. — Nous en prendrions bien vite si le calme se faisait, car leur gloutonnerie est inimaginable ; ils se posent alors sur l'eau et se précipitent sur l'hameçon avec une vraie furie. On peut les manquer dix fois de suite et leur déchirer le bec par les plus violentes secousses, ils reviennent à la charge jusqu'au moment où ils sont pris.

M. — Ils doivent, en effet, sentir le besoin d'une énorme quantité de nourriture, soit pour conserver leur chaleur sous ce froid climat, soit pour fournir à la dépense d'un vol si continu. Les oiseaux sont des machines à haute pression peu économiques ; l'économie du combustible a été sacrifiée à la légèreté de l'appareil ; en outre, comme dans toutes les machines possibles, la consommation est proportionnelle au travail développé ; or, dans ce cas, le travail est considérable. Nous autres, mammifères, nous représentons les machines à pression moyenne ; les reptiles et batraciens, les machines à basse pression économiques, mais peu puissantes. Dans le monde organique règne aussi la loi universelle de l'équivalent mécanique de chaleur. Les lois de la mécanique rationnelle sont générales et gouvernent la course des astres, comme le vol des oiseaux et la marche de l'homme. Les oiseaux, en leur qualité de machines à haute pression, ont une surface de chauffe énorme : leurs poumons communiquent avec de grandes cellules membraneuses, l'air circule dans tout le corps, et le contact de l'oxygène avec le sang veineux s'opère dans presque tous les organes.

X. — Les damiers et les cordonniers sont les oiseaux qu'on trouve le plus au large ; l'albatros, dont le vol est si puissant, s'éloigne moins du rivage. Damiers et cordonniers vivent en haute mer et n'approchent la terre qu'au moment de la ponte. Ils suivent les navires avec persistance : leur poursuite acharnée, leur avidité pour tous les détritus tombés du bord, feraient croire à la difficulté de leur subsistance ; on les trouve toujours cependant fort gras.

M. — Le vol des damiers est particulièrement gracieux, c'est plaisir de leur voir faire le tour du bord avec tant d'aisance ; ils passent si près qu'on croirait pouvoir les saisir en étendant le bras, on distingue très-bien leurs petits yeux noirs et doux.

2 août 1875.

42° 20' Sud, 3° 30' Ouest.

M. — Quand l'atmosphère est, comme aujourd'hui, d'une grande pureté, il faut n'être guère observateur pour ne pas être frappé du contraste entre la vivacité du ciel polaire et la tranquille sérénité du ciel tropical. Les étoiles scintillent avec un éclat extraordinaire, d'incessantes étincelles jaillissent de cet écrin polychrome ; le firmament semble actif, il éveille les idées de mouvement, c'est l'univers en travail renouvelant sans cesse toutes ses formes, la course effrénée des astres dans leurs orbites, les vibrations fantastiques de l'éther... Sous les tropiques, l'âme pénétrée du calme des cieux, s'élève au sentiment de l'éternité par la contemplation des grands cycles célestes... Remarquez la transparence de l'atmosphère ; malgré la nuit vous distinguez franchement l'horizon, et néanmoins, comme Humboldt en a fait la remarque, nous ne voyons le lever d'aucune étoile.

X. — Le fait est certain et assez inexplicable, d'autant plus qu'il n'en est pas ainsi de Vénus ou des pointes des cornes de la lune... il n'est pas rare de les prendre au lever pour un phare ou pour le feu blanc d'un navire à vapeur.

3 août 1875.

43° 30' Sud, 40' Est.

M. — Nous avons passé le méridien de Paris, il me semble que nous commençons seulement aujourd'hui notre tour du monde. Il vente frais du S.-S.-O. Le thermomètre, descendu à 2° pendant la nuit, n'a pas dépassé 4° dans la journée.

X. — On dirait que le vent passe sur quelque banquise peu éloignée, tant la mer est plate; elle a tout l'aspect d'une mer abritée... D'après les cartes, différentes fois des ice-bergs ont été entraînés, même en cette saison, dans ces parages.

M. — Rien de triste comme ces grains de neige... quand leur épais rideau blanc s'avance sur la mer, il semble toujours voiler quelque funeste mystère.

X. — La brume et la neige sont les deux plus grands ennemis du marin; devant ces phénomènes il se sent d'une impuissance absolue... Ces flocons de neige qui tombent si mollement, avec le silence d'un complot de jésuites, sont un vrai bandeau pour les yeux. Ces parages, par bonheur, sont peu fréquentés, il faudrait un vrai guignon pour rencontrer un navire ; les bancs de glace, en réalité, sont très-rares. Néanmoins c'est énervant d'aller avec une vitesse de 10 à 11 nœuds sans rien voir ; cette course effrénée dans les ténèbres rappelle l'infernal galop des légendes. Pendant la nuit l'obscurité profonde, absolue, d'une épaisse neige fait broyer du noir à l'âme la mieux trempée.

M. — Il faut une fière confiance en ses cartes pour faire ce métier.

X. — Un peu aussi dans son étoile... Sans doute, grâce aux progrès de la science nautique, la part du calcul devient chaque jour plus grande par rapport à celle du hasard, mais il faudra toujours compter un peu sur la chance. Quand je compare le nombre des sinistres aux périls impossibles à conjurer par la méthode, il me semble que le sort nous favorise à cette loterie.

5 août 1875.

42° 45' Sud, 6° Est.

M. — Quel calme singulier ! on se croirait dans un lac... Pour que la mer ait pu arriver, si loin de toute terre, à ce degré de tranquillité, elle a dû n'être troublée par aucun vent depuis plusieurs jours.

X. — C'est fort étrange, car nous sommes sous une des zones où les vents d'ouest sont le plus constants, et même, d'ordinaire, assez immodérés. Nous sommes évidemment sous une influence particulière due à la proximité du continent africain, mais cette influence n'est pas facile à préciser. C'est une de ces anomalies apparentes dont nous ne sommes appelés à connaître les raisons que dans un avenir fort éloigné.

M. — Ce calme ne manque pas d'à-propos ; dans ces mers dures, l'homme et le navire fatiguent. Depuis notre départ de Sainte-Catherine, nous n'avons point passé une heure sans manœuvrer.

X. — Et sans pouvoir arriver, comme nous disons nous autres marins, à avoir la *toile du temps*. Avec ces variations incessantes dans l'intensité de la brise, ou nous n'avons pas assez de voilure, ou nous en avons trop, et ramasser de la toile n'est pas chose aisée avec des mains gelées. Le froid paralyse, et je crains toujours, dans quelque grand mouvement du navire, de voir tomber un homme à la mer.

M. — Ce doit être un événement bien pénible...

X. — Heureusement fort rare... La bouée, près de laquelle veille perpétuellement un factionnaire, tombe au premier cri d'alarme. Souvent le malheureux la saisit sans qu'on puisse mettre une embarcation à la mer pour l'aller prendre. A la cape, c'est un horrible spectacle de voir un homme à cheval sur la bouée et le navire dériver lentement, de conserver en vue pendant des heures la victime vouée à la mort la plus atroce.

7 août 1875.

44° 10' Sud, 8° 10' Est.

Aujourd'hui, j'ai lu sur le journal ces paroles brèves :

« 2 heures. — Deux planches de pavois d'un navire passent le long du bord. »

Encore un drame dont le mystère restera à tout jamais enseveli dans la solitude de l'Océan.

Les malamoques, les damiers et les albatros ont été les derniers témoins stupides de douleurs immenses... je regarde avec une sorte d'effroi le bec crochu, le vol sinistre, le plumage funèbre des *âmes en peine*, et je pense aux sombres légendes de mon pays, où l'on raconte le terrible ennui de ces âmes de marins morts sans l'état de grâce et condamnées à raser de leurs ailes les flots écumeux d'une mer sans rivage, jusqu'au jour du jugement dernier.

La brise, pendant quelques heures, s'est levée violente du sud au S.-S.-E., au point de nous empêcher de faire bonne route, puis le calme est revenu.

9 août 1875.

41° 40' Sud, 13° 10' Est.

Calme plat ; la brise est tombée subitement, le temps est magnifique. On a passé la journée à pêcher des oiseaux ; les gloutons se précipitent sur les lignes jusque sous les fesses du navire.

X. — Nous fuyons les approches du Cap pour éviter le fort courant portant à l'ouest qui y règne sans cesse ; y tomber ne ferait pas l'affaire. Les tempêtes de l'ouest y sont fréquentes ; il s'établit alors entre le vent et le courant une lutte acharnée, d'où résulte cette mer démontée qui a valu au banc des Aiguilles sa trop juste célébrité. Ce courant remonte le long de la côte d'Afrique, puis, barré par le golfe de Guinée, il fournit son tribut au grand courant équatorial. La circulation océanique, par sa fixité, est tout à fait comparable à la circulation du sang ; l'Océan a aussi ses veines et ses artères, c'est-à-dire ses courants chauds et ses courants froids.

M. — Le vieil Adamastor, à la barbe marine ornée de coquillages et de verts goëmons, est d'ordinaire un citoyen peu commode ; il se montre pour nous d'une bénignité inaccoutumée et semble prendre plaisir à nous faire les honneurs de son royaume.

X. — La nuit passée, j'ai contemplé un phénomène assez rare, un arc-en-ciel lunaire, je ne m'explique point sa teinte pâle et blanchâtre dans laquelle je n'ai pu retrouver les couleurs du spectre ; et cependant la formation du spectre est la condition même du phénomène. Dans d'autres arcs-en-ciel lunaires j'ai très-bien observé les couleurs simples, et j'ai même distingué le second arc... Je vois toujours avec bonheur grandir la lune, le soleil des loups et l'amie du marin ; si le Créateur nous eût consultés, nous aurions au moins deux lunes.

M. — La pauvre Terre a déjà bien de la peine à traîner son lourd satellite ; si nous ne sommes pas. aussi riches en nombre que Jupiter, Saturne et Uranus, toute proportion gardée, notre lune à elle seule vaut les leurs.

X. — Un drôle d'astre qui nous montre toujours la même face, vu l'égalité des temps de sa rotation et de sa révolution ; au dire des astronomes, cette singularité aurait pour cause la forme de notre satellite. A l'époque où il se trouvait encore à l'état pâteux, l'attraction de la Terre l'aurait allongé suivant leur commune ligne des centres.

M. — La faiblesse de sa masse et de sa densité, relativement à celles de notre planète, permet d'affirmer la grande infériorité de l'action de la pesanteur à

sa surface ; les forces élastiques intérieures en ont
profité pour la bouleverser tout à l'aise. Aussi se
pare-t-elle orgueilleusement de montagnes colossales,
de cratères énormes, de cirques gigantesques et autres
agréments volcaniques. Son étude est fort dangereuse :
d'après Arago, tous ceux qui l'ont trop assidûment
observée sont devenus lunatiques.

X. — Dépourvu d'atmosphère — et d'eau par conséquent, car, dans le vide, l'eau, en se vaporisant, lui
constituerait une atmosphère, — notre satellite doit
être en lui-même assez peu intéressant. Comment y
comprendre la vie sans un fluide plus ou moins analogue à notre air ?... La matière, sans doute, s'y manifeste uniquement sous la forme minérale.

M. — La constitution lunaire présente, me semble-
t-il, une objection contre la nouvelle théorie des volcans : d'après M. Fuchs, l'activité volcanique se développerait par le contact des eaux de la mer avec les
matières ignées souterraines. Ce savant appuie sa
thèse sur de très-bonnes raisons, entre autres la présence des éléments marins dans les produits volcaniques. Mais comment concilier cette théorie avec la
formation des cratères de notre compagnon de voyage
dans l'espace éthéré ? L'activité volcanique serait en-
gendrée par les eaux de la mer, et elle montrerait le
plus d'énergie là précisément où il ne peut y avoir
d'Océan.

X. — La lune a je ne sais quel aspect décharné, ce
doit être le squelette de quelque astre mort.

M. — Il faut penser à son grand âge, car elle est
beaucoup plus vieille que notre planète. Peut-être
bien les êtres terrestres ont-ils jadis vécu dans la
lune... D'après la Cosmogonie de Laplace, les astres
les plus éloignés du soleil sont arrivés les premiers à

l'âge adulte. Les premiers nés doivent logiquement les premiers mourir. Neptune et Uranus doivent être défunts, et le vieux Saturne est au moins bien malade. Ces planètes, qui voient aujourd'hui le soleil sous un angle si petit — de Neptune on le confond presque avec les étoiles — l'ont contemplé, sous un angle plus grand que nous ne le voyons, à l'époque antique où la photosphère solaire ne s'était pas encore contractée dans ses limites actuelles. Comment imaginer la vie sur une planète où le soleil apparaît sous l'angle d'une minute?... Neptune, je crois fort, a vécu dans le temps où Mercure faisait encore partie de l'astre radieux... Des astres meurent, d'autres naissent, et les esprits émigrent de l'un à l'autre à travers l'infini et l'éternité.

X. — Tout ceci est un jeu d'imagination, mais bien certainement la lune n'a point d'atmosphère; car, dans les occultations d'étoiles, l'astre occulté conserve, pendant sa disparition, sa vitesse normale. Or, la réfraction, s'il existait une atmosphère, prolongerait pour nous le temps de la visibilité de l'étoile.

M. — Des occultations d'étoiles, nous tirons une autre conclusion importante, celle de l'extrême petitesse des diamètres stellaires. Un diamètre de 2" mettrait 4 s. à s'éclipser, et la disparition est subite. Herschell, avec son lamp-micrometer, avait estimé certains diamètres à 0",2 et 0",3, d'où l'on conclurait à des rayons de 8 millions de lieues, résultat évidemment exagéré.

X. — Qu'en savons-nous?

M. — Rien, en somme... Il doit exister des soleils géants et des soleils nains. Pourquoi tous les grains de la poussière stellaire seraient-ils de même grosseur?... Les plus brillants soleils sont loin d'avoir les mouvements les plus rapides ; jusqu'à présent l'étoile dont les mouvements constatés sont le plus considérables, la 61e du Cygne, appartient à la sixième grandeur. Or, il y a chance que la vitesse apparente soit en raison inverse de la distance... La grandeur apparente des étoiles ne dépendrait donc pas toujours de la parallax .

X. — La plus grande variété règne dans les espaces célestes ; pourquoi les astres seraient-ils de même grandeur, ayant des couleurs différentes et, par suite, une constitution dissemblable ?

M. — Je ne me fais pas à l'idée d'un soleil rouge ; voir toujours rouge ou noir, ce doit être fort déplaisant.

X. — Et les mondes éclairés par les étoiles doubles ?

M. — J'aimerais assez séjourner dans un monde formé d'un couple blanc et bleu, couple qui n'est point très-rare ; au jour blanc, au lieu de nuit, voir succéder un jour bleu, ce doit être fort agréable...; pour peu que l'astre éclairé ait quelques lunes, il aurait tour à tour des nuits bleues, des nuits noires, éclairées par des lunes blanches et des lunes bleues... Je plains les gens qui n'ont rien vu en dehors de leur village ; j'aime le mouvement, et j'espère voyager après ma mort comme pendant ma vie... C'était la religion de nos pères les Gaulois.

11 août 1875.

41° 30' Sud, 14° 50' Est.

M. — Quel calme !... quel beau temps !... Le thermomètre a beaucoup remonté ; cette température de

13° réconforte. Les hommes forment des groupes à l'aimable clarté de ce premier quartier de lune, jouent à la main chaude ou se reposent en attendant le vent.

X. — Qui ne peut tarder... Aujourd'hui, le calme est un ennui ; jadis, il fut la terreur des marins ; trop souvent se dressait avec lui le spectre de la soif et de la faim. Nous pouvons, nous, affirmer d'avance le peu de durée de ce calme insolite. Le baromètre est d'une hauteur anormale pour ces parages ; quand il commencera à baisser, la brise ne sera pas loin. Lorsque nous nous serons éloignés de la pointe africaine, nous trouverons dans l'océan Indien les gros vents et la mer fatigante ; ce ne sera pas follement gai tous les jours, mais nous aurons la consolation d'aller bon train. Des clippers anglais font cette traversée d'un cap à l'autre avec une vitesse incroyable, surtout les fameux *marchands de laine*, comme on les appelle communément, parce qu'ils arrivent à Sidney après la tonte des brebis, afin de rapporter le plus promptement possible leurs toisons aux manufactures de la métropole.

M. — Pourquoi n'avons-nous pas d'aussi beaux navires ?

X. — A vrai dire, je n'en sais rien, et ce n'est pas faute d'y avoir pensé... Manque d'initiative probablement. Notre marine marchande s'est engourdie dans les faveurs, surtaxes, primes, monopoles. Rien ne nous réussit. Sous Loûis-Philippe, on tenta d'acclimater chez nous la pêche de la baleine ; les Américains faisaient de l'or avec cette industrie ; malgré des primes insensées, cette tentative avorta.. Nous entretenons à grands frais la pêche du banc de Terre-Neuve ; voici le résultat : j'ai vu des navires français, à la Havane, vendre la morue *au-dessous du prix de-la prime*, sans pouvoir soutenir la concurrence des Anglais !... Nous nous sommes longtemps posé ce problème : tout faire chez nous pour ne pas payer tribut à l'étranger. Nous ne voulions pas d'importations, et nous voulions une marine !... Bref, nous l'avons si bien protégée, dorlotée, emmaillotée, nous l'avons si longtemps tenue en lisières, qu'elle n'a jamais appris à marcher seule...

M. — Vous êtes libre-échangiste ?...

X. — Enragé... Mais je n'attribue pas la décadence de notre marine à la seule protection. Le libre-échange est une bonne chose, mais il ne faut pas lui demander plus qu'il ne peut donner ; il favorise l'activité, le travail, la probité, il ne saurait les suppléer. Or, nous sommes indolents ; quand on a entre les mains un capital-navire, si on ne le fait pas *suer*, suivant une expression de matelot, on se ruine. Là est la grande supériorité des Anglais, ils opèrent avec une prodigieuse promptitude et ne laissent pas un seul instant leur capital improductif. Notre paresse tire sans doute son origine de la protection ; au lieu de demander ses bénéfices à l'activité, la marine marchande trouve plus commode de les mendier à l'Etat. Mais il est pour notre commerce une cause de dépérissement bien plus grave...

M. — Qui est ?

X. — Notre improbité. On traite volontiers avec l'Anglais à cause de sa probité. Quand un Anglais fait une mauvaise affaire, il en accepte fièrement les conséquences, et ne cherche point, par la fraude, à la faire retomber sur la partie prenante. Commandez-vous sur échantillon ?... Vous aurez la qualité convenue, l'Anglais vous fournira, comme il dit, la marchandise loyale et marchande. Comment opère-t-on chez nous ?... Une vieille maison connue par son exactitude

6.

commerciale se retire-elle, elle est accaparée par un
spéculateur ; celui-ci suit d'abord les vieux errements,
mais le jour où il a pu obtenir des commandes considérables, il lance ses marchandises frelatées. La
maison est coulée, mais le spéculateur a donné son
coup de filet et passe ailleurs à d'autres exercices.
Sous l'excellent Louis-Philippe, on avait pris au
sérieux la formule de Guizot « Enrichissez-vous » :
l'argent devint l'honneur. Le commerce français prit
dès lors mauvais renom à l'étranger ; mais sous l'empire, cette ère paradisiaque des boursicotiers et des
filous de haute volée, les spéculations malpropres
atteignirent des proportions inconnues. Chacun suivit
l'exemple donné de haut, la société se transforma en
une vaste exploitation des niais par les fripons. Le
moyen de faire fortune au dedans se transporta naturellement au dehors, et notre commerce extérieur
devint une immense filouterie. Qu'est devenue la vieille
réputation des bijoux français à l'étranger ? Le chrysocale s'appelle l'or français depuis un vol célèbre
opéré sur la plus vaste échelle. L'Empire, lui aussi,
était de chrysocale. Notre commerce aura bien de la
peine à se relever. Pour les nations, toute faute entraîne toujours son châtiment.

M. — Et le remède ?

X. — Le remède... La réputation d'un peuple est
comme celle d'une femme. Il faut avant tout redeve-
nir honnête et compter sur le temps...

12 août 1875.

43° 20' Sud, 17° 40' Est.

M. — A l'extrémité de ce continent africain vit une des plus odieuses variétés de l'espèce humaine ; les plus abjectes se sont fixées d'ailleurs sur les trois grands caps de l'hémisphère sud. Les Boschimans sont de vraies bêtes sauvages : dans deux cavernes voisines on trouve souvent une famille de fauves, une famille de Boschimans. Absolument nus, ils habitent des antres et se nourrissent de serpents, de chenilles et de fourmis. Parfois, armés de leur arc et de flèches empoisonnées, ils quittent leurs cavernes des montagnes et descendent en plaine se mettre en embuscade derrière quelque rocher. S'ils sont assez heureux pour abattre quelque gros gibier, ils le dépècent, le dévorent tout cru, l'engloutissent jusqu'à vomissement et recommencent à ingurgiter dès qu'ils ont vidé leur estomac. Leurs facultés morales sont certes inférieures à celles de nos chiens domestiques.

X. — Et leurs facultés intellectuelles à celles des rusés corbeaux d'Afrique ; ces malins oiseaux sont très-friands d'œufs d'autruche, mais leur bec n'en peut percer la coque résistante ; pour la briser, ils s'élèvent avec un caillou dans les serres et le laissent tomber sur la proie convoitée.

13 août 1875.

41° 10' Sud, 21° 10' Est.

X. — Tonnerre, éclairs, pluie, gros vents de nord-ouest, mer dure, rien ne manque à la poussée qui nous éloigne enfin du cap des Aiguilles... un beau pays sain, naturellement occupé par les Anglais, comme tous les beaux pays bien situés.

M. — Leur conquête de la colonie du Cap sur les Hollandais est le résultat du blocus continental, une des grandes pensées de l'empereur... Nous avons versé notre sang sur tous les champs de bataille de l'Europe pour édifier le colosse de la puissance anglaise. Si Napoléon Ier a eu beaucoup de grandes pensées, il n'en a guère eu de raisonnables. Ses trois conceptions personnelles : l'expédition d'Egypte pour abattre la puissance anglaise, l'expédition de Saint-Domingue pour le rétablissement de l'esclavage, le blocus continental, sont trois imbécillités qui n'ont pour elles que d'être énormes.

X. — Pendant que nous nous épuisions à faire des conquêtes impossibles à garder, l'Angleterre s'assurait l'empire du globe. Il faut l'avouer du reste, quand les Anglo-Saxons s'emparent d'un pays, leur domination est généralement un bienfait, ils apportent la liberté comme cadeau de bienvenue. L'empire Britannique est une fédération, de là sa force... Si l'unité, dans une certaine mesure, est le régime naturel d'une nation dont toutes les parties se touchent, où règnent la même langue, les mêmes goûts, les mêmes mœurs, la fédération est la forme nécessaire d'un empire répandu dans le monde entier. C'est rendre service à l'humanité de civiliser les Cafres et les Hottentots... Les efforts des Anglais en Cafrerie ont été couronnés d'un plein succès.

M. — Il y a de la ressource chez les Cafres, la race est belle, propre, industrieuse ; les premiers voyageurs les trouvèrent rassemblés dans des villes importantes, groupés autour de places publiques ombragées d'arbres fruitiers. Quant aux Hottentots, ils se nourrissent des bêtes les plus immondes ; couverts de peaux de moutons fraîchement tués, ils exhalent une puanteur horrible... l'intelligence chez eux, comme toujours, est au niveau du bien-être.

X. — Dans certaines parties de l'Afrique, l'homme est tombé bien bas, mais avons-nous le droit d'être si fiers en Europe ? Naguère les paysans polonais et russes pouvaient envier le sort des esclaves des Ashantis.

M. — Si les nègres, à l'époque où brillait la cour de Louis XV, étaient descendus sur nos côtes pour y faire la traite des blancs, ils auraient trouvé nos paysans plus misérables et non moins stupides que leurs captifs. Dans mon enfance même, j'ai vu les habitants des montagnes Noires de la Bretagne dans un état de civilisation nullement supérieur à celui des noirs du Sénégal ; sous le même toit, la même porte donnait accès aux hommes et aux bêtes à peine séparés par une cloison à hauteur d'appui ; de larges trous taillés dans une table épaisse servaient d'écuelles, et la saleté de ces Bretons, sans l'égaler tout à fait, rappelait celle des Hottentots. Il n'y a pas de vraie civilisation sans démocratie ; il m'est impossible de considérer comme policée une société où une aristo-

.6

cratie élégante et pourrie se superpose à une foule
ignorante, malpropre, sauvage. Aujourd'hui même,
une notable population de la Basse-Bretagne nous
donne le spectacle très-exact de l'état mental de l'A-
frique fétichiste, et, par une révolution singulière,
nous voyons en France les classes dirigeantes retourner, sous le nom de mysticisme, à ce point de départ
de l'humanité.

X. — Ce tableau ne manque pas de vérité, on ne
trouverait cependant pas chez nous la férocité africaine. J'ai vu à Tissoara, entre Mozambique et Zanzi-
bar, exposer, à basse marée, des esclaves malades au
bord de la mer, les lames les engloutissaient s'ils ne
pouvaient remonter avant le flot; s'ils gagnaient de
vitesse la marée montante, on considérait cette preuve
de vitalité comme une chance de retour à la santé;
alors on les soignait.

M. — On doit attribuer en grande partie cet état
stationnaire de l'Afrique à la configuration de ses côtes.
La civilisation européenne s'est développée sur les
rives de la Grèce déchiquetées et parsemées d'îles, où
de nombreux abris donnaient des facilités à la navigation naissante. Le long des rives d'un grand fleuve,
en Egypte, dans l'Inde, les nations progressent d'a-
bord brillamment pour s'immobiliser. La navigation
hauturière semble seule avoir la faculté d'entretenir le
développement intellectuel et de soutenir la vitalité
d'un peuple. A bien dire, du reste, la civilisation européenne date, de la Réforme seulement, sa supériorité;
au moyen âge, nous étions fort en retard sur la Chine.
Une minutieuse comparaison prouverait que sous
Louis XIV la France pouvait envier la plupart des institutions de l'extrême Orient... Dans la plus grande
partie de l'Afrique, on trouve des côtes inabordables;

les peuples, ne recevant rien du dehors, réduits à produire d'eux-mêmes toutes leurs idées, restent en arrière.

X. — L'espèce noire n'est pas aussi particulière à l'Afrique que l'espèce cuivrée à l'Amérique, car on la retrouve en Australie... Quand on voit quelle différence sépare les nègres des blancs, on se sent peu disposé à croire à l'unité de l'espèce humaine.

M. — Il existe cependant entre eux un lien spécial dénoncé par ce fait caractéristique : le produit d'une chienne blanche et d'un chien noir n'est jamais gris ; on n'a jamais vu de métis de nègre et d'Européen tacheté moitié noir, moitié blanc.

15 août 1875.

44° 20' Sud, 30° Est.

X. — Encore ce matin un arc-en-ciel lunaire, c'est assister deux fois en peu de temps à un rare phénomène... Beau temps d'ailleurs et brise raisonnable.

M. — Croyez-vous à l'influence de la lune sur le temps ?... Quand les marins parlent du temps, ils ont toujours la lune à la bouche.

X. — La lune a sans doute sa part d'influence dans les phénomènes météoriques, mais son rôle est peu connu. Il y a bien une marée atmosphérique, mais cette marée, selon toute apparence, agit dans les régions superficielles et ne pénètre guère les profondeurs de l'Océan aérien. D'habiles observateurs ont contesté l'influence de cette marée sur le baromètre, ce qui prouve en tout cas la faiblesse de son action. Il a fallu toute la sensibilité du thermoscope de Melloni pour mettre hors de doute la chaleur lunaire. De quel poids peuvent être des causes si peu actives auprès de la puissance calorifique du soleil? La dilatation de l'air atmosphérique, le vide produit par la condensation de la vapeur d'eau contenue dans cet air, voilà des forces bien autrement agissantes. Cependant ce fait que la pierre de Bologne et d'autres substances deviennent lumineuses pendant le clair de lune, enfin l'action photographique de notre satellite, démontrent qu'il serait très-imprudent de nier son influence sur les phénomènes terrestres. Nous avons en faveur de cette opinion deux observations très-remarquables à la mer : 1° la fréquence de grains soit au lever, soit au coucher de la lune; 2° le phénomène caractérisé par cette expression nautique : la lune mange les nuages. D'après Arago, la chaleur lunaire pourrait être plus efficace dans la région des nuages ; elle ne nous parviendrait pas, précisément parce qu'elle a été absorbée par l'atmosphère.

M. — La prétention des Arcadiens d'être plus anciens que la lune m'a toujours paru fort étrange et nous donne la mesure de la valeur des traditions. Selon toute probabilité, la lune existait avant la Terre, ou du moins elle avait acquis ses dimensions actuelles, quand notre planète ne s'était pas encore renfermée dans les siennes, puisque notre satellite est un produit de l'atmosphère terrestre à l'époque où cette atmosphère atteignait l'orbite lunaire. J'ai entendu certains clercs triompher d'une prétendue concordance entre la Bible et la cosmogonie de Laplace. Dans le système de Laplace, **la formation** du soleil est postérieure à celle de la Terre, et l'on ne peut voir, en effet, sans un certain étonnement, les livres sacrés placer la création du Soleil non-seulement après celle de la Terre, mais même après la création des arbres et des plantes... La science n'oserait pas aujourd'hui déclarer impossible l'existence d'une flore terrestre antérieure au soleil... Malheureusement, d'après l'Écriture, le soleil et la lune ont été créés simultanément du troisième au quatrième jour. Or, si l'on admet la cosmogonie de Laplace, il faut l'admettre tout entière : si l'on est enchanté de voir la Terre déjà formée, et même couverte de plantes, avant la concentration du soleil dans ses limites définitives, il faut conclure, par la même raison, l'antériorité de la formation de la lune à la formation de notre globe, conclusion contraire aux textes sacrés. Cette hypothèse de la génération de la lune par l'antique atmosphère terrestre, étrange à première vue, s'appuie sur des calculs qui lui donnent un certain cachet de probabilité. Nous devons ces calculs à Auguste Comte, le philosophe positiviste ; il a cherché la vitesse de la rotation de la terre à l'époque où son atmosphère comprenait l'orbite lunaire, et il a trouvé, à moins d'un dixième de jour près, la vitesse de translation de notre satellite. C'est là, on ne peut le nier, une concordance au moins singulière. Fait non moins remarquable : de l'hypothèse cosmogonique de Laplace, A. Comte est parvenu à déduire comme corollaire la troisième loi de Képler.

17 août 1875.

44° 50' Sud, 38° Est.

M. — Beau temps, bonne brise, la lune brille magnifiquement au ciel ; comme dit Amyot :

> De feu luisant elle est environnée
> Tout à l'entour ; la face anluminée,
> D'une pucelle apparaît au milieu,
> De qui l'œil semble être plus vert que bleu.
> La joue un peu de rouge colorée.

L'intensité de la lumière lunaire nous fait illusion ;
les roches de la lune ne sauraient avoir un pouvoir
réflecteur beaucoup plus grand que nos roches terrestres ; la lune a donc l'éclat de nos rochers éclairés par
le soleil, ni plus ni moins. On peut, du reste, s'en
assurer quand, au soleil levant, la lune se cache derrière un rocher lointain.

X. — Oui, mais nous avons les roches sous le nez,
et la lune à 90,000 lieues.

M. — Qu'importe !... D'après les lois les plus
incontestables de l'optique, le rocher conserverait le
même éclat si on le transportait aux lieu et place de la
lune ; seulement il sous-tendrait un arc si petit qu'il
en deviendrait invisible.

X. — En vertu de cette théorie, des astronomes,
notamment l'illustre Olbers de Brême, se sont demandé pourquoi on voyait le soleil, et comment la
lune et les planètes ne se détachaient pas en noir sur
une voûte partout également brillante... Le nombre

des étoiles est infini, disaient-ils, et les corps lumineux conservant leur éclat à toute distance, chaque
point du ciel doit être aussi éclatant que chaque point
du soleil.

M. — Ce raisonnement suppose la diaphanéité absolue de l'air et des espaces célestes ; prise en masse,
l'atmosphère est bleue, elle absorbe donc une partie
des rayons qui la traversent. Il est une autre réponse
très-catégorique à la question d'Olbers : le nombre des
corps obscurs dans le firmament égale, selon toute
probabilité, le nombre des corps lumineux ; en tout
cas leur existence ne peut être mise en doute. Définitive ou momentanée, — comme dans le cas des étoiles
périodiques, c'est-à-dire sujettes à éclipse, — la disparition de certaines étoiles en est la preuve irréfutable.

X. — Au point de vue philosophique, la lune nous
a rendu un grand service, en nous permettant de démontrer l'identité de la pesanteur et de la gravitation,
démonstration impossible sans un satellite terrestre.

M. — Plutarque eut une intuition de cette grande
vérité, car nous trouvons dans Amyot ces paroles caractéristiques : « La lune ne se meut point selon le
mouvement de la pesanteur, étant son inclinaison
déboutée et empeschée par la violence du mouvement
circulaire. »

19 août 1875.

42° Sud, 44° 10' Est.

Si nous avons eu quelques jours de beau temps,
nous le payons cher. La brise a pris au Sud avec vio-

.ence, le froid est aussitôt revenu. Le thermomètre ne monte plus au-dessus de 3°; battu par la lame du travers, le bateau fatigue, il a fallu se décider à laisser porter, à faire du nord, enfin à mettre à la cape.

Le vent siffle·dans les cordages en fer, tout crie et craque, par moments une lame sourde heurte le flanc du navire et fait résonner toute la carcasse ; on dirait un coup de canon... bah ! la coque est solide.

Les damiers nous entourent, assez indifférents à tout ce tapage. Le jour tombe, bientôt d'épaisses ténèbres nous environnent ; chacun se prépare à une nuit d'insomnie, comment dormir avec tout ce bruit, et quand on est secoué comme dans un panier à salade ! La brise fraîchit toujours à mesure que le baromètre monte, car le vent vient du Sud. Toutes voiles serrées, nous avons passé la nuit sous le grand fixe et l'artimon de cape.

Au jour, la brise a tourné et s'est un peu calmée; on a rétabli une partie de la voilure. Au plus fort de la tempête, un homme courageux, mais féroce, s'est précipité sur une vieille de cinquante-cinq ans, ornée d'un goître ; la victime, — tant l'exécution du crime a été prompte — n'a pu crier au secours, dit-elle, qu'après pleine consommation de l'attentat.

. 21 août 1875.

41° 50' *Sud*, 51° 20' *Est.*

Toujours même temps. Le vent a repris à l'Ouest. Rallie-t-il le Nord? — Grosse pluie. Rapproche-t-il le Sud? — Grains et rafales, grêle et neige.

Au coucher du soleil, nous avons une belle éclaircie ; la mer est grosse, les observations donnent aux lames huit à neuf mètres ; le vent, et par suite les vagues viennent à peu près dans la direction du soleil, dont les rayons frappent perpendiculairement la crête des lames. Ainsi éclairées, elles semblent d'une transparence merveilleuse ; leur volute, d'un vert très-clair et très-éclatant, se couronne d'écume d'une blancheur éblouissante ; parfois le vent en détache une fine pluie dont les gouttes, décomposant la lumière solaire, se parent de toutes les couleurs de l'arc-en-ciel.

Notre vitesse nous console d'un abominable roulis ; le navire, entouré d'un large bourrelet d'écume, laboure fièrement les grandes vagues.

23 août 1875.

43° 30' *Sud*,° 62° 20' *Est.*

Bonne brise de N.-O. — pluie continuelle.

Ciel très-couvert — une obscurité profonde nous enveloppe à la nuit. A huit heures du soir, des éclairs sillonnent en tous sens ces ténèbres. La brise mollit peu à peu et tombe complétement vers onze heures. Tout à coup, à la hauteur de la vergue du petit hunier et très-près du navire, apparaît un globe de feu de la grosseur d'une barrique ; à peine l'a-t-on aperçu que déjà il est tombé dans la mer à cinquante mètres du bord. Cette apparition lumineuse est accompagnée d'une effroyable détonation : toute la

7.

coque vibre à l'éclatement de la foudre. Les hommes du pont sont momentanément frappés de cécité, nombre d'entre eux, paralysés par le choc en retour, ne peuvent ni remuer ni parler. Le calme est absolu. Pendant quelques secondes, un beau feu Saint-Elme brille à l'extrémité de la corne d'artimon, sa lueur, un peu violâtre, est d'un grand effet sur le fond noir de l'atmosphère. Puis subitement la brise se lève, la pluie tombe à torrents... on manœuvre difficilement dans cette obscurité. Une sorte de terreur s'est emparée de l'équipage ; cependant le temps presse... On se débarrasse à grand'peine des voiles hautes, le **navire emporté** par les rafales file ses treize nœuds.

24 août 1875.

44° 10' Sud, 66° 10' Est.

M. — Nous avons eu hier un violent orage pour ces latitudes ; les phénomènes électriques choisissent d'ordinaire les pays intertropicaux pour le théâtre de leurs puissantes manifestations.

X. — Dans certaines parties des Antilles, la foudre éclate pour ainsi dire à heure fixe pendant l'hivernage. J'y ai navigué sur un navire où nous n'avions qu'un paratonnerre, celui du grand mât; en un assez court espace de temps, plusieurs hommes éprouvèrent au mât de misaine l'effet du choc en retour. Dans un orage, la coque fut ébranlée comme par un coup de talon sur des rochers. Un gabier de misaine, subitement paralysé, resta suspendu entre des manœuvres, poussant des cris inarticulés ; on fut obligé de le descendre avec des cordes. Pendant quelques heures, il ne put faire un mouvement ni prononcer une parole. Est-ce simple hasard ?... Rien de semblable ne s'est produit après l'installation d'un second paratonnerre au mât de misaine.

25 août 1875.

43° 50' Sud, 70° 50' Est.

A deux heures de [l'après-midi, la vigie signale un navire. Depuis quarante-huit jours, nous sommes entre le ciel et l'eau... le navire passe à grande distance ; sa voilure se confond presque avec le ciel gris ; n'importe, sa vue fait plaisir..... nous ne sommes pas seuls au monde.

De larges feuilles de goëmons, réunies par de grosses branches à des troncs puissants, passent le long du bord ; arrachés sans doute par les vagues aux flancs de l'île de Kerguelen, ces arbres des forêts marines ont été portés dans ces parages par les courants du sud.

A sept heures du soir, le ciel est très-couvert ; tout à coup, la grêle assaille le bord, elle tombe à grains pressés et produit un bruit assourdissant par son choc sur le pont, qui, en un instant, est revêtu d'une couche de plusieurs pouces de grêlons. On ne peut s'imaginer combien est fournie et serrée cette grêle assez grosse pour offenser vivement les mains ;

quant au visage, il est impossible de le tourner dans
la direction du vent. Pendant quatre à cinq minutes,
le feu Saint-Elme brille comme un fanal à l'extrémité
du grand mât. Quand la grêle est passée, des éclairs
sillonnent le ciel en tous sens.

M. — Avez-vous entendu ce bruit particulier, qui
précède la grêle ? On eut dit qu'on secouait des sacs
de noix. L'état si manifestement électrique de l'atmosphère semblerait donner raison aux théoriciens
qui considèrent la grêle comme une conséquence de
l'électricité. Volta, comme chacun sait, voulut rendre
compte de la formation des gros grêlons par leurs
oscillations répétées entre deux nuages superposés,
d'électricité contraire. On lui objecta la probabilité,
ou plutôt la nécessité, d'une explosion entre deux
nuages électrisés, placés dans de telles conditions.
Non-seulement la théorie de Volta, de ce chef, est
inadmissible, mais je me demande s'il existe une
relation bien certaine entre la grêle et l'électricité.
Bien souvent j'ai observé ce météore dans la Manche
sans découvrir la moindre trace d'électricité ; aussi,
jusqu'à nouvel ordre, je refuse de m'incliner devant
cette opinion reçue. Aujourd'hui, la coexistence des
deux phénomènes est indéniable. Heureusement, les
grêlons n'ont pas la grosseur de ceux qui tombèrent
sous Charlemagne : d'après les chroniqueurs, ils
mesuraient onze pieds de diamètre ; l'histoire de
Typpo-Saëb parle de grêlons gros comme des éléphants.

X. — L'existence de grêlons pesant plus de deux
cent cinquante grammes est du moins un fait positif.
Ici nous pouvons constater la coïncidence bien manifeste
de la grêle avec les vents dépendant du sud, comme
sur les côtes de France, elle n'apparaît qu'avec les vents

dépendant du nord. On peut donner comme règle générale : en Manche, grêle avec N.-O. ; ici, grêle avec S.-O. Quand, par extraordinaire, il grêle avec vent de nord, le vent passe au sud. Ainsi, cette fois, au moment du grain de grêle, le baromètre a monté et le vent a sensiblement rallié le pôle.

M. — Les vents qui donnent la grêle dans ces parages sont les vents froids... La chute des grêlons est toujours accompagnée de fortes rafales, par suite, cette chute est très-oblique ; les grains de grêle restent donc longtemps suspendus dans des nuages froids et denses, où ils peuvent aisément accroître leur volume, dès qu'il s'est formé un léger noyau de glace.

Au jour, il commence à venter grand frais, la brise force en même temps que le baromètre monte ; bientôt le vent se déchaine du S.-O., il faut fuir sous la misaine et le grand fixe. Avec cette voilure restreinte, malgré une mer énorme, dont la crête menace sans cesse le couronnement du navire, nous filons nos onze nœuds.

Sous cette allure le bâtiment fatigue à peine ; comme dit le marin, le vent arrière fait la mer belle.

27 août 1875.

42° *Sud*, 80° *Est.*

M. — Le vent semble suivre dans ces parages une marche bien réglée ; il prend au nord, tourne au sud en passant par l'ouest et revient au nord en passant par l'est, c'est l'inverse dans nos climats.

X. — Dans notre hémisphère les vents normaux tournent dans le sens des aiguilles d'une montre; dans l'hémisphère austral c'est en sens inverse. Non-seulement les vents d'est sont ici de très-courte durée, mais ils ont une très-faible intensité. La brise souffle avec violence du N.-O. au S.-O. ; au sud elle est déjà maniable, à l'est molle, puis elle reprend de la force en s'approchant du nord.

M. — Nous trouvons le S.-O. dominant ; d'après Maury, le N.-O. devrait être le vent type.

X. — C'est vrai. Mais nous nous trouvons à l'entrée d'un immense cul-de-sac formé de chaque côté par l'Afrique et l'Australie, au fond par l'Asie. Actuellement ce continent est à son maximum de température, il y a vers ses déserts un prodigieux appel d'air résultant de la dilatation de l'atmosphère dans ces lieux chauds et arides ; son influence ne pourrait-elle se faire ressentir jusqu'ici ? C'est l'époque de la mousson de S.-O. entre Sumatra et le cap *Gardafui*, pointe N.-E. de l'Afrique. Or, il semble très-admissible que le contre-coup de cet appel d'air, assez énergique pour transformer en violente mousson de S.-O. les alisés de N.-E., d'avril à octobre, influe sur tout le régime des vents du vaste bassin compris entre l'Afrique et l'Australie. Aux époques de transition, aux renversements de mousson, comme on les appelle, les régions surchargées par une longue accumulation d'air se débarrassent tout à coup de cet excès ; il se produit alors une sorte d'écroulement atmosphérique qui doit entrer pour une large part dans ces cataclysmes connus sous le nom de cyclones.

M. — Ces moussons jouent un rôle immense dans les relations des peuples de l'Orient ; Alexandrie leur dut son antique importance, quand elle devint, sous les Ptolémée, la première place commerciale du monde ; car aux moussons correspondent des variations analogues dans la direction des vents de la mer Rouge. Quand l'Égypte devint province romaine, elle vit croître encore la richesse de sa capitale, intermédiaire indispensable entre l'Inde et Rome affamée de luxe. Néko II, à qui l'on attribue le fameux voyage de circumnavigation autour de l'Afrique, avait entrepris le percement de l'isthme de Suez ; il dut s'arrêter devant l'opposition des prêtres, qui déclarèrent cette entreprise sacrilége... sous les mitres les plus diverses, on les trouve toujours les mêmes. L'Égypte eut de nombreux comptoirs sur le détroit de Bab-el-Mandeb et au sud de Mangalore ; entre ces deux points, suivant la mousson, s'opérait un commerce très-actif. La fixité de ces courants atmosphériques a pu suppléer dans une certaine mesure à l'aiguille aimantée.

X. — Cette opinion est, en effet, la plus probable, mais peut-on bien affirmer que les Arabes ne connussent point la boussole ?

M. — Elle ne semble pas avoir été employée sur mer avant le troisième siècle de notre ère ; mais, chose étrange, bien avant cette époque, elle était en usage dans les déserts de Tartarie. L'empereur Tchin-Wang fit cadeau d'un char magnétique aux ambassadeurs du Tonkin, pour retourner dans leur pays. Pendant un millier d'années, peut-être, la boussole a servi sur terre avant de donner la route sur l'Océan.

29 août 1875

43° 40' *Sud*, 84° 50' *Est.*

A une heure du matin feu Saint-Elme à la corne d'artimon. — Bonne brise de N.-O. — Pluie.

31 août 1875.

45° 30' *Sud*, 93° 50' *Est.*

X. — La brise a encore tourné vers le sud en passant par l'ouest ; arrivée au sud elle a molli sensiblement ; à l'est, elle est tellement tombée, que le navire ne gouverne plus.

M. — Cette marche si régulière tendrait à faire considérer les vents de cette zone comme produits par un tourbillon animé d'un mouvement de translation rapide de l'ouest à l'est.

X. — Je le crois comme vous. Entre le N.-O. et le S.-O., la vitesse apparente du vent, c'est-à-dire la vitesse des vents que nous ressentons, est la somme des vitesses de rotation et translation, tandis que du S.-E. au N.-E., elle n'est plus que leur différence. Parfois, comme dans le cas actuel, le navire peut se trouver en un lieu où les deux vitesses égales et opposées se font équilibre, et le navire se trouve en calme.

M. — D'après Maury, il existe, me disiez-vous, à partir du 30me degré, un vent général de N.-O., c'est-à-dire un courant aérien de l'équateur au pôle, modifié par la rotation terrestre ; cette masse atmosphérique se presse elle-même sur des parallèles de plus en plus petits... Il s'y produirait donc une accumulation d'air indéfinie, s'il ne se formait des tourbillons ascensionnels, seul mode de dégagement possible... En un mot, nous sommes emportés par une grande rivière atmosphérique, et nous traversons successivement ses divers remous.

1er septembre 1875.

46° 00 *Sud,* 94° 40' *Est.*

Beau temps, — petite brise d'est qui fraîchit subitement.

X. — Cette fraîche brise d'est ne me semble pas de bon augure ; de minuit à midi le baromètre a descendu d'un millimètre par heure, et il continue à baisser... Comme toujours, le vent force en appuyant au nord.

A la nuit, on serre toutes les voiles excepté la misaine, le grand fixe et le petit fixe. Le baromètre est à 736 ; le ciel est très-découvert, fait exceptionnel par vent de nord ; les étoiles scintillent avec une extrême vivacité... la brise joue sans cesse du nord au nord-ouest.

Vers minuit le temps se couvre — le baromètre est

7.

à 732 — le fond du vent est très-lourd, mais les rafales deviennent d'une extrême violence... il faut fuir
vent arrière de toute nécessité. A six heures du matin,
malgré sa grande élévation, une baleinière est enlevée
des porte-manteaux par la mer. Le jour se lève bla-
fard, nous assistons alors à un spectacle magnifique :
la mer et le ciel semblent confondus, tandis que d'en
haut la pluie nous assaille, les rafales soulèvent des
tourbillons de poussière liquide, l'aspirent, la remontent dans l'air et couvrent au loin les flots d'un voile.
Les damiers effrayés passent près de nous avec la
rapidité de l'éclair. Entre les grains mêmes, l'écume
emportée par le vent charge assez l'atmosphère pour
borner notre vue à moins d'un demi-mille. Le navire
ne semble plus qu'une misérable embarcation lancée
dans les brisants ; de la dunette, dans les coups de
roulis, on aperçoit les crêtes écumeuses des lames au-
dessus de la vergue de misaine.

2 septembre 1875.

46° 20' *Sud*, 97° 20' *Est*.

Le baromètre est remonté à 740, à son ascension
la brise s'est modérée, puis il a recommencé à descendre. Le vent se montre très-variable en direction.
A minuit la pression atmosphérique est tombée à 726 ;
malgré cette baisse considérable, le vent n'a cessé de
mollir ; on sent quelque chose d'anormal dans l'air.
Le temps est très-beau, mais des éclairs ne cessent

d'apparaître 'dans le nord-est, d'où le vent souffle par intervalles.

3 septembre 1875.

47° Sud, 101° 40' Est.

Le baromètre descendu à 724 remonte à 732, la brise est modérée. Au moment le plus inattendu, des rafales terribles passent sur nous pendant quelques instants, sautant du N.-O. au S.-O. et poussant devant elles des nuages d'un noir affreux, chargés de grêle.

Vers onze heures, le ciel s'illumine dans le sud d'une clarté phosphorescente.

X. — Ne dirait-on pas le ciel éclairé par un quartier de lune?... C'est la lueur d'une aurore boréale... australe, veux-je dire.

M. — Il ne serait pas impossible de voir ici une aurore boréale, du moins on en a vu au Chili, comme des aurores australes se sont montrées au Canada ; mais on ne peut s'y tromper aujourd'hui, car la lumière émane bien du sud magnétique.

X. — Le phénomène n'offre pas aujourd'hui la magnificence qu'il présente quelquefois. C'est une simple lueur jaunâtre ; supposons un quartier de lune élevé d'une trentaine de degrés au-dessus de l'horizon, et caché par un petit nuage, nous aurons à peu près l'effet produit.

M. — L'orage magnétique, comme les orages électriques, doit revêtir des formes très-diverses ; le caractère spécial de l'orage magnétique est l'immensité de l'étendue qu'il embrasse. Avant l'apparition de l'aurore polaire, l'aiguille aimantée manifeste souvent une grande agitation sur plus d'un hémisphère, — agitation insensible sur les boussoles de navire, instruments trop grossiers pour ce genre d'observations. L'apparition lumineuse est d'ailleurs le signe du retour du magnétisme terrestre à son état normal, comme l'éclair est le signe de la recomposition des fluides. Vénus doit être le théâtre de phénomènes analogues ; telle est du moins l'explication fort plausible de ce fait étrange, incontesté quoique rare : la visibilité du disque entier de la planète pendant ses phases, même au voisinage de la conjonction inférieure.

4 septembre 1873.

47° 20' Sud, 105° 40' Est.

Pendant la nuit le baromètre s'est maintenu à 734, le temps est assez beau quoique à rafales. A deux heures du matin, nous avons eu une nouvelle aurore australe ; vers le sud magnétique, l'atmosphère semblait phosphorescente, on eût dit qu'une poussière lumineuse pâle flottait dans l'air de ce côté. Quand les nuages chargés de neige envahissent le ciel, il devient d'une obscurité profonde.

Le pont, le gréement, la mâture sont couverts de neige ; au jour, il existe un contraste émouvant entre le blanc linceul dont s'est enveloppé le navire et ces

nuées sinistres et noires desquelles on s'attend plutôt
à voir tomber de la suie que du duvet de cygne.
Quand j'étais petit et que la neige tombait, on me
disait : le bon Dieu plume ses oies... alors toute la
nuit je rêvais de jolis petits anges tournant à la broche de belles oies dorées... et je me promettais d'être
bien sage pour manger en paradis les belles oies far-
cies aux marrons.

Bientôt le soleil se lève radieux et perce de ses
flèches d'or tous ces noirs dragons, usurpateurs du
firmament. C'est le combat d'Ormuzd et d'Ahriman.
Enfin les ténèbres vaincues disparaissent ; le père de
toute vie, de toute joie règne dans un ciel pur... fort
apprécié, car il est devenu diablement rare. Le baromètre descend encore ; à midi, il est à 730. Il est difficile d'avoir confiance en ce beau temps ; cette baisse
est peut-être cependant une simple conséquence de la
neige, dont l'effet bien connu est parfois de faire tomber le baromètre, sans qu'il en résulte de vents
extraordinaires. On rétablit toute la voilure ; la mer
calmée ne brise plus, le navire glisse avec solennité
sur une longue houle bien régulière.

Vers une heure de l'après-midi le temps se couvre
de nouveau ; des grains que rien n'annonce assaillent
le navire.

X. — Le vent est revenu de l'ouest au nord ; on
considère ce mouvement en sens inverse de la gyration
normale comme un mauvais présage, il coïncide du
reste avec une baisse incessante du baromètre ; je
crois à une vraie tempête.

M. — Et le vent a l'air de se fixer au nord, mauvaise affaire...

X. — Surtout ici, où nous nous trouvons précisément au point où, d'après les cartes des glaces, elles

remontent le plus haut dans l'Océan indien. Des navigateurs en ont rencontré dans ces parages même au
cœur de l'hiver. S'il nous faut prendre la cape, nous
dériverons au sud ; or, j'imagine combien il serait peu
agréable, sous cette allure, de découvrir tout-à-coup,
sous le vent, une île de glace, sûrement elle ne serait
pas commode à parer.

M. — Avez-vous remarqué combien nous sommes
environnés, depuis ce matin, de petits oiseaux blancs,
aux ailes aiguës comme celles des martinets de nos
climats, au vol en zig-zag comme celui des hirondelles? Ont-ils été enlevés au continent d'Australie? Vien-
nent-ils de quelque banquise?...

X. — Le vent n'a pas cessé de dépendre de l'ouest
depuis la dernière tempête et nous sommes à peine en
longitude avec la pointe occidentale de la Nouvelle-
Hollande, comment admettre que ces oiseaux, dont le
vol est puissant à la vérité, aient pu remonter à une
aussi grande distance et refouler en plus le coup de
vent de l'autre jour?... Je les crois donc partis de quelque île de glace, et, comme le vent est nord, elle ne
pourrait être très-éloignée dans le sud. Aussi atten-
drons-nous le plus possible pour prendre la cape, et
conserverons-nous autant de toile qu'il se pourra, afin
d'atténuer la dérive et de faire un peu d'est pour sortir de la courbe des glaces qui ne tarde pas à s'inflé-
chir rapidement vers le sud.

Vers six heures du soir, il vente terriblement ; et le
navire, malgré sa voilure réduite — les deux fixes et
les deux basses voiles avec leurs deux ris — donne
une bande effrénée ; dans les coups de roulis, la mer
embarque par-dessus les bastingages : nous faisons
cuiller, disent les marins.

M. — La mer a pris un aspect tout particulier ; elle

est parsemée de plaques elliptiques phosphorescentes d'environ un pied de long ; je serais curieux de voir ces zoophytes.

X. — Il n'y a pas à y songer, chercher à en pêcher serait de la folie.

M. — Ils sont innombrables, la mer en est toute constellée.

X. — Sur la côte d'Afrique, j'en ai vu d'une autre espèce, pressés au point de donner à des espaces de plusieurs milliers de mètres carrés une apparence laiteuse et de former des îlots blanchâtres et lumineux. En puisant de l'eau le long du bord, je la trouvais pour ainsi dire composée de zoophytes de la forme et de la grosseur d'une olive, gélatineux, transparents, armés de cils vibratils. Mais au centre du golfe du Mexique, faisant route pour Tuxpan, j'ai joui, grâce à ces animaux marins, d'un spectacle magique. Par une de ces belles et tièdes nuits incomparables des tropiques, avec une brise légère, sans lune, la mer était plate et blanche à perte de vue ; elle brillait d'un tel éclat que le ciel, par contraste, paraissait noir sur une bande d'environ 15 degrés au-dessus de l'horizon lumineux, violemment détaché sur ce fond obscur. L'atmosphère au zénith, au contraire, était assez éclairée par les eaux pour voiler les étoiles de troisième grandeur. Ce merveilleux phénomène dura toute la nuit, malheureusement nul de nous ne songea à étudier cette eau vivante... Diable ! le vent prend des proportions énormes, la mâture et la coque fatiguent à l'excès, la bande est par trop inquiétante ; si nous conservons plus longtemps notre voilure, nous nous exposerons à quelque catastrophe... Ces zoophytes ne sont pas un signe tranquillisant, on les rencontre parfois dans le voisinage des glaces ; souvent des zoophy-

tes se collent sur les ice-bergs et sont dispersés par
la fonte... Le baromètre est à 724 ; aux environs du
cap Horn, ce serait moins inquiétant ; il s'y produit
par des temps assez ordinaires, des baisses considérables d'ailleurs inexpliquées.

M. — Quelles sont les plus grandes baisses connues ?

X. — Dans les cyclones, le baromètre tombe à 713.

Tout à coup, vers huit heures, dans une furieuse
rafale, le petit fixe est emporté. Le minot (arc-boutant
servant de point d'attache extérieur à la misaine) casse.
Tout le monde monte sur le pont, on cargue et l'on
serre la misaine ou du moins on l'étrangle comme on
peut. Pendant cette manœuvre, la grand'voile défonce,
on en sauve à peine les débris. Il n'est plus possible
d'observer le baromètre à mercure affolé par les mouvements du navire. Anéroïdes et holostériques ont des
palpitations étranges ; vers dix heures, l'un d'eux,
d'ordinaire en parfait accord avec le mercure, marque 710.

La nuit est profonde, les zoophytes éclairent la mer
par plaques ; dans les ténèbres on voit les crêtes blanches et lumineuses menacer le pont, elles battent la
coque avec une telle furie que le navire résonne et
tremble comme s'il se brisait sur des rochers.

X. — Par bonheur, le mouvement gyratoire du vent
est bien accusé ; qu'il tourne encore un peu, nous
pourrons prendre la fuite... Aussi conservons-nous
notre petit fixe, bien qu'il fatigue l'avant du navire ;
le gaillard d'avant disparaît sous les volutes, qui dé-
ferlent parfois jusqu'au pied du mât de misaine...
Pourrons-nous laisser porter pour présenter l'arrière
à la lame ?... *That is the question*, nous sommes le jouet
des vents et des vagues qui nous tiennent en travers ;

il n'est pas dit qu'ils nous permettent de manœuvrer à notre guise.

On hisse la trinquette et l'on met la barre au vent... l'un interroge les débris du penon, l'autre suit la rose, tous observent la direction des lames pour deviner le mouvement du navire. Trois fois il abat de plus d'un demi-quart de circonférence ; trois fois, quand nous croyons notre cause gagnée, une lame monstrueuse, frappant la hanche, nous ramène dans le lit du vent.

X. — Dans cette opération, toutes mes craintes sont du côté du gouvernail... le navire étant immobile, le gouvernail reçoit sans atténuation, et normalement à sa surface, tout le choc de la mer dans la position défavorable nécessitée par la manœuvre.

A la quatrième tentative nous abattons définitivement... le navire prend de la vitesse ; cette vitesse donne de l'action au gouvernail, l'évolution est assurée. Minuit sonne... et la voix joyeuse de l'officier de quart perce au milieu des hurlements de la tempête :

— A laisser tomber la misaine !..

X. — Le baromètre remonte ; il est à noter que son ascension a concordé avec le mouvement bien prononcé de gyration du vent dans le sens normal.

On se sent soulagé, nous fuyons droit à l'est.

Alors le navire bondit de lame en lame avec une vitesse vertigineuse, les zoophytes phosphorescents passent le long du bord comme des éclairs.

X. — Nous la parons trop belle pour aller nous casser le nez sur un glaçon, on n'a pas de chance à demi.

M. — Cette course effrénée au milieu des ténèbres sur la mer lumineuse est tout à fait saisissante. Ces crêtes de lames furieuses, qui courent après

nous dans l'ombre, n'ont-elles pas l'air d'une meute
de fantômes à la poursuite d'un criminel?.. Mais il
n'est beau spectacle dont on ne se lasse. Allons dormir si le roulis veut bien nous le permettre.

6 septembre 1873.

47° 30' Sud, 115° 10' Est.

Très-beau temps. Dans la matinée, nous réparons
nos avaries. Il faut changer le petit fixe tout déralingué, la misaine, dont nombre de laises ont été ouvertes en travers par la force du vent comme avec un
couteau.

X. — Nous mordons définitivement sur la longitude
de l'Australie; il me semblait que cette traversée de
l'Océan indien ne finirait jamais. Maintenant, nous
commençons à rapprocher le dernier continent sur
lequel s'est établi notre race.

M. — Je m'étonne toujours, quand j'y songe, de
retrouver l'espèce nègre sur la Terre de Van-Diémen
et en Nouvelle-Hollande, plus dégradée, d'ailleurs, s'il
est possible, que dans le sud de l'Afrique. Aux temps
de la découverte, les indigènes n'avaient pas de demeures fixes, errant en petites troupes comme des
bandes de chacals en quête de proie. Quand une baleine morte s'échouait sur le rivage, ils s'abattaient
sur ce cadavre en putréfaction, ingurgitaient cette
viande pourrie jusqu'à pleine contenance de l'estomac, puis ils s'allongeaient à terre pour digérer
comme des boas; au réveil, la première pensée était

de se repaître pour se rendormir, puis de se gorger encore jusqu'au moment où, de l'immense carcasse, il ne restait plus que les os.

X. — Combien il a fallu peu de temps aux Anglais pour transformer cette terre ingrate, peut-être aujourd'hui le point du globe où la société est à son apogée, où la personnalité humaine se déploie le plus librement.

M. — Et où la femme est le plus honorée... Il y a loin de la miss anglaise à l'affreuse femelle de Tasmanie, au corps grêle, aux longues mamelles flétries, barbouillée de graisse et de suie, couverte de cicatrices et de plaies, car les mâles ne la traitaient qu'à coups de bâton... Cette race abjecte ignore le baiser.

X. — Dans cet état de nature préconisé par Rousseau, pur règne de la force brutale, la femme, étant plus faible, est l'esclave naturel de l'homme.

M. — Ce n'est pas même un esclave, tout au plus une bête de somme. Dans les courses incessantes de ces peuplades, l'homme paradait librement avec sa zagaye, la femme suivait portant tout le bagage sur le dos dans des sacs fixés au front par des cordes, et ses enfants par-dessus les sacs.

X. — Il n'est pas nécessaire de venir en Tasmanie pour assister à un pareil spectacle; il y a peu d'années, j'ai vu les Corses, fièrement campés sur leurs chevaux, le fusil sur l'épaule, se soucier assez peu de leurs femmes, chargées comme des mulets, se traînant bien péniblement à leur suite.

M. — Le rôle de la femme dans une société est le plus sûr critérium de son degré de civilisation. Chez les sauvages particulièrement paresseux de la Tasmanie, les femmes, à elles seules, doivent pourvoir à la nourriture de la famille, seules, elles pêchent. Ces peuplades abruties ne connaissent même pas la pirogue; mères et filles, un panier au cou, s'avancent dans la mer, au milieu des algues, et saisissent, en plongeant, les homards et les coquillages. Elles font cuire les aliments, mais sans oser y toucher, car il ne leur est permis d'assouvir leur faim qu'avec les débris du repas de leur maître et seigneur.

X. — On trouve encore dans notre vieille Bretagne la trace d'une semblable sujétion. Les femmes ne se mettent guère à table; elles mangent au foyer, à la porte, un peu partout, après avoir servi les hommes. Si la table est assez longue, elles peuvent s'y asseoir; mais la maîtresse même de la maison passe après les enfants et les domestiques mâles.

M. — Dans l'état où nous trouvons le sauvage de la Tasmanie, il est bien permis, je l'avoue, de se demander s'il n'est pas inférieur aux plus nobles animaux. La lueur d'intelligence qui perce en lui ne semble servir qu'à le rendre plus mauvais, plus perfide, plus féroce.

8 septembre 1875.

46° 30' Sud, 124° 40' Est.

X. — Depuis que nous avons passé le 45ᵐᵉ degré, les vents d'ouest sont plus réguliers et plus constants; ils oscillent toujours entre le S.-O. et le N.-O. La mer est toujours grosse; de temps à autre de grandes herbes marines passent le long du bord.

M. — Nous avons assisté aujourd'hui à un effet de
lame très-bizarre : à très-petite distance, une vague
haute et courte, parallèle à la quille, quoique nous
soyons vent arrière, s'est tout d'un coup dressée verticalement, puis elle s'est recourbée en volute, et,
sans mouiller ni les flancs du navire ni le dessous
d'une embarcation en porte-manteau, elle a rempli
celle-ci jusqu'aux bords et l'a brisée en deux comme
une allumette.

X. — C'est ce que l'on nomme une lame sourde...
On est loin d'en connaître toujours la cause, et, cette
fois, je n'y vois point d'explication. Des roches immergées à une très-grande profondeur produisent
souvent cet effet ; j'en connais un exemple remarquable sur les côtes du Nord, près des Héaux de Bréhat ;
il y existe une basse sur laquelle il ne reste jamais
moins de soixante pieds d'eau ; dans les grandes marées, la mer y brise comme sur un écueil à peine
couvert, quand le vent souffle avec violence en sens
inverse d'un courant très-rapide. Cette basse devient
alors un vrai danger, tant on y redoute les *coups de
mer*. Les avirons produisent un singulier phénomène
sur des fonds de roches très-peu immergées ; par
temps calme, une longue houle passe souvent sur ces
rochers sans en être troublée à la surface ; mais si
vous tentez de franchir l'écueil avec un canot, l'action
des rames suffit pour déterminer la formation d'une
volute assez forte pour vous faire chavirer. Les huiles
agissent sur la mer d'une façon tout opposée ; la
pellicule grasse dont elles la couvrent l'empêchent de
briser. De petits navires franchissant des barres de
rivière dans des circonstances forcées ont pu sauver
leurs équipages en s'entourant d'une nappe d'huile ;
on prétend que des embarcations ont accosté la côte

avec moins de péril en transformant ainsi les volutes
écumeuses en simple houle... Parfois les lames sourdes
ont pour cause une convulsion sous-marine ; elles
atteignent alors des proportions formidables ; un navire russe , mouillé par plus de dix brasses sur une
rade du Japon, s'est brisé en mille éclats sur le fond
par un retrait subit de la mer, suivi, d'ailleurs, de
l'invasion d'une vague colossale... Un tremblement
de terre avait produit ce cataclysme.

                                                  10 septembre 1875.

                    46° *Sud*, 135° *Est*.

M. — Avec quelle rapidité marche la civilisation
depuis la Réforme et surtout depuis la Révolution
française, *vires acquirit eundo*... Mais le difficile est de
bien comprendre ses premiers progrès ; si l'on n'a pu
dire d'où est venue la première poule qui a produit le
premier œuf, on ne voit guère avec quoi ont été forgés
le premier marteau et la première enclume... On s'en
tire, je le sais bien, avec la théorie de l'évolution dont
l'application , dans ce dernier cas, n'est pas trop
malaisée. Néanmoins, on aura toujours grande peine à
s'expliquer comment l'homme peut sortir de l'état
sauvage. Si l'on eût découvert l'Australie 2000 ans
plus tard, on l'eût certainement trouvée dans le même
état qu'Abel Tasman.

X. — Cependant les squelettes des Troglodytes
trouvés dans les cavernes de Menton, les débris des
populations lacustres, ne permettent point de douter

de l'état de dégradation à fort peu près semblable dans lequel ont vécu nos ancêtres.

M. — Le premier pas, et de beaucoup le plus difficile, est de sortir de la condition de chasseur... ce premier pas est même impossible si le sol ne fournit pas quelque plante cultivable, si les bois ne recèlent point quelque animal susceptible de domestication. Tous les philosophes de la terre, tous les révélateurs du monde ne policeront jamais des contrées dépourvues de ces éléments. Le Phédon et l'Évangile n'élèveront point l'âme sans l'aide du blé et des bestiaux... Du sauvage chasseur à la bête de proie, la différence est nulle ; après la domestication d'animaux utiles, la vie pastorale et nomade n'est pas incompatible avec une certaine aménité de mœurs. C'est la société poétisée des premiers temps bibliques ; mais le développement social commence vraiment le jour où l'homme, devenu agriculteur, se fixe au sol et vit de plantes cultivées.

X. — La plupart des spiritualistes simplifient les problèmes qu'ils ont la prétention de résoudre en refusant une âme aux animaux... Si l'animal n'a pas d'âme, il me semble bien difficile d'en accorder une à l'Australien.

M. — A moi aussi... cependant, et c'est là un caractère indélébile, à quelque degré de dégradation que tombe l'espèce humaine, elle est toujours perfectible.

X. — C'est encore à démontrer... Comment même y croire ?... Quand des races entières sont mises en demeure de disparaître ou de progresser, eh bien, elles disparaissent.

M. — Oui, la perfectibilité de quelques races est encore à démontrer, mais nous admettons en revanche

trop aisément la thèse contraire, sans doute pour nous
octroyer le droit de destruction. J'ai pris note jadis
d'un aveu — peu orthodoxe, je crois — d'un missionnaire : « Il faut, me disait-il, au moins trois générations pour faire un chrétien. » Comment arrangeait-il
cette affirmation avec l'efficacité du baptême? C'est
son affaire et non la mienne. J'ai rapproché cette pensée d'autres réflexions suggérées par mes recherches
personnelles sur le fétichisme à la côte d'Afrique;
ces recherches, malgré de grands efforts, aboutirent
à un résultat à peu près nul. La raison en est simple :
mes interlocuteurs et moi, nous vivions dans un milieu intellectuel tellement différent qu'il nous fut toujours impossible de nous comprendre. L'interrogation
la plus élémentaire, à mon point de vue, n'avait aucun
sens pour mes fétichistes, et mon interprète ne trouvait pas, dans la langue de mes auditeurs, les mots les
plus indispensables pour traduire mes pensées. Ainsi
vous trouverez tout naturel de demander à un Nouveau-
Hollandais : « Combien êtes-vous dans votre tribu? »
Rien ne répond à une pareille question dans le cerveau de notre sauvage; car, dit un voyageur : « Les
Nouveaux-Hollandais sont un peu plus avancés que les
noirs de Van-Diémen, ils savent compter jusqu'à
quatre. »

X. — Les mots représentent des idées; or les mots,
selon nous, les plus nécessaires manquent dans les
langues primitives ou non policées. Nous trouvons
certaines idées si naturelles qu'elles nous semblent
innées; elles sont tout au contraire le fruit d'un long
travail de l'intelligence.

M. — Essayez de parler chimie à un charbonnier
des montagnes Noires de Bretagne, quelles idées pour-
ront éveiller en lui les mots *oxygène*, *hydrogène*,

azote?... Il en est de même de la plupart des idées qui nous sont familières, quand nous nous adressons à un enfant de la nature, comme on disait au siècle dernier. Toute science est une langue; apprendre une nouvelle science, c'est apprendre une langue inconnue... nombre de données scientifiques se répandent peu à peu, pénètrent toutes les cervelles, en même temps que les mots nécessaires à leur expression tombent dans le langage vulgaire; et bientôt nous suçons ces idées avec le lait, nous les respirons avec l'air. Ces idées cessent d'être le produit de la réflexion personnelle, le résultat d'un travail intellectuel; l'intelligence, en se développant, s'en empare sans en avoir conscience, comme la plante pompe avec ses racines les sucs du sol environnant. L'intelligence de l'homme est un germe, et ce germe, pour grandir, s'approprie les éléments du milieu ambiant. Nous vivons du milieu intellectuel et moral dans lequel nous sommes plongés, comme de l'atmosphère qui nous entoure. Convertir *un homme* est donc une chose pour ainsi dire impossible; il faut refaire le milieu dans lequel il se trouve. De là l'incontestable vérité de cette assertion : il faut plus de trois générations pour faire un chrétien et *à fortiori* un civilisé. Or il arrive ceci : avec la vapeur et l'électricité nous sommes habitués à tout faire vite; nous voulons que tout marche à la vapeur... on ne prend ni le temps ni le soin nécessaires pour cultiver certaines races, on préfère les détruire. On demande au sauvage, par la vertu d'un peu d'eau versée sur la tête, de faire en un jour le chemin que nous avons mis des milliers de siècles à parcourir; et comme après cette ablution, il ne semble nullement modifié, on le déclare imperfectible... Toutes les races sont perfectibles, mais il faut les placer dans des conditions

8

de progrès, les instruire et beaucoup attendre du temps.

X. — L'influence du milieu est, en effet, capitale. De là bien des jugements contradictoires sur telle ou telle race : les considère-t-on en masse, on décrète leur infériorité sans hésitation ; examine-t-on les individus, on arrive à une conclusion toute contraire. Je ne doute pas de notre supériorité sur les Chinois et sur les Nègres, et cependant quand je me suis trouvé en rapports personnels avec les individus de ces races, il m'a bien fallu confesser l'égalité de leur intelligence avec la mienne.

M. — Nous devons faire entrer aussi en ligne de compte l'influence peu connue, mais certaine, de l'éducation sur l'hérédité des instincts. Tout chasseur sait que, de deux chiens de même race, le plus facile à dresser est celui dont les parents ont été dressés eux-mêmes. Des qualités obtenues à grande peine se transforment en instincts héréditaires.

X. — Vous vous laissez aller à ranger l'homme parmi les animaux...

M. — L'homme est un animal ; le fait, hélas! ne me semble pas discutable. Est-ce un animal comme un autre?... Une telle affirmation outrepasse nos connaissances. On a pompeusement décoré du nom d'*anthropoïdes* l'orang, le chimpanzé, le gorille, et l'on dit gravement : il y a moins de différence entre l'homme et l'anthropoïde, qu'entre l'antropoïde et les autres singes, car ceux-ci ont une queue... Fourier nous a promis une queue, et je suis loin de méconnaître l'importance de cet appendice... mais les mêmes anthropologistes qui trouvent une si grande similitude corporelle entre nous et le gorille, admettent une grande différence cérébrale... Or, au physique, le cerveau c'est tout l'homme, Ce n'est pas que je proteste contre l'origine simienne de l'homme. Qu'il plaise à l'Éternel de nous faire sortir d'un peu de boue, comme dit l'Écriture, ou de la peau d'un singe... il ne m'appartient pas de me plaindre... La doctrine de l'évolution et du transformisme des corps ne me semble nullement incompatible avec la doctrine de l'évolution et du transformisme des âmes... L'homme seul sait améliorer sa position, seul il se sert d'un outil, seul il enterre ses semblables; car le sauvage qui étrangle ses vieux parents, pour ne les point nourrir, ne s'en croit pas moins obligé à leur rendre les honneurs funèbres.

X. — Avouez-le, si les Nouveaux-Hollandais ont reçu une âme immortelle, ce cadeau n'a pas été accompagné du don de s'en servir.

M. — Il faut pour le développement de l'homme des circonstances particulières, celles-ci ne se réalisent pas toujours et semblent avoir fait défaut en Australie. Réfléchissez à ceci : nous avons des noirs avocats, médecins, officiers, ils entrent aux écoles navale, militaire, polytechnique... la main sur la conscience, sont-ils plus bêtes que nous? Si leurs ancêtres n'avaient pas été enlevés au Congo, ils seraient en Afrique à l'état de demi-singes. Rien ne nous autorise à condamner la race australienne. Les Anglais trouvent plus simple de la détruire que de la civiliser... cette race anglo-saxonne est si envahissante, le globe entier n'est pas assez grand pour elle.

X. — Il y a des hommes Tropmann, pourquoi n'y aurait-il pas des peuplades et même des races Tropmann.

M. — Le fait ne me semble pas impossible... mais quand il s'agit de condamner toute une espèce d'hommes, le doute est commandé par la sagesse. L'étrange manière dont la race australienne pratique l'amour est peut-être ce qui peint le mieux sa férocité. L'australien guette comme une proie la femme qu'il convoite, l'étourdit d'un coup de casse-tête, la saisit par un de ses membres et la traîne à terre dans sa hutte... Néanmoins, je persiste à trouver les principales causes de cette horrible barbarie dans la faune et la flore de ces contrées. La terre ne produit d'elle-même que quelques pieds de célerie, on n'y rencontre nulle espèce de troupeaux de bêtes sauvages, ni mammifères de grande taille, à part le kanguroo qui vit isolé et dont la chasse est très-difficile. Aussi les peuplades de la Nouvelle-Hollande, quoique plus nombreuses que celles de la terre de Van-Diémen, se composent-elles au plus d'une centaine de membres. Le long des côtes, les naturels trouvent à peu près à vivre, ceux de l'intérieur sont réduits à tromper leur faim avec une pâte de larves de fourmis et de racines de fougères, aussi à certains moments ont-ils l'air de squelettes... Comment de pareils affamés seraient-ils autre chose que des bêtes féroces?... les femmes, plus opprimées, ont un aspect plus sombre et plus farouche encore. Quant aux Nouveaux-Zélandais, j'en ai vu des têtes momifiées et conservées avec le plus grand soin, je déclare ne connaître aucun animal dont la vue m'ait causé une aussi profonde horreur.

12 septembre 1875.

44° 06' Sud, 144° 40' Est.

Pendant la nuit du 11 au 12, il vente grand frais du N.-O. et coup de vent dans les rafales. — Après minuit saute au S.-O., le temps s'éclaircit un peu, la mer est toujours très-grosse. Au jour, nous voyons deux albatros ; après avoir quitté les parages du Cap des Aiguilles, nous avions cessé d'en voir dans tout l'Océan Indien.

X. — Les terres du sud de la Tasmanie sont très-hautes ; couvertes de neige en ce moment, elles seraient visibles de loin si le ciel n'était chargé de nuages et l'atmosphère embrouillée de brume. Triste temps pour aller chercher la terre après une course de trois mille lieues entre le ciel et l'eau.

M. — Heureusement vous avez eu hier de bonnes observations, et vous avez confiance dans vos montres.

X. — Elles s'accordent bien avec les distances lunaires.

M. — Elles s'accordent bien aussi avec la marche de l'aiguille aimantée. D'après mes comparaisons, je ne puis croire à une différence notable entre la longitude donnée par les montres et la longitude réelle.

X. — Que voulez-vous dire ?

M. — Ce fut une idée fixe de Humboldt de déterminer les longitudes par la comparaison de la déclinaison observée avec les courbes magnétiques d'é-

gales déclinaisons portées sur les cartes. Telle serait
d'ailleurs probablement, d'après l'Aristote prussien,
la méthode que Sébastien Cabot, à son lit de mort,
prétendit avoir reçue par révélation sous le sceau du
secret. C'est une utopie, à n'en pas douter, surtout à
bord des navires où la déviation due aux fers de la
coque est notable. Cependant on peut parfois tirer de
cette idée une utile indication. Quand, ainsi que nous
le faisons, on court sur un parallèle au sud de l'Australie, on se trouve dans de bonnes conditions pour
en tirer parti. Les lignes d'égales déclinaisons sont
ici presque parallèles au méridien et, de plus, fort
rapprochées à cause du voisinage d'un des pôles
magnétiques ; il en résulte des changements de déclinaison sensibles en quelques heures, puisqu'en
un jour, elles peuvent atteindre de cinq à six degrés.
Le 7 septembre, par exemple, nous avons 6° N.-O.
de déclinaison et le 9 septembre 5° N.-E. Le 8,
notre variation était à peu près nulle au moment où
nous passions sur la ligne sans déclinaison, circonstance fortuite, il est vrai, tenant à ce que nous avions
un cap sans déviation ; mais, en dépit de la déviation
inhérente aux fers de la coque, notre cap variant peu,
je me crois en droit de conclure à l'impossibilité
d'une grosse erreur dans notre position, vu la parfaite concordance entre les changements des déclinaisons observées et les changements des déclinaisons portées sur les cartes.

X. — Je ne nie point la possibilité de tirer quelques
vagues indices d'une observation attentive des changements de déclinaison ; mais pour l'utiliser avec
quelque certitude, il faudrait de bien grands progrès
dans la science encore si obscure du magnétisme.

M. — Le problème est si compliqué !... nous

n'avons même pas les positions exactes des pôles
magnétiques, distribués dans chaque hémisphère
d'une façon si singulière. Chaque hémisphère a ses
deux pôles, et ces quatre centres d'attraction et de
répulsion, placés d'une façon si asymétrique, ont
chacun leur énergie particulière. On ne saurait donc
s'étonner de la complexité des courbes d'égale intensité, d'égale inclinaison ou d'égale déclinaison. Un
fait très-singulier, au milieu de toutes ces irrégularités, dont la cause nous échappe, est la position
symétrique des nœuds de l'équateur magnétique,
placés à 180° l'un de l'autre sur l'équateur terrestre
et qui semblent rester aux extrémités d'un diamètre
équatorial, malgré les mouvements séculaires des
courbes magnétiques.

X. — Le vent tourne vers le sud, le ciel éclairci du
côté du pôle reste chargé dans le nord ; ce sont les
hautes terres de la Tasmanie qui retiennent les
nuages. On vient de saisir le soleil à la volée, nous
aurons un angle horaire passable ; les îlots de roches,
sentinelles avancées du cap, ne sauraient être bien
loin, ils sont accores et assez élevés, on peut en
essayer la recherche même avec ce temps couvert.
Ce serait vraiment dommage de ne point voir le cap
sud formé de majestueuses colonnes de basalte, cou-
ronnées d'arbres gigantesques.

Vers dix heures et demie, un œil exercé devine la
silhouette d'un cap à peine esquissé dans le brouillard sur un fond de même teinte grise. Le point nous
place en longitude avec Piedra Blanca la plus sud des
roches débordantes — nous mettons le cap au nord.

A onze heures un quart, la vigie signale un navire
devant.

X. — Ce prétendu navire doit être le rocher

Eddystone dont la vigie distingue mal les formes dans la brume... On le dirait bâti de main d'homme tant sa structure est régulière.

M. — Le nombre et la variété des oiseaux marins augmentent sans cesse. Quel vol splendide ont ces albatros !... splendide mais incompréhensible vraiment. Le regard le plus attentif cherche en vain à discerner un mouvement perceptible dans leur vol. En un clin d'œil, du bout de l'horizon, ils fondent sur nous, les ailes déployées, immobiles et décrivant autour du bord de grands cercles rapides, rasant à chaque tour l'arrière du navire... Il y a je ne sais quoi de sombre et de fatal dans leur regard impassible, ils nous contemplent comme une proie qui leur est due. Le corps est réduit à rien dans cet appareil à grande vitesse ; l'œil perçant, pour distinguer au loin la proie, l'énorme bec crochu pour la saisir, une envergure colossale, pour l'atteindre, résument cette infatigable et puissante machine. Quand, par notre travers, rasant la crête des lames, ils tournent pour passer devant, ils nous présentent entièrement le dos ou le ventre, leur corps est horizontal, et leurs deux longues ailes aiguës sur la même verticale ressemblent à un long fuseau courant sur la mer... Je ne me lasse point d'admirer l'aisance de leurs évolutions et de leurs balancements ; dans ces cercles qu'ils décrivent, nous les voyons sous toutes les faces, mais ces ailes immuables toujours semblablement orientées me semblent ensorcelées, et je me demande si ces grands diables d'oiseaux ne seraient pas des citoyens de l'autre monde... il y en a de deux espèces.

X. — Les bruns, relativement petits, et les amiraux, comme on les appelle, au corps de neige immaculée ; sur leurs ailes gris-foncé brille près de chaque épaule une belle étoile blanche qui leur a valu leur nom... Ah ! la vigie signale un deuxième navire en vue — comme nous à la recherche de la terre —à moins que ce ne soit Piedra-Blanca... par ces brumes on est dupe des illusions les plus étranges.

M. — Troisième navire en vue, dit-on.

X. — Pour cette fois c'est sûrement un navire... Évidemment la vigie aperçoit vaguement un navire, Eddystone et Piedra-Blanca... Voici un maudit grain bien épais, pendant un instant nous allons être plongés dans de vraies ténèbres ; heureusement ce grain vient du Sud, il va purger le temps et quand il sera passé, nous y verrons clair.

A midi le temps se découvre, le soleil apparaît un instant entre deux nuages, la latitude méridienne nous met à 6 milles d'Eddystone ; en effet, à peine a-t-on porté le point sur la carte, que nous voyons se dresser devant nous à l'horizon une grosse tour carrée... Un peu à gauche Piedra-Blanca. Quant à la terre ferme, elle reste encore perdue dans la brume et la pluie.

M. — C'est admirable !... après 3000 lieues faites sans rien voir que des nuages et des crêtes de lames, tomber ainsi à point nommé sur le but, cela tient du prodige et me rappelle cette belle réflexion de Condorcet: « Le marin qu'une bonne longitude préserve du naufrage, doit la vie aux spéculations vieilles de bien des siècles, faites sur les sections coniques, par quelques philosophes grecs dans un but désintéressé. »

X. — L'astronomie nautique donne, en effet, de bien merveilleux résultats.

M. — Aussi le grand Hipparque assignait-il, comme but principal à l'astronomie, la détermination des longitudes.

X. — Si nous devons beaucoup aux mathématiciens

et aux astronomes, il ne serait pas juste d'oublier nos modernes constructeurs de chronomètres. Grâce à ces éminents artistes, il nous suffit, partis de France avec l'heure de Paris, de descendre dans la cabine des montres pour y relire, avec une précision mathématique, cette heure précieuse... Un peu de soleil, — le temps de prendre une hauteur — et dans dix minutes vous avez votre position à quelques milliers de mètres près. Je ne parle point de la latitude; dans l'antiquité même on la déterminait avec une sorte d'exactitude, tant son observation par la méridienne est facile.

M. — Mais que de travaux pour arriver à marquer sur un carré de papier la longitude d'Eddystone ; c'est le résumé de toute l'astronomie positive. Il a fallu, sans parler de l'astronomie contemplative des Égyptiens et des Chaldéens, toute une succession d'hommes de génie, de Timocharis et Aristille à Clairaut, Condorcet, Lagrange, Laplace... Il est aussi curieux de songer aux services personnels rendus par les différents astres : d'abord les Fixes, points de repère éternels ; — Mars, dont l'excentricité considérable dévoile à l'immortel Képler les mouvements réels des planètes. Pendant dix-sept années, l'élève et l'ami de Tycho-Brahé observe cet astre avec une patience égale à la sublimité du but ; — Vénus, d'après la méthode de Halley, nous donne la parallaxe solaire, base de la mesure des cieux ; — Jupiter, par l'éclipse de ses satellites, nous fournit un moyen simple et prompt de déterminer à terre la longitude ; — la Lune, par ses distances à des astres déterminés, offre la solution classique du problème des longitudes ; — enfin les éclipses de Soleil ont été employées par les anciens pour parvenir au même but... Les utilitaires des temps passés ont dû bien rire des songe-creux niaise-

ment occupés la nuit à contempler les étoiles. Eh
bien !... si les laines d'Australie alimentent les manufactures de l'Angleterre comme les cotons de l'Inde,
si nous buvons du thé, du sucre et du café... tout ce
mouvement d'affaires, toutes ces industries donnant
du pain à tant de bouches...tout cela est dû à ces
rêveurs. Parfois, par une sorte d'ironie de la nature,
l'observation la plus futile donnera les résultats les
plus féconds. Est-ce assez insignifiant ce morceau
d'ambre frotté attirant une paille?... le télégraphe électrique, qui permet à des hommes placés aux antipodes de causer comme en un salon, est là, comme l'aigle dans l'œuf... Et ces pierres ferrugineuses emportant la limaille, est-ce digne d'occuper un instant
un noble théologien ?... La découverte du Nouveau
Monde en dépend. Toute la navigation se résume en
deux mots : l'astronomie indique le point où l'on se
trouve, l'aiguille aimantée donne la route à suivre.

Piedra-Blanca, Eddystone, grandissent à vue d'œil,
mais les terres du Cap sud persistent à se tenir cachées derrière un rideau de nuages. Un grand clipper-
anglais, ayant reconnu sa position, fait route pour la
Nouvelle-Zélande. Une énorme houle de l'ouest se
brise aux pieds de Piedra-Blanca, et l'ensevelit par
moments sous d'immenses gerbes d'écume.

Un plaisant, doué d'une assez belle voix, lance
à plein gosier, à la grande joie commune, le morceau
du pilote de l'*Africaine :*

Tournez au Nord !

Au Nord ! au Nord !,.. adieu sombre hiver, froide
pluies, épais brouillards, grêle, neige... salut à toi,
soleil éclatant, salut à toi, ciel azuré des tropiques ?
Dans l'après-midi la mer tombe à l'abri de la terre,

On est heureux de ne plus se sentir sur un pont oscil-
lant de 35°, chose ennuyeuse, s'il en est une au monde,
quand la plaisanterie dure une quarantaine de jours.

Malheureusement les terres sont bien embrumées ;
on ne peut jouir du beau tableau qu'on soupçonne.
Dans les éclaircies on aperçoit les arbres du premier
plan, cette verdure égaye la vue fatiguée de l'éternel
spectacle des lames et d'un horizon sans fin. Les mouvements ondulés de terrain forment une succession de
plans divers, terminée par des montagnes couvertes
de neige.

Au crépuscule nous passons près du cap Pilar aux
flancs gris et abrupts. A la nuit le ciel se dégage, les
étoiles scintillent et la lune nous verse, avec sa
noble clarté, ce contentement que l'homme de mer
ressent à la vue de son astre bien-aimé.

Vers dix heures on aperçoit deux feux : un feu blanc
éclatant, un feu vert plus modeste ; c'est un bateau à
vapeur qui passe à tribord — sans doute un paquebot
unissant la Nouvelle-Zélande à l'Australie. Il passe
orgueilleusement près de nous, comme une fière per-
sonnification de la jeune civilisation des antipodes.

14 septembre 1875.

40° Sud, 154° 20' Est.

M. — Beau temps — belle mer — jolie brise de
sud... on jouit de la vue d'un ciel clair et du bonheur de ne plus être ballotté par la houle de l'Océan
Indien.

X. — On est singulièrement secoué quelquefois dans

ce large canal qui sépare l'Australie et la Nouvelle-
Zélande... c'est un mauvais passage ; mais nous allons
le passer gaiement, j'en ai du moins l'espérance, car
tout s'annonce bien.

M. — Un singulier continent, cette Australie, où je
m'étonne de trouver des nègres... La distribution des
races humaines, à laquelle nous assistons aujourd'hui,
s'est faite par des révolutions du globe mal connues.
Le cap de Bonne-Espérance et la terre de Van-Diémen,
si distants l'un de l'autre, sont peuplés d'hommes de
même espèce ; la Nouvelle-Hollande et la Nouvelle-
Zélande, relativement si voisines, appartiennent à des
races profondément dissemblables, car le Zélandais
est de sang malai. Malgré l'affreuse brutalité du nègre
envers la femme, soit à l'extrémité du continent africain, soit au sud des terres australiennes, nous ne le
voyons pas du moins, comme le Malai de la Zélande
et des autres îles où il habite, prostituer les siens pour
un clou ou un grain de verroterie.

X. — A une organisation physique différente correspond un mode différent de voir et de penser ; tout
changement de couleur dans la peau est le signe d'une
importante modification de l'encéphale.

M. — Des hommes vraiment abominables souillent
cette Nouvelle-Zélande. Les animaux ont certes plus
de moralité. Ceux-ci connaissent la galanterie ; chez
eux l'épouse est l'égale de l'époux : le lion est un mari
attentionné, fidèle, débonnaire, plus vertueux d'ailleurs que sa légère et coquette compagne ; les amours
des oiseaux sont pleines de tendresse. La femelle zé-
landaise se voit non-seulement maltraiter par son
mâle, mais même par ses propres petits ; car les hommes professent le mépris de la femme au point d'encourager le fils à battre la mère. . Malgré tout, la mal-

9

heureuse désire la servitude du mariage, pour ne pas
être assommée, puis violée par tout homme qui la rencontre sur son chemin.

X. — Et l'on gratifie de pareils êtres d'une conscience?

M. — Elle se trouve en eux à l'état latent, comme
le chêne dans le gland, comme le fruit dans le pistil...
Ne faut-il pas que le pollen féconde la fleur pour qu'elle
fructifie, pollen souvent porté de loin sur l'aile des
vents? Ne faut-il pas au gland, de la terre, de l'eau, de
l'air, de la lumière et de la chaleur pour devenir un
arbre?... La fleur non fécondée s'étiole et meurt, le
gland tombé sur la pierre se décompose... La conscience du Zélandais est un germe qui n'a pu se développer.

X. — Et son âme, qu'en faites-vous?

M. — Que voulez-vous que j'en fasse?.. Je ne connais pas, comme monseigneur Gaume, par le menu, les
affaires de l'autre monde. Toute graine ne devient pas
une plante, tout embryon ne devient pas un animal,
toute âme ne se développe point... que devient cette
âme atrophiée?... Y a-t-il des âmes à qui il ne soit point
donné de conquérir l'immortalité?... Sont-ce des âmes
de tigres et de chacals qui traversent des corps zélandais, avant de devenir des âmes humaines?... C'était
la croyance de nos pères, croyance certainement aussi
raisonnable que celles que nous devons aux Romains,
— la peste soit de Rome!... De Rome, depuis Jules
César, nous viennent tous nos maux, y compris le latin, — comment, depuis des siècles, des peuples n'ont-
ils pu faire ce progrès de compter jusqu'à cinq, quand
ils ont cinq doigts dans la main?... Leur morale est au
niveau de leur numération.

X. — De tout ceci ressort cette conclusion, triste ou

consolante selon le point de vue : les besoins de l'esprit ne peuvent naître avant la pleine satisfaction des besoins du corps... travailler à nourrir les corps, c'est élever les âmes.

M. — C'est vrai, parfaitement vrai, mais, chose singulière, l'inverse devient plus vrai encore : dans les sociétés organisées, c'est l'esprit qui nourrit le corps, car c'est l'intelligence qui multiplie à l'infini les moyens d'existence... Les moyens d'existence sont d'autant plus variés, plus nombreux, la condition physique de l'homme d'autant meilleure que son intelligence est plus développée ; si donc nourrir les corps c'est élever les âmes, cultiver les âmes c'est nourrir les corps... merveilleuse harmonie fondamentale dans le système du monde... Or, pour le dire en passant, comment se traduisent matériellement les efforts de l'intelligence?... Par une appropriation de plus en plus marquée de la matière à nos besoins. De cette appropriation de la matière à nos besoins naît la propriété... d'où nous tirons cette conséquence logique, et de plus, démontrée par les faits : la prospérité des hommes est en raison directe du nombre des choses appropriées ; et d'une observation attentive de l'état sauvage, de la vie pastorale et de toutes les phases de la civilisation, nous tirons cet apophthegme : Plus la terre est chère, plus elle fait vivre de gens.

X. — Nous voilà loin de la Nouvelle-Zélande...

M. — Les premiers voyageurs y ont trouvé une société embryonnaire, car les villages étaient enfermés dans des forts, où les habitants tremblaient jour et nuit d'être surpris, massacrés et dévorés.

X. — Le besoin de nourriture animale joue dans ces horribles repas un rôle non moins important que la fureur et la vengeance, car ces cannibales mangent non-seulement les guerriers, mais les femmes et les enfants.

M. — L'homme est une bête féroce, on ne peut malheureusement le nier. On dit : grattez le Russe, vous trouverez le Tartare ; il est encore plus juste de dire : grattez le civilisé, vous trouverez l'anthropophage. Le progrès consiste à mettre la bête humaine dans des conditions où elle ait de moins en moins d'intérêt à nuire. Que les instituteurs des peuples, les pères des nations, comme disait Rousseau, daignent ne pas l'oublier : Tout affamé est un anthropophage.

16 septembre 1875.

36° 50' Sud, 156° Est.

M. — Jouit-on avec délices de ce beau temps et de la bienfaisante lumière de l'astre radieux ?... Je me sens d'une dévotion toute particulière à ce père de la nature, à cette âme du monde physique.... S'il est un culte naturel, c'est bien celui du soleil. Chose bizarre, l'observation des peuples sauvages l'étude de l'histoire s'accordent à nous démontrer que le culte du soleil suppose une civilisation assez avancée. Avant d'adorer l'essence de l'univers sous sa forme la plus grandiose, les hommes ont commencé par adorer les objets les plus indignes. Quand j'ai cherché à me rendre compte d'un phénomène aussi étrange, j'en ai trouvé la raison dans le vieil adage : Le soleil luit pour tout le monde. Le bienfaiteur de *tout le monde* ne convient pas à notre égoïsme, nous

demandons un Dieu qui s'occupe de nous indivi-
duellement à l'exclusion de tout et de tous. La plai-
sante prière : « Mon Dieu ! ayez pitié de moi, et jetez
des pierres aux autres », se trouve au fond de la plupart des cœurs. Plus un dieu nous est personnel,
plus il nous est cher ; de là notre invincible tendance
au fétichisme. Aussi, quand le captif antique quitte
ses foyers, il se soucie médiocrement de ses grands
dieux qu'il trouvera partout ; il pleure ses dieux
lares, les fétiches du toit paternel... La pensée fondamentale du christianisme est bien celle d'un Dieu,
père commun de tous les hommes ; mais comment
le christianisme s'est-il répandu, si ce n'est en offrant
à la multitude de véritables fétiches dans les os des
saints et les reliques des martyrs ?... Corruption de la
pensée première, mais corruption fatale, car un culte
se fonde au moins autant par ses erreurs que par ses
vérités. L'esprit humain ne fait point d'aussi grands
bonds dans la voie du progrès ; si le christianisme
s'est emparé des âmes d'élite par l'attrait de ses
grandes pensées humanitaires, il a conquis les masses
en offrant à chacun, dans un fragment d'os sanctifié,
un talisman contre tous les maux, dans ce monde et
dans l'autre. Le rôle des reliques fut immense dans
la propagande initiale ; on ne l'a pas assez remarqué. En Bretagne, nous sommes encore en plein
fétichisme, il a traversé impunément les grandes
doctrines druidiques, puis le polythéisme et le catholicisme romains... Les chrétiens de Tréguier vont
très-bien en pèlerinage demander aux os de saint
Yves la mort d'un ennemi ou d'un vieux parent dont
on est pressé d'hériter. Le soleil est un dieu impar-
tial, peu disposé à épouser nos rancunes ou nos
caprices... A part son extra en faveur de Josué.

X. — Vous qui êtes partisan de la pluralité des mondes, — comme moi d'ailleurs, — croyez-vous le soleil habité ?

M. — Je n'y suis jamais allé et ne connais personne qui en soit revenu... D'après Arago, la constitution du soleil ne s'oppose pas à l'hypothèse d'une population solarienne. Les observations faites au polariscope sur les rayons émanés des bords de l'astre radieux, concluent à l'existence d'une photosphère gazeuse incandescente, l'examen des taches prouve la présence d'un noyau central... D'après l'illustre astronome, des nuages opaques (dont l'examen des taches nous donne encore connaissance) interposés entre le noyau central et les gaz enflammés, pourraient suffire à protéger, contre les ardeurs de la photosphère, des êtres d'une organisation analogue à celle des animaux terrestres.

X. — C'est le cas de dire qu'il faudrait voir pour croire.

M. — Le scepticisme de Thomas est légitime en ces matières.

X. — Cependant, quand on voit l'air et l'eau partout imprégnés de vie, dans les neiges des pôles, dans les hautes régions de l'atmosphère, dans les vastes réservoirs souterrains ; si l'on songe que nous nous mouvons dans un véritable milieu vivant dont on peut dire : *in eo vivimus, movemur et sumus*, on a peine à se figurer un corps énorme comme le soleil, (si l'on mettait la terre au centre, la lune décrirait son orbite bien en-dedans de l'écorce solaire) on a peine à se figurer cet astre gigantesque comme uniquement destiné à chauffer et à éclairer quelques points imperceptibles de l'espace désert.

M. — Cette réflexion m'est venue bien souvent et

m'a toujours frappé... d'abord toutes les planètes sont comprises dans une bande très-mince du plan équatorial héliaque... Ainsi, de prime-abord, nous voyons toute la lumière, toute la chaleur émanées de la surface solaire, se perdre sans objet immédiat en dehors de l'équateur... mais dans ce plan même quelles seront la chaleur et la lumière utilisées? Combien du soleil semblent petits les diamètres de ses planètes!... Vu de la terre, le soleil occupe à peine les 0,000005 de la voûte céleste... Aussi suis-je porté à croire que nous profitons très-incidemment des rayons solaires, destinés à un emploi bien plus important dont nous n'avons nul soupçon.

X. — L'économie semble une loi de la nature, elle produit souvent de grands effets avec de petites causes, rarement nous voyons les montagnes accoucher de souris.

M. — Employer le soleil à l'entretien des quelques planètes connues, c'est employer l'Océan à faire végéter une douzaine d'huîtres.

18 septembre 1875.

34° 40' Sud, 162° Est.

Beau temps, la brise tombe, nous voilà dans cette région de calme si bien marquée, limite des alizés, toujours annoncée par une hausse barométrique. Les sveltes poissons volants, semblables à de grosses libellules, tendent leurs longues ailes nacrées pour fuir les infatigables ennemis qui bondissent après

eux ; mais les pauvres petites bêtes ont grand'peine
à franchir plus d'une centaine de mètres dans les
airs. Des ailes à des animaux à sang froid, c'est une
grande machine à une petite chaudière, en quelques
tours elle vide le coffre à vapeur ; cela peut leur
suffire néanmoins pour éviter un moment la gueule
de ces gloutons : marsouins. thons, bonites... triste
vie que celle d'un poisson-volant !

La nature s'est fait un jeu d'épuiser toutes les combinaisons : La chauve-souris, mammifère ailé ; le
dragon de l'Inde, reptile ailé, chasse aujourd'hui les
insectes, bien humble confrère du ptérodactyle du
vieux monde qui déployait dans les airs ses vingt-
cinq pieds d'envergure ; le dactyloptère, poisson-
oiseau, rase les flots bleus des mers caressées par les
alizés ; par contraste, nous avons l'oiseau-poisson,
pingouins, plongeurs... dont les ailes atrophiées
deviennent de vigoureuses nageoires ou de puissantes
rames ; enfin les cétacés et syrénides, mammifères
pisciformes, baleines, phoques, lamentins...

J'ai vu, à la Guyane, un ex-caporal bavarois élever
un jeune lamentin fort affectueux et nullement dénué d'intelligence. Notre Allemand s'asseyait dans le
bassin où vivait son nourrisson ; le jeune lamentin
accourait dans ses bras maternels pour têter avide-
ment le biberon que lui tendait le caporal-nourrice.
J'assistai à leur départ pour l'Angleterre, où la
Société zoologique les attendait impatiemment avec
une dot de deux mille livres. Jamais prince au berceau ne fut reçu avec autant de déférence que notre
poupon, à bord du paquebot, dans son vaste bassin
de zinc... Je vis alors pour la dernière fois le tendre
Bavarois s'asseoir sur son banc dans l'eau jusqu'au
cou ; le lamentin accourir joyeusement sur son sein et

presser le biberon de ses lèvres... ils partirent, mais l'infortuné bébé mourut de langueur quand il respira les froides brumes du nord.

20 septembre 1875.

28° Sud, 164° 10' Est.

M.—L'heure de l'entr'acte approche, après-demain nous serons à Nouméa.

X. — C'est le 5 septembre 1774, c'est-à-dire il y a un siècle, que Cook découvrit la Nouvelle-Calédonie... Nous n'avons plus guère de découvertes à faire ; avant longtemps, nous aurons porté sur nos cartes les moindres rochers. Si les contrées polaires nous sont encore momentanément interdites, qu'importent des pays sans habitants ?... La nature y cache les merveilles de ses glaciers, mais le grand intérêt de la Terre est l'homme. Aujourd'hui, les plus curieuses expéditions sont au centre des continents. Découvrir, dans la vaste solitude de l'océan, des îles, où une pirogue aperçue près du rivage, un peu de fumée s'élevant au-dessus des arbres signalent la présence de variétés inconnues de notre espèce, est une jouissance dont nous sommes sevrés à tout jamais.

M. — Une belle organisation celle de ce Cook !... Garçon de ferme, par droit de naissance, il se fit matelot ; puis seul, sans maître, il apprit les mathématiques et l'astronomie. En Angleterre, les classes inférieures produisent peut-être plus de grands hommes que partout ailleurs. Un vacher, chargé d'aller aux

antipodes observer le passage de Vénus, c'est peut-
être un des plus magnifiques exemples de la puissance de la volonté.

Très-beau temps : — avec les vents de sud-est nous
avons retrouvé le firmament d'azur foncé et les nuages en balles de coton des contrées tropicales. L'influence de la terre se fait sentir, la brise tombe peu à
peu pendant la nuit.

A l'orient, l'aube blanchit de bonne heure le ciel
éclairé par un dernier quartier de lune, qui, du zénith, répand ses rayons argentés sur le clair miroir
d'une mer calme. La netteté de l'horizon accuse la
transparence de l'air, on verra la terre de loin... A six
heures, le disque du soleil monte resplendissant, tous
les binocles cherchent au nord la terre promise.

A sept heures, la vigie crie : Terre !... droit devant
nous !...

Du pont, on ne peut la voir encore, la courbure du
globe la cache à nos regards. Après une demi-heure
d'attente, un petit rocher se montre à l'horizon... ce
petit rocher est le sommet du Mont-d'Or, ainsi baptisé, dit-on, en souvenir du célèbre dôme de l'Auvergne (on aurait dû, dans ce cas, écrire Mont Dore). Nous
marchons très-vite sur la mer unie, le Mont-d'Or
grandit à vue d'œil. Plus indécise, apparaît à son tour
la silhouette du Mont-Mu, la plus élevée des montagnes de la Nouvelle-Calédonie.

Bientôt nous distinguons divers plans de l'île.

A dix heures, une colonne se détache en avant des terres ; c'est le phare de l'îlot Amédée, bâti sur un écueil à fleur d'eau en dedans du grand récif et près d'une coupure servant de porte à ce rempart avancé, éloigné d'une dizaine de milles de la terre ferme. Une longue ligne blanche tranche sur la mer, c'est la houle du large qui brise sur les coraux ; un intervalle bleu dans la ligne blanche, comme une boucle de saphir dans une ceinture d'argent, nous montre l'entrée de la passe. Sans cesse l'Océan bat en vain ces murailles, le mouvement des eaux surexcite l'énergie des zoophytes, toute avarie causée par la fureur des vagues est aussitôt réparée.

Ainsi la foule des travailleurs répare sans cesse la grande œuvre du progrès, sans cesse détruite par le délire des gouvernements.

En approchant du grand récif, nous assistons à un spectacle magique. La teinte bleu foncé des eaux, jusqu'aux brisants même, montre combien elles sont profondes le long de ce rempart sous-marin. Au niveau de la mer, le récif apparait comme une maçonnerie blanche, battue par les volutes. A l'intérieur, les pâtés de corail, pour peu qu'ils soient recouverts d'une lame d'eau, ont la couleur et l'éclat de l'émeraude. Mer d'azur, grand récif blanc, écume éblouissante, coraux verts, tout brille, étincelle des rayons du soleil.

En dedans de la ceinture protectrice, ce n'est plus la mer, c'est un lac ; sur les petites îles de corail à fleur d'eau poussent des mangliers au feuillage sombre. Le Mont-Mu étale sa riche verdure, le Mont-d'Or se drape orgueilleusement dans sa robe épiscopale de roches violettes.

La plupart d'entre nous promènent sur ce magnitique panorama, des regards indifférents ; nous sommes oppressés : le télégraphe australien, le courrier de Sydney nous rapprochent des antipodes européennes, qu'allons-nous apprendre de la patrie ?

A notre départ, on était inquiet de l'avidité allemande ; l'aigle prussienne, les lambeaux de notre chair au bec, planait sur nous les serres ouvertes.

Pauvre France !... des misérables, qui s'appelaient des sauveurs, t'ont réduite à trembler...

Le vautour impérial, affamé par un long jeûne, rôdait autour de nous, escorté de rapaces nocturnes...

Les rivalités des prétendants, les intrigues des conservateurs, nous avaient-elles plongés dans l'abîme sanglant de la guerre civile ?

Avant notre départ, une constitution avait bien été votée... Mais qu'est-ce qu'une constitution aux yeux des Français habitués depuis quatre-vingts ans à les voir tomber comme les feuilles d'automne ? Constitution de 91, saluée par les baïonnettes de la fédération des quarante mille communes de France ; constitution girondine, dont les auteurs montent à l'échafaud, quand l'encre des signataires n'a pas encore séché ; constitution montagnarde de 93, acclamée par les représentants des assemblées primaires, les montagnards eux-mêmes la serrent dans un étui bien cadenassé, après l'avoir offerte à l'admiration populaire : peine de mort pour quiconque en demande l'exécution ; constitution thermidorienne, l'une des meilleures conceptions politiques modernes, déchirée par l'épée du Corse.....

Et combien d'autres depuis...

Toutes les poitrines halètent au moment où la baleinière du pilote accoste.

Une voix impatiente demande avec émotion :

« Y a-t-il *quelque chose de nouveau* en France ? »

Demande dont la vulgarité trahit bien des angoisses.

Il y eut un immense soupir de soulagement dans tout le navire quand le pilote répondit :

« Rien de nouveau. »

II

La Nouvelle-Calédonie ressemble à toutes les colonies françaises : peu d'industrie, beaucoup d'uniformes.

La civilisation y a porté ses habitudes mesquines et antipoétiques; on y mange à peine les gens. Quelques conservateurs canaques, trop attachés aux saintes coutumes de leurs ancêtres, de temps à autre font cuire un Européen sous des pierres chauffées au rouge, mais c'est un fait exceptionnel. Le bon vieux temps est passé. Les cléricaux calédoniens crient vainement à l'impiété, menaçant de la fureur des dieux sevrés de victimes; les libres penseurs l'emportent sur les austères partisans d'une religion séculaire. La jeunesse frivole, toujours si encline aux innovations, se prononce en faveur du porc et proclame sa supériorité sur l'homme au point de vue culinaire.

Les femmes, ô scandale! s'habillent, ce qui prouve surabondamment, ainsi l'a déclaré le clergé canaque dans sa haute sagesse, que toute candeur a disparu. Avec les idées nouvelles, apparaît leur affreux cortége de vices : chemises et chignons. Adieu sainte inno-

cence!... Les colifichets déshonorent la nudité pu-
dique, avec le casse-tête disparaissent les dernières
vertus...

Lorsque Guizot, dans son *Histoire de la civilisation
en France*, a cherché les mœurs des Germains, il a
trouvé celles des Indiens du nouveau monde... Ce sont
les mœurs de tous les sauvages, car rien ne ressemble
plus à un sauvage qu'un autre sauvage, qu'il soit
rouge, blanc ou noir.

Dans les sociétés humaines au berceau, comme dans
les sociétés animales, tous les individus sont semblables... Dans les sociétés civilisées, comme pour les
espèces domestiques, la variété est une conséquence
du progrès. Chez les sauvages, il y a groupement
d'hommes, il n'y a pas de société. La société réelle
n'existe pas sans la séparation des occupations, source évidente des variations de la nature physique et
morale de l'homme.

. . . .

. . . .

Nous arrivons pour les fêtes d'anniversaire de la
prise de possession de l'île.

La ville est déserte; du côté du champ de course se
fait une joyeuse émigration; les équipages roulent à
grand fracas, les chevaux caracolent, fiers de porter
leurs belles amazones.

La route, après un détour, débouche brusquement
sur l'hippodrome, et tout d'un coup se dévoile à nos
yeux un spectacle plein de magnificence et d'origi-
nalité.

Le lieu est merveilleusement choisi : la piste se dé-
roule au fond d'un bassin cratériforme, toute la population s'est assise en gradins sur les bords de ce
cirque colossal. Sur la crête des montagnes déboi-

sées, tapissées d'herbes vertes, de distance en distance, se profile sur le ciel bleu la silhouette d'un gendarme à cheval, placé là sans doute pour agrémenter
le paysage.

Une foule bigarrée s'étale sur l'herbe ; au milieu des
indigènes, en costume quasi adamique, brillent les Indiens Malabars parés des plus riches couleurs. Fumant le brûle-gueule, les femmes canaques, avec leurs
cheveux en écouvillon, surmontent de leur tête noire
une longue chemise en cotonnade tombant droit des
épaules aux pieds — chaste mode inventée par les
missionnaires.

Près de l'orchestre, sous un dôme de feuillage, se
groupe l'aristocratie européenne : négociants en ha-
bit noir, officiers en uniforme, belles dames en gaie
toilette d'été jouant de l'éventail.

Dans cet amour du cheval on sent l'influence anglaise. Quand on voit ces courses, dignes de rivaliser
avec les plus belles de nos provinces, on se demande si
l'on n'est point dupe d'un rêve, si l'on vient réellement de quitter Nouméa, l'abominable bourg de baraques construites en débris de caisses à vermouth.

Course d'amateurs après la course des jockeys —
deux chevaux se tiennent laissant derrière eux tous les
autres : l'un monté par un jeune enseigne, l'autre par
un richissime Chinois.

Une course d'enfants sur des poneys intéresse tout
le monde. Oh, les vaillants petits jockeys ! cinglent-ils
avec fureur les flancs de leurs montures... J'aime tout
plein ce gentil Chinois si ardent, si fier en selle ;
comme ses yeux brillent quand il arrive au but !...
il a gagné... mais au même instant un chien s'est
jeté dans les jambes du cheval, et le hardi coureur a été lancé par-dessus la tête de la bête effrayée.

On le ramasse inanimé. Une foule sympathique interroge anxieusement la contenance du médecin qui l'examine. On jette de l'eau sur le visage blême de l'enfant ; il ouvre les yeux, secoue ses membres, et, d'un bond, regrimpe son poney... un tonnerre d'applaudissements fait résonner les échos des montagnes.

— Il y avait naguère des courses d'amazones, me dit un négociant de Nouméa ; les plus belles dames de la colonie y prenaient part ; cette coutume est tombée en désuétude depuis deux ans à peine.

— C'est dommage ; nous devrions introduire en France ces courses de femmes et d'enfants. Soigner l'éducation physique des femmes et des enfants, n'est-ce pas le moyen de faire des hommes.

— Voyez-vous, reprit mon communicatif interlocuteur, ce personnage grand et maigre, tout affairé autour de son cheval ? C'est le Centaure. Ainsi appelle-t-on, à Nouméa, cet original d'Anglais affligé d'une trentaine de mille livres de rentes ; il vit au milieu des brousses dans un complet isolement, logé dans une cabane dont il partage avec ses chevaux l'appartement unique. Cet autre gentleman, qui prend à la direction des courses une part si active, est M. Elkington ; arrivé en Nouvelle-Calédonie comme simple journalier, il a traîné la brouette aux premiers travaux de terrassement. Aujourd'hui il patronne toutes les grandes entreprises de l'île ; sa générosité égale sa fortune, tout homme laborieux et intelligent peut recourir à son aide, son bonheur est de voir réussir les pauvres diables.

— Cette musique de transportés est excellente... néanmoins ces misérables avec leurs cheveux courts, leurs figures rasées, leur costume gris et leurs chapeaux de paille grossière déparent cette fête et m'inspirent un sentiment de tristesse et de dégoût.

— Les croyez-vous si malheureux?... Le chef d'orchestre a fini son temps. Depuis plusieurs années il aurait pu quitter le bagne, il a imploré la faveur d'y rester.

— Comment! un forçat volontaire...

— Comme vous dites, un forçat volontaire...

— *Contentus suâ sorte*, voilà un vrai philosophe.

La fanfare éclate joyeuse... Est-ce influence de la musique, de la fatigue ou de la chaleur? je l'ignore. Mais je rêvai les yeux ouverts: brillantes amazones — Jockeys en culottes de peau, casaques multicolores — gendarmes fièrement campés sur leurs chevaux — Indiens bariolés, — femmes noires fumant leurs pipes disparurent... La nuit s'abattit sur le cirque; des torches s'allumèrent aux mains d'hommes semblables à des démons, ils dansaient autour d'un brasier avec des pantomimes horribles et dépeçaient un prisonnier.

Un mouvement de la foule me rendit à moi-même; le gouverneur monta dans son équipage précédé de gendarmes à cheval, suivi d'une quarantaine d'amazones réunies en cavalcade pour le reconduire à son hôtel.

24 septembre 1875.

Hier, plaisirs de l'aristocratie — aujourd'hui, amusements populaires.

La ville est en fête. Les bons Canaques montent au mât de cocagne, pas absolument nus, mais si peu vêtus que je renonce à décrire leur costume; avant l'introduction de nos étoffes, c'était un cou d'oiseau.

Le tourniquet les passionne; ailleurs une baille d'eau, qui verse son contenu sur le maladroit coureur de bagues, excite des trépignements de joie.

La reine Hortense, la souveraine de l'île des Pins, laide à faire trembler, traverse la foule avec l'insupportable gaule taillée par les missionnaires, la tête couverte d'une vieille galette en paille noire chargée de fleurs en papier toutes frippées. On la dit très-malheureuse, étant assez intelligente pour comprendre, comme femme, sa laideur et sa gaucherie comparées à la grâce européenne, comme reine, l'inévitable décadence de sa nation.

Des rois, pieds nus, en costumes sales d'officiers d'infanterie de marine, sous un ajoupa dressé par la munificence française, se soûlent comme de simples portefaix, sans doute pour oublier leur grandeur déchue... Pauvres rois, le métier n'est pas bon pour eux non plus aux antipodes.

Là des groupes de Canaques, dédaignant les plaisirs de la civilisation sous la forme de mât de cocagne, dansent l'antique pilou-pilou.

Les guerriers, brandissant zagayes et casse-têtes, marchent en cadence à la file indienne, en poussant des hurlements; tour à tour cette file d'hommes s'enroule en spirale et se développe comme unserpent. Ce sont des vociférations inconnues à des oreilles civilisés... L'homme, a dit je ne sais quel philosophe est un microcosme renfermant en lui seul toutes les bêtes de la création; ma foi, il a dit vrai. De ces larges poitrines noires sortent les cris de tous les animaux, miaulements de tigre, sifflements de crotale, grognements de vérat, cris de singe, mugissements de crocodile... puis des intonations, comme le plus cruel des fauves, l'homme, peut seul en trouver, tout cela accompagné de gestes sanguinaires ou obscènes.

Il faut avoir vu un pilou-pilou pour comprendre tout ce que recèle de férocité la bête humaine.

Je rencontrai mon négociant de la veille, sur la place où se célébraient les jeux, et je lui fis part de mes impressions.

— Un médecin de mes amis, me dit-il, avait importé un singe en Nouvelle-Calédonie, il le montra à un jeune orphelin canaque en lui disant : « C'est ton frère. » L'enfant revint le lendemain et demanda à voir *son frère*,.. de même les jours suivants. Ce n'est qu'après plusieurs visites qu'il se décida à dire d'un ton convaincu : « Non, non, ce n'est pas mon frère. »

— Pourriez-vous m'apprendre l'opinion des Canaques sur la vie future; connaître la pensée primitive, la pensée du sauvage sur cette question me semble chose forte importante pour l'étude de l'homme.

— Je crois leurs idées bien vagues à ce sujet; ils sont convaincus des relations des vivants avec les morts, voilà le fait certain. Souvent un Canaque voit l'esprit de son père défunt ; le fantôme l'appelle et lui annonce qu'il mourra dans l'année... dans ce cas il succombe infailliblement d'inanition et de mélancolie.

25 septembre 1875.

— En route, me dit mon ami le négociant, quand nous eûmes pris chez lui au point du jour une tasse d'excellent café.

Nous montons dans un élégant panier d'Australie.

traîné par un admirable trotteur. En passant, mon
compagnon salue très-révérencieusement un *homme*
(comme on dit dans notre France soi-disant démocratique) qui roulait des boucauts devant un maga-
sin.

— Le vent d'Australie, me dit-il, a porté dans notre
colonie le germe de la démocratie, mais de la vraie ;
on honore ici le travail et nul ne rougit de mettre la
main à la pâte. Cet homme, que vous avez pris peut-
être pour un camionneur, est tout simplement le maire
de la ville, un parfait gentleman ; le matin, il roule
au besoin ses boucauts ; le soir, il donne des bals,
des banquets somptueux et sert ses hôtes dans de la
vaisselle plate.

Plus loin nous saluons non moins civilement
un épicier en bras de chemise à la porte de sa bou-
tique.

— Ce n'est qu'un épicier, me dit mon guide d'un
ton ironique, mais cet épicier vient de verser tout naturellement, sans embarras et sans bruit, 10,000 francs
pour les inondés de la Loire.

Bientôt nous fûmes hors de Nouméa.

— Ces environs ne sont guère gracieux ; toutes ces
montagnes couvertes d'herbes jaunes me font l'effet
d'un vieux velours d'Utrecht usé jusqu'à la corde.

— Il faut sortir de la presqu'île pour trouver la
belle végétation des tropiques.

— Qu'est-ce que cette baraque de forme bizarre qui
domine la ville ?

— C'est le temple des francs-maçons, on l'a fait
fermer, il portait ombrage aux missionnaires qui l'appelaient la maison du diable... on y célébrait, paraît-
il, le sabbat.

— Cependant saint Paul est manifestement franc-maçon, car il dit en propres termes : « Dieu est le Grand Architecte de l'univers... » On a bien invoqué un motif quelconque.

— On a mis sur le dos des maçons l'évasion de Rochefort... Quand on veut tuer son chien, on dit qu'il a la rage.

— Sans doute, on a fait une enquête sur ce grave événement dont la France s'est émue... Car la France s'est émue de l'évasion de ce triste étourdi, comme s'il se fût agi du débarquement de l'île d'Elbe. Quel résultat a donné l'enquête ?

— L'administration, avec son flair habituel, a fini par découvrir les complices... Les deux plus riches négociants de Nouméa, dont le crédit sur la place de Melbourne était illimité.

— Si j'ai bonne mémoire, les journaux d'Australie ont singulièrement tonné à ce sujet.

— C'est tout simple. Nouméa ne saurait vivre que par l'Australie, or les Australiens ont déclaré l'impossibilité d'accorder des crédits aux négociants d'une colonie, où il suffisait d'avoir un nez déplaisant à l'administration pour être emballé dans les vingt-quatre heures.

Nous traversons au grand trot des concessions de transportés entourées de parterres et de jardins potagers; de gais marmots gaminent sur la route, souvent une figure gracieuse de jeune fille pare le paysage d'un ornement qu'on ne voit jamais sans plaisir. Des hommes en costume de travail, des femmes proprement vêtues animent ces cottages; en somme, apparence de bien-être et de contentement.

— Mais, dis-je à mon compagnon, tout ceci a un petit air de paradis terrestre !

Son front se rembrunit.

— Oui, répondit-il, les forçats sont plus heureux que d'honnêtes ouvriers ; ils coûtent en moyenne 1,200 francs, sans compter le transport... assassiner est le moyen de se créer une position, de se faire 1,200 francs de rentes.

J'avais affaire à un adversaire de la transportation.

Il continua :

— L'influence de la femme, une idiote philanthropie, voilà les deux plaies de la France, deux cancers dont elle mourra... Les femmes mènent tout et le clergé les mène. Les robes nous perdent : robes de femme, robes d'avocat, robes de prêtre.

— Vous me rappelez la réponse d'Abd-el-Kader à cette question : « De quoi vous êtes-vous le plus étonné en France? — Du pouvoir des femmes et du pouvoir des prêtres, répondit-il. » Encore n'avait-il pas vu fleurir l'ordre moral.

— De ce régime d'effémination est née la plus sotte sensiblerie... Si un homme ne veut pas se conformer aux lois sociales, qu'on le pende... nourrir des assassins et des voleurs, quand des gens honnêtes manquent de pain, c'est immoral et idiot.

— Tudieu, comme vous y allez!... vous ne dissimulez guère le bout de l'oreille du colon.

— Oui, je parle en colon, reprit mon négociant avec vivacité; j'étais venu ici pour travailler, pour y fonder une famille; et je suis tout juste flatté de voir mes enfants porter le nom de la Nouvelle-Calédonie sur leur acte de naissance; quand ils iront en France on les prendra pour des fils de bagnard.

— Je comprends votre ennui. Mais permettez-moi une comparaison : toute grande ville a sa voirie où elle dépose ses immondices; il est malheureusement nécessaire à la France d'avoir son Montfaucon moral.

— C'est fort bien. Mais des colons, sur la foi du gouvernement, ont émigré; ils ont fixé dans un pays leurs intérêts et leurs familles, puis un beau jour, sans crier gare, on y vide les galères... depuis, entre l'administration, les transportés et les missionnaires, les colons deviennent fous.

Le négociant agita convulsivement les rênes et continua :

— Quel exécrable chemin!... voyez-moi ce pont absurde, qui n'est pas même dans l'axe de la route, et tous ces détours imbéciles à la recherche des montées et des descentes... quand il était si simple de suivre le sentier des Canaques. Le directeur des ponts et chaussées de la colonie, il est vrai, a été nommé pour sa piété. Mon cheval mange de l'herbe et ces gens-là mangent du pain...

Il frappa avec colère le fond de la voiture du manche de son fouet.

— Aussi n'ai-je qu'un désir : voir la Nouvelle-Calédonie anglaise...

— Parlez-vous sérieusement?

— Oui certes, et je ne suis pas seul à penser ainsi.

— Ces gnaoulis sont assommants, dis-je, tout embarrassé de ma personne, des gnaoulis, toujours des gnaoulis, à l'ombre desquels pousse une herbe jaune; je n'ai jamais vu nature plus déplaisante.

— Qu'est-ce qu'une colonie? l'expansion au dehors d'une exubérante vitalité nationale. Quand une nation tombe à ce degré d'abaissement de ne pouvoir défendre ses frontières, il est pour elle d'un souverain ridicule de vouloir coloniser.

Le rouge me montait au front.

— Le gnaouli, repris-je avec humeur, est bien le type de ce que, Humboldt appelle les plantes sociales,

10

là où il pousse, il exclut toute autre végétation et règne seul.

Mon interlocuteur, un peu calmé, comprit enfin ma répugnance à le suivre dans ses idées anti-nationales.

—Partout où il paraît, dit-il, le gnaouli chasse impitoyablement toutes les autres familles.

— Il est fort laid ; la blancheur jaunâtre de son écorce lui donne une physionomie d'anémique ; ses rares petites feuilles ont un aspect malingre et son tronc contourné a tout l'air d'un supplicié entre les mains du tortionnaire.

— Ne le jugez pas à la mine, il est utile s'il n'est pas beau. Son bois dur est excellent pour le charronnage, on fait de la tisane avec ses feuilles, son écorce enlevée par larges bandes sert à fabriquer les cases des indigènes. Il aime les lieux secs ; dans les vallons la végétation change, et ne le cède en luxe et en variété à celle d'aucune autre contrée ; attendez un peu...

En effet, après un détour, nous tombons dans une vallée où un large ruisseau roule ses eaux claires sur de brunes roches ferrugineuses, à l'ombre d'élégants arbres de fer au feuillage de pin, d'eucalyptus aux longues feuilles vernies, de fougères arborescentes. Je ne me reconnais plus dans cette végétation toute nouvelle pour moi, débris de la flore de mondes disparus ; des feuilles réniformes larges de deux pieds attirent mes regards. Au-dessus de la plèbe des arbustes et des arbres moyens, s'élèvent des géants séculaires enlacés de lianes, dont les rameaux courent le long des branches ; parvenus à leur extrémité ils retombent verticalement presque à terre et suspendent leurs ornements aériens au dôme de la forêt ; parfois ces lianes envahissent tellement leur puissant appui qu'il disparaît sous une parure de feuilles et de fleurs étrangères. Un merveilleux soleil éclaire le vallon et les montagnes qui l'encadrent.

— Le beau pays ! m'écriai-je dans mon enthousiasme.

— Oui, beau pays, s'il n'y pleuvait pas des administrateurs... jetez une pierre dans Nouméa, elle tombera sur un fonctionnaire !... heureuse Australie, tu ne connais pas cette plaie...

Derechef mon homme enfourchait son dada.

— C'est donc le pays des dieux, votre Australie ? lui dis-je.

— Non, c'est le pays des hommes. Là vous trouverez un gouverneur qui comprend son rôle; boire, manger, dormir, jouer avec ses troupiers et opiner du bonnet quand le Parlement australien lui transmet ses ordres. Il comprend sa situation et sent très-bien que, le jour où il voudrait mettre le nez dans les affaires du pays, on lui dirait tout doucement : « Laissez-nous tranquille ou allez-vous-en. Nous sommes de bons Anglais, bien respectueux pour notre reine ; mais nous ne sommes plus à l'école, et s'il vous plaisait de nous considérer comme de petits garçons, nous suivrions l'exemple de nos frères aînés, les américains. »

— Ainsi donc, en Australie, le gouverneur n'est rien.

— Moins que rien. C'est un soldat en faction près du drapeau anglais, chargé d'interdire à toute nation étrangère de planter ses couleurs sur la terre australienne ; voilà tout le rôle du gouverneur, et il n'en sort pas. En France, on comprend les choses autrement : une colonie est une vache à lait pour une petite aristocratie de fonctionnaires, comme l'Algérie — où j'eus l'honneur de porter le flingot — est une ferme de l'armée. Aussi nos colonies s'étiolent en coûtant à la métropole un argent fou ; tandis qu'en Australie et en Nouvelle-Zélande les villes poussent comme des champignons.

— Ce pays, fondé par des forçats, est donc devenu une pépinière de saints.

— L'immigration a fait l'Australie ; la transportation n'a pris à son développement qu'une très-faible part, quoique le premier ministre de l'Australie — autant voudrait dire le président de la république australienne — soit un fils de convict, et l'homme le plus riche de Sydney un convict même... Les mœurs de ce pays, malgré tout, valent bien les nôtres. Oseriez-vous en France monter de magnifiques restaurants où chacun s'assied, prend ce qui lui convient, se lève de table, passe au comptoir et jette une pièce d'or en disant : Rendez-moi tant. Car au bas de la carte se trouve ce *Nota bene* : « le public est prévenu qu'on ne tient pas de compte ; chaque consommateur est donc prié de régler lui-même. »

— C'est l'âge d'or tout simplement.

— Et si vous voulez voir un pays où la femme soit libre, respectable et respectée, allez en Australie... tandis que nos poupées françaises dont les ressorts ne jouent que sous la main des jésuites...

— Que deviennent ces fameuses mines d'Australie ?...

— Elles produisent toujours à foison... Mais là n'est pas la richesse du pays : l'or extrait coûte deux et trois fois son prix.

— Je ne comprends pas.

— C'est bien simple. L'extraction de l'or n'est pas une industrie, c'est un jeu, une loterie. La même passion de l'aléa entretient les maisons de jeu, les villes d'eau en Europe et les compagnies minières australiennes. Au lieu de prendre un billet de loterie ou de mettre son argent sur *rouge ou noir* on prend une action dans les mines... telle mine, pauvre aujourd'hui découvre un filon demain, quelques actions suffisent pour faire une fortune ; ailleurs une mine très-riche s'épuise brusquement et vous pouvez allumer votre pipe avec vos titres. Des fous abusent de ce jeu comme de tous les autres, ils sont rares ; le plus grand nombre des colons ne consacrent à ces spéculations qu'une partie modique de leur superflu.

Chemin faisant, nous arrivâmes au col du Tong-Goué, après avoir cotoyé un ravin paré d'un côté d'une riche et sauvage verdure, de l'autre, de frais cottages appartenant à des concessionnaires transportés.

Du haut du col, la vue s'étend de Nouméa à la Dumbéa ; on contemple les innombrables criques et havres dont la côte est découpée. A l'horizon, la ceinture du grand récif, tout blanc d'écume, protège contre l'Océan le beau lac bleu, constellé d'ilots de vert corail dont l'île est entourée ; près de la ceinture protectrice, le phare Amédée se peint en noir sur le ciel. Quelques grands navires ont franchi les brèches du rempart extérieur et, voiles gonflées, se jouent au milieu des coraux dans ce bassin tranquille. Un magnifique soleil éclaire à notre gauche ce beau tableau de marine, à notre droite les hautes montagnes boisées de ce sol bouleversé... et la température à cette heure est si douce ! car le climat de la Nouvelle-Calédonie est l'un des plus délicieux du monde entier.

— Et les concessions faites aux colons, demandai-je, comment se distribuent-elles ?

— Il n'est plus facile aujourd'hui d'avoir de bonnes terres, même en les payant. Le gouvernement — à peine peut-on l'en blâmer, puisque c'est une nécessité de sa situation — réserve les meilleures pour les transportés ; les missionnaires, je n'ai pas besoin de vous le dire, ont écrémé le pays, enfin, sous l'empire, on faisait aux favoris de l'entourage de magnifiques cadeaux de terrains.

— Au frère d'un des principaux organisateurs du 2 Décembre notamment ; je ne serais point embarrassé pour donner de singuliers détails sur cette affaire.

— Ah ! vous la connaissez... l'empire ne pouvait moins faire pour les gens à qui il devait l'existence. Au 2 Décembre, la bande qui a fait le coup... d'Etat n'entendait pas rester sur la paille.

— De Paris on avait fixé l'étendue de la concession, mais on laissait au gouverneur le soin d'en déterminer la position. Le gouverneur furieux eut le courage de désigner un lot — il s'agit d'un vrai domaine du marquis de Carabas — de pics escarpés situés au milieu des tribus insoumises, de sorte que si le nouveau seigneur avait voulu visiter ses terres, il eût été mis à la broche par ses vassaux.

Bientôt la riche plaine de la Dumbéa entourée de hautes montagnes étale à nos regards ses immenses champs de cannes à sucre.

Nous nous dirigeons vers l'habitation. Une cour encadrée de cocotiers et de bouquets de lauriers-roses s'étend de l'usine à la maison. De gros merles aux ailes ornées de plumes blanches couvrent les arbres et les arbrisseaux, plus familiers que des moineaux francs.

— Qu'est-ce que ces oiseaux ? demandai-je.

— Ce sont des martins ou merles des Moluques acclimatés dans l'île à grands frais pour détruire les insectes et surtout les sauterelles, dont les invasions formidables s'avancent en nuées avec un bruit semblable à celui de la mer sur le grand récif; elles dépouillent en un moment la campagne de son feuillage.

— Vous avez ici cette plaie d'Egypte?

— Nous avons ici trois plaies de l'Egypte : les sauterelles, les rats, les administrateurs.

— On ne sait d'où viennent ces maudites sauterelles, nous dit le capitaine Chauvallon, commandant la goëlette de guerre *Graziella ;* quant aux rats, c'est un cadeau des navires de Cook ; le seul mammifère indigène est une grande chauve-souris nommée roussette. Les Canaques, pour se nourrir de viande, étaient réduits à se manger en famille.

— Aussi les missionnaires ont-ils perdu leur temps à prêcher contre l'anthropophagie, reprit le planteur ; leurs efforts ont été à peu près inutiles...., il y a plus à espérer de l'introduction du bétail que de l'introduction de l'évangile.

— La morale est une belle chose, dit Chauvallon, mais que peuvent les préceptes humanitaires contre les besoins de l'estomac?... Restituons à l'ile sa physionomie primitive, sevrons-la de toute communication extérieure ; maintenant, à la race indigène substituons, avec les mêmes moyens d'existence, les blancs les plus civilisés, avant peu d'années ils seront retombés dans l'anthropophagie. Les sinistres maritimes, les siéges héroïquement soutenus, sans compter Ugolin qui dévora ses enfants pour leur conserver un père, ne laissent aucun doute à ce sujet ; l'homme mange partout son semblable plutôt que de se soumettre à un régime exclusivement végétal. Un médecin de nos camarades fut, ces derniers temps, désigné d'office pour assister à l'exécution, par la guillotine, de dix Canaques convaincus d'avoir soupé d'un Européen. On réunit les tribus environnantes pour leur inspirer par le spectacle de ce supplice une crainte salutaire. J'ai suivi avec attention, me dit notre docteur, l'impression produite sur les canaques, elle se résumait ainsi : vraiment ces blancs seront-ils assez fous pour perdre toute cette belle viande?... aussi, on se hâta de jeter les cadavres dans une fosse remplie de chaux vive, et, pour plus de sûreté, on la fit garder par un piquet d'infanterie.

A table! messieurs, à table! nous cria joyeusement le colon, nous deviserons mieux en tête-à-tête avec un pomard dont je suis très fier.

— On servit d'abord les chevrettes.

— Tous les goûts sont dans la nature, dit le capitaine en épluchant les appétissants crustacés..., je fais toujours cette réflexion pleine de philosophie et de nouveauté, quand je mange des chevrettes, songeant à l'horrible dégoût de canaques qui, me voyant un jour me régaler de ce met délicat, se mirent à dévorer des sauterelles pour calmer leur estomac révolté d'un spectacle aussi répugnant.

— Les chinois, repris-je, si grands amateurs de chiens, de rats et de vers, ont pour le laitage, pour le *sang blanc*, comme ils disent, une aversion sans pareille.

— Eh bien!... et mon pomard? me demanda le colon en clignant de l'œil.

Après avoir savouré le précieux liquide et fait claquer ma langue en fin dégustateur :

— Parfait... exquis... un vrai nectar dérobé à la table des dieux.

Puis d'un ton inquisiteur :

— Et d'où lui vient cette jolie couleur rose?

— D'Australie, répondit en riant l'amphitryon. Nos voisins ont fait venir des ceps des crus les plus

renommés de la Bourgogne ; les vignes ont prospéré,
et nous avons maintenant, aux antipodes, des vins
dignes de rivaliser avec les meilleurs de France. Les
Australiens ne reculent devant aucun sacrifice pour
acclimater les plus beaux produits de l'Europe. J'ai
vu payer 30,000 francs un bélier de Rambouillet.
En ce moment ils font de grandes dépenses pour la
naturalisation du ver à soie et du mûrier... des œufs
de saumon sont en route pour empoissonner les ri-
vières.

— C'est une véritable Europe qui se développe aux
antipodes de l'ancienne, dit le négociant.

— Et sans entraves, reprit le colon, ce n'est pas
peu de chose de ne pas avoir à traîner, comme la
vieille Europe, un lourd boulet de préjugés : noblesse,
église d'Etat, armée permanente, administration cen-
tralisée. Vous autres européens, vous regardez comme
les piliers de l'ordre social ces vieux ais pourris de
la civilisation romaine. Comment guérirez-vous ?...
vous prenez le mal pour le remède. Le Monde-Nou-
veau est une fédération de communes souveraines :
comme une plante propage son espèce en semant ses
graines autour d'elle, toute commune devient un centre d'où s'échappe la semence de communes nouvelles ; ainsi se développe la société australienne par la
juxtaposition successive de petites républiques indépendantes pour leur administration intérieure.

— Il est certain, dit Chauvallon, que la population
croit en Australie, comme ici l'herbe au gendarme.

— Et qu'appelez-vous l'herbe au gendarme ? fis-je.

— Voyez-vous d'ici, aux pieds de la montagne,
entre les bois et les cannes à sucre, ces espaces d'un
rouge éclatant ?... défiez-vous de la plante dont les
petites fleurs forment ces massifs couleur de sang,

elle est prodigieusement vénéneuse. Si vous aviez le
malheur de vous toucher les yeux après avoir brisé
une de ces tiges, et d'y faire pénétrer une quantité
infinitésimale de son suc laiteux, vous perdriez la vue
dans d'horribles souffrances. Il y a quelques années,
cette maudite plante était inconnue. Sa graine est
enveloppée d'une sorte de balle, avec laquelle un
gendarme, venant de Taïti, s'était fait un oreiller. L'o-
reiller usé, l'homme d'armes le jeta au fumier... Portée par les vents de sud-est, la graine de cette mé-
chante herbe marche à la conquête de la Nouvelle-
Calédonie ; rien ne l'arrête, et chaque année, on peut
constater ses envahissements vers le Nord.

— C'est ainsi, dis-je, que le cactus, originaire d'A-
mérique fait partie de la flore méditerranéenne ; il
n'y a pas de paysage méditerranéen sans cactus. De
même le Chardon-Marie et le Cardon infestent les
plaines de Montévidéo et font disparaître devant eux
tous les autres végétaux... Ainsi l'anglais chasse devant lui les naturels de la Nouvelle-Zélande et de
l'Australie.

— Toujours et partout, dit Chauvallon, le *struggle
for life* de Darwin. Quoiqu'il en soit, cette herbe em-
poisonnée tend à se substituer aux pâturages dans un
pays où le bétail est la vraie richesse... petites causes,
grands effets, une contrée sera ruinée parce qu'il plaît
à un gendarme de débarquer un oreiller... à quoi
tient le sort des empires !

— Trop souvent à un oreiller, répondis-je. Les
oreillers ont fait beaucoup de mal dans le monde...
Ah ! les oreillers du second Empire...

— Laissons les oreillers et leurs rapports avec la
politique. Tandis que l'herbe au gendarme prospère
en dépit de tout, combien d'essais infructueux pour

acclimater des espèces utiles!... On a voulu introduire le lapin, les rats ont mangé les petits ; on a
lâché des chats, ils empestent le nord de l'île, laissent
les rats paisibles et détruisent les oiseaux L'acclimata-
tion d'animaux et de plantes nouvelles est peut-être
la plus grande de toutes les ressources mises à la
disposition de l'homme, mais elle est d'un maniement
difficile.

Après le déjeûner, nous nous étendîmes dans des
hamacs, sous la vérandah, pour déguster le café de
l'habitation que nous offrait avec orgueil le maître de
céans. Déjà la chaleur était forte, le soleil inondait de
lumière les grands arbres des montagnes, le champ
de cannes, étendu à nos pieds comme un lac, et, sur
la croupe d'un monticule, les pittoresques chaumières
d'un camp de transportés.

M'étant acquitté des éloges dus aux produits agri-
coles si gracieusement offerts, je demandai au maître
de cet établissement s'il employait des canaques ou
des malabars.

— Des malabars toujours, il est impossible de rien
tirer des canaques. Quelques missions ont réussi à
grouper autour d'elles de pauvres villages, mais l'immense majorité des indigènes préfère l'existence indépendante des grands bois. Le nord est encore tout
sauvage. Dans le sud, les calédoniens, élevés par les
missionnaires, travaillent un jour ou deux par se-
maine, par exemple, pour se payer un flacon d'o-
deurs ; ils ont la passion des parfums, et se versent
d'un coup toute une fiole d'eau de Cologne sur la tête.

— Ce qui doit fort révolutionner, dit Chauvallon,
la population qui y pullule:.. bizarre tendance de
l'homme à rechercher le superflu quand il manque
du nécessaire.

— Les Nouveaux-Calédoniens appartiennent manifestement à l'espèce nègre, comment a-t-elle pu s'établir en cette île ? Il existe quelques rapports entre la flore australienne et la flore du Cap de Bonne-Espérance ; ainsi les Protéacées croissent en abondance et exclusivement sur ces deux terres si éloignées. On s'imagine avec peine qu'elles aient pu appartenir jadis au même continent ; rien de plus possible si l'on compare leur distance à la longueur du continent asiatico-européen des côtes d'Espagne au détroit de Behring. La faune de la Nouvelle-Hollande a peu de rapports, il est vrai, avec la faune africaine, elle seule possède les échidnés et, les bizarres ornithorhynques ; l'ordre des marsupiaux, si répandu dans le monde antédiluvien, ne compte plus guère de représentants qu'en Australie où l'on en trouve d'ailleurs de nombreuses et puissantes tribus.

— Le dernier tremblement de terre ressenti en Nouvelle-Calédonie, dit Chauvallon, a exhaussé de 1 m. 20 le sol de l'île Lifou, du moins dans certaines parties, je l'ai constaté moi-même au débarcadère. Les révolutions du globe sont loin d'être terminées.

— Comme les révolutions humaines, repris-je... Nous avons vu, à Santorin, les deux Kameni surgir de la mer ; en 1831, l'île Julia apparaît un beau jour entre la Tunisie et la Sicile. Au siècle dernier, le Jorullo, un vrai volcan, fit son apparition une belle nuit dans une plaine cultivée du Mexique. En 1865, dans le golfe d'Arta (golfe d'Ambracie), après quelques secondes de tremblement de terre, des flots il surgit des vapeurs de souffre qui firent périr les poissons en donnant à la mer un aspect laiteux ; on constata un exhaussement du fond de 32 pieds.

— Quand vous irez dans la baie du Sud, dit Chauvallon, n'oubliez pas d'y visiter les sources d'eau
chaude, elles sont sulfureuses, leur température est
d'une quarantaine de degrés. L'une d'elles, située au
centre d'une crique charmante, couvre à mi-marée, et
forme lentement de ses dépôts la roche d'où elle
jaillit. Malgré la chaleur des eaux environnantes,
d'excellentes huîtres se fixent sur le rocher ; elles
croissent en même temps que la roche, puis finissent
par disparaître sous les sédiments des matières dépo-
sées. Mais qu'est-ce que ces misérables sources auprès
des puissants jets de vapeur qui sortent des flancs
des montagnes de la Nouvelle-Zélande ?

— On peut en effet suivre la gradation des forces
plutoniennes ; ici une modeste source d'eau chaude,
là un jet de vapeur, ailleurs des salses, les volcancitos
de Turbaco ou minuscules volcans de boue près de
Carthagène, et la série croissante ne s'interrompt pas
jusqu'au colossal Sangay.

— Aucun pays, peut-être, reprit Chauvallon, n'a
subi plus de commotions que la Nouvelle-Calédonie.
De là, sans doute, la richesse de ses mines, partout la
matière souterraine en fusion s'est injectée entre ses
roches fracturées ; ses filons de nickel sont surtout
étendus et nombreux.

— Et que fait-on du nickel ? demandai-je.

— Tout, reprit Chauvallon avec vivacité. Notre
amphitryon va vous présenter des couverts de nickel...
N'est-ce pas confortable ?... N'est-ce pas un digne rival de l'argent pour cet usage ?... on l'emploie beaucoup en horlogerie. Ce métal fait un bronze excellent.
Enfin, associé au fer, il lui communique, dit-on, des
propriétés merveilleuses. D'après certains enthousias-

tes, ce serait à une légère addition de nickel que l'acier Krupp devrait ses qualités supérieures.

— Le nickel est à la mode aujourd'hui, reprit le négociant, d'un ton sceptique, hier c'était l'or, avant-hier la canne à sucre. Jusqu'à nouvel ordre, le plus sûr est encore l'exploitation du bétail. Vous achetez un taureau et des vaches ; puis, après les avoir marqués au fer rouge, vous les lâchez dans votre concession, au bout de l'an votre capital est doublé; et quels frais ?... un bouvier à payer.

— Sans doute, reprit le colon, aujourd'hui c'est la meilleure spéculation, ou du moins la plus sûre, car les sauterelles peuvent me manger mes cannes en un jour, mais a-t-elle un grand avenir ? La transportation consomme beaucoup, car il faut plus de viande à messieurs les forçats qu'à un paysan d'Auvergne ; pour eux on est encore obligé de faire venir, à grands frais, des bœufs d'Australie pour les abattoirs de l'Etat... mais tout cela n'aura qu'un temps ; quand on aura atteint la limite des demandes de l'administration, ce sera une industrie perdue.

— Une colonie régie par l'Etat, dit le négociant, vit toujours d'une manière plus ou moins artificielle. Quant aux mines, il est bien difficile de dire ce qu'elles peuvent produire ; les amateurs de mines sont de vrais illuminés, il n'est point de sotte histoire dont on ne puisse en faire les dupes avec un peu d'aplomb. On comprend ici comment se fondent les religions, après avoir été témoin de tant d'incroyables exemples de la crédulité humaine. Annoncez que sur tel point de la colonie on a découvert une source d'or liquide, vous trouverez cent badauds qui l'ont vue ; mille fanatiques marcheraient au bûcher plutôt que d'en nier l'existence. S'il vous plaît de fonder une société pour l'exploitation de l'or coulant, vous serez obligé de repousser les actionnaires.

— L'or, dit Chauvallon, peut montrer avec orgueil les annales de ses héros et de ses martyrs depuis Cortez et Pizarre jusqu'à nos jours. J'ai assisté, de ma propre personne, à une épidémie de folie produite par la découverte d'un peu d'or dans le Foutah, au Sénégal. Des gens instruits, des médecins, des élèves de l'école polytechnique étaient tombés dans le délire, au point de prétendre que la terre du Foutah avait la propriété de changer en or les os des cadavres.

— Il semble, en effet, repris-je, que dans le progrès général de toutes choses, la bêtise humaine tient à ne pas se laisser dépasser.

— A propos de bêtise humaine, dit le colon, en retournant à Nouméa, ne manquez pas de passer par la *Ferme*, un des remarquables produits de notre administration.

— Oui, appuya le négociant, il faut avoir vu la Ferme pour bien juger la capacité de l'Etat en matière d'industrie : — trois cent mille francs de bâtiments pour loger dix-sept lapins.

— Le gouvernement, dis-je, n'a pas, en effet, la main heureuse. Quand Midas touchait quelque chose, il le transformait en or; le gouvernement, au contraire, change les lingots d'or en gros sous.

Les railleurs n'avaient rien exagéré. Au retour, nous fîmes un crochet pour visiter la Ferme bâtie dans une plaine riche et grasse, aux bords d'une rivière limpide dont les eaux baignent les pieds de montagnes escarpées. Ces édifices inhabités et croulants, ces conduites d'eau à ciel ouvert desséchées, ces défrichements envahis par l'herbe sauvage, tant de travail gaspillé produisent une impression pé-

nible. Tels sont les débris d'un phalanstère, sur lequel
des naïfs avaient fondé les plus grandes espérances.
Terres excellentes, bétail de choix, instruments nouveaux, professeurs de culture expédiés de France,
tout a été prodigué... effort immense, résultat nul...
il n'y a pas à dire, le mot était vrai : trois cent mille
francs de bâtiments logeaient dix-sept lapins.

Mon compagnon me fit remarquer sur la route une
jolie case à demi cachée dans les orangers, les bananiers et les cocotiers ; on y entrait en traversant un
parterre orné des plus belles fleurs.

— C'est l'habitation d'un ancien matelot, me dit-
il. Ayant terminé son temps de service à Nouméa, il
demanda à y rester pour tenter la culture maraîchère
avec ses petites économies de campagne ; aujourd'hui
il est à la tête de cent cinquante mille francs.

Un nègre à cheval nous salua en passant.

— Accompagne-nous jusqu'au pont des Français,
lui dit le négociant, je t'invite à prendre le vermouth
avec nous.

Puis, se tournant vers moi :

— Ce mâtin-là est arrivé de la Réunion avec sa scie
et son rabot, maintenant il a quatre-vingt mille francs
placés dans ma maison.

Un charpentier, pensai-je en moi-même, fait ici fortune... un bachelier sorti de notre Université, mour-
rait de faim sur le pavé, si quelque ouvrier enrichi,
pris de pitié, ne lui confiait le soin de cirer ses
bottes.

Au lever du jour, je partais avec Chauvallon pour la mission de Saint-Louis ; il se chargeait de me présenter aux Pères, avec lesquels il était en fort bons termes.

Une route bien entretenue — que ne fait-on pas pour ces bons Pères — toujours ombragée, traversant des forêts profondes et silencieuses ou cotoyant un rivage bordé de criques ravissantes, conduit à la mission. La mer, brisée au loin par le grand récif, murmure à peine sur le sable du rivage. Quand un îlot de corail arrive à fleur d'eau par le travail des infatigables petits maçons, les mangliers s'emparent aussitôt de ce sol né des ondes, de sorte que la mer semble parsemée de bosquets.

— C'est étrange, dis-je à Chauvallon, de voir l'Australie, le plus ancien continent peut-être, baigné par cette féconde mer de corail dont la puissance créatrice ne s'épuise jamais.

— Oui, le fond de la mer ondule comme sa surface. Ici l'écorce terrestre se déprime, là elle se soulève ; quand, grâce au mouvement ascensionnel, ce fond n'est plus recouvert que d'une centaine de pieds d'eau, les coraux y jettent les assises d'une île nouvelle. Puis, l'île monte sous l'effort de la puissance intérieure et vous voyez, comme à l'entrée du port de Nouméa, ces terrains formés de strates de coraux capricieusement soulevés. Ailleurs une grande île tourne autour de son axe, l'un de ses flancs émerge chargé de coquilles et de plantes marines, l'autre sombre dans l'abîme; on dirait un vaisseau donnant de la bande sous l'effort du vent.

— La fécondité de la mer est étonnante; la vie y est certainement plus active que sur la croûte solide.

— Tous ces zoophytes, les coquilles et la plupart des animaux marins, travaillent sans repos ni trève au remaniement de la surface planétaire. Mais ils nous rendent un service de premier ordre, en maintenant la constance de la salure de la mer. D'ailleurs, pour atteindre ce but, plus ces êtres sont infimes, plus bas est leur situation dans l'échelle de la création, plus petite est leur taille, plus leur rôle est important dans ce mouvement perpétuel de la nature, qui renferme en elle-même des forces qui ne s'épuisent jamais. Les fleuves, en portant à l'Océan le tribut de leurs eaux, n'entraînent pas seulement avec eux des sables, des graviers, des galets, des débris organiques, ils dissolvent, en passant sur les terres, quantité de sels. En revanche, la mer, en s'évaporant pour la formation des nuages, ne porte aux sources fluviales que des eaux très-pures; l'Océan se chargerait donc indéfiniment de sels terreux, si les animaux marins, les mollusques, les coraux et les zoophytes de tous genres ne s'assimilaient point ces sels. Telle perle, qui brille d'un si doux éclat sur le sein d'une jolie femme, fut un peu de boue dissoute et charriée à la mer par les pluies, puis assimilée par une huître.

— Les infiniment petits jouent dans la nature un rôle considérable... Quelle est l'importance des éléphants auprès des microscopiques gallionelles dont se tapisse le fond de l'Océan?

— La dépouille des animaux est d'une importance inverse à leur taille; des continents entiers sont un ciment des os de ces petits. Ce que nous avons pris longtemps pour de la matière inorganique, pour de la roche, est de la poussière de morts agglutinée.

— Voyez la mission sur ce coteau, non loin du pied du Mont-d'Or, dont les rouges flancs renferment tant de trésors... imaginaires; il fut un amas de chrôme, de cuivre, d'argent, d'or pur; aujourd'hui, il est en nickel... Quand je vous présenterai aux bons Pères, ne vous étonnez pas s'ils sont sales à faire frémir, c'est leur habitude... De braves gens, mais pas propres, oh! pas propres du tout.

— Ce lieu est charmant.

— Les bons Pères s'y entendent; ils prennent tout; mais quand on leur laisse le choix, ils prennent à côté du mauvais. Est-ce assez heureusement choisi? Ils ont tout à la main : la mer, aussi possèdent-ils goëlettes et bateaux à vapeur; à la tête de leur marine, un Père, — négociant, — capitaine au cabotage, travaille avec un égal succès à la propagation de la foi et à la récolte des gros sous; — le Mont-d'Or, dans le cas où il y aurait de l'argent sûr à y gagner; — devant eux, la plaine aux terrains fertiles, magnifiquement arrosés; — à la mission même, une belle chute d'eau utilisée pour leurs usines; — bon air, belle vue... c'est complet.

En entrant dans les cultures de la mission, principalement composées de champs de cannes, nous trouvons un Frère ignorantin dirigeant une escouade de marmots dans des travaux d'irrigation.

Un Père vint au-devant de nous, et nous cria à toute portée de voix :

— Comment allons-nous faire, capitaine? Il fallait nous prévenir, nous vous aurions préparé un déjeuner passable,

Chauvallon se pencha vers moi :

— Merci de leur cuisine ; ce n'est pas mauvais, mais pas propre, oh ! pas propre du tout...

Il ajouta à haute voix :

— Y pensez-vous, mon Père, un vendredi ? Nous déjeunons chez un habitant du voisinage ; nous venons seulement voir vos beaux travaux.

Nous mettons pied à terre ; le Père nous conduit au réfectoire et nous offre un grog avec le rhum et le sucre de la mission. On ne pouvait accuser les Pères de sybaritisme ; à l'aspect de leur vaisselle, je compris combien Chauvallon était prudent de déjeuner ailleurs.

— Je tiens surtout, dit-il au missionnaire, à montrer votre école à notre voyageur ; en attendant l'heure de la classe, nous pouvons, si vous le voulez bien, visiter vos bâtiments.

Nous commençons par la chapelle, une vraie chapelle de village français : images d'Epinal, fleurs de papier autour d'une grande Vierge de plâtre, enluminée, dorée, couronnée, des sacrés cœurs enflammés, en un mot, toute la bimbeloterie ordinaire.

Je ne vis pas sans plaisir les cuisines, caves, fours, dortoirs. Le Père nous fit remarquer un très-ingénieux mode de couchage de son invention pour les jeunes filles ; partout sérieuse entente de l'hygiène, intelligente distribution des locaux ; dispositions économiques, facilité de tous les services ; c'est, il faut bien le dire, le cachet de toutes les communautés religieuses.

Nous passons à l'usine ; le Père—mécanicien—architecte—agronome me dit :

— Notre chute d'eau développe 25 chevaux ; elle suffit à tous nos besoins actuels ; nous l'employons à deux fins : à l'époque de la roulaison, elle fait marcher la machine à broyer les cannes ; le reste de l'année, elle fonctionne pour la scierie, car nous fabriquons des planches avec les bois de la forêt.

En suivant le Père, je ne pouvais m'empêcher de comparer la merveilleuse entente de tous les détails de cette exploitation avec les imbécillités de la Ferme, et j'avouai la supériorité de l'administration ecclésiastique sur l'administration civile.

— Maintenant, dit le Père, visitons le village.

Le village se compose de paillottes en forme de ruches, aux toits de chaume, aux parois en écorce de gnaouli ; un poteau fixé au centre soutient le chétif édifice. Des poulets et des canards se promènent dans la petite cour en clayonnage dont chaque case est entourée ; des bananiers, des papayers, des rosiers même donnent un aspect de gaieté à ces modestes logis. C'est l'heure du travail, toutes les cases sont vides.

— J'entends sonner l'école, dit le Père, allons de ce côté.

Nous passons devant une escouade de fillettes occupées à un défrichement, sous la surveillance d'une négresse plus âgée ; elles font cette besogne en riant et montrent leurs dents blanches.

Tout d'abord, en entrant dans l'école, je fus séduit par les figures éveillées et douces des négrillons fort sagement assis à leurs pupitres ; tous ces gamins étaient des fils ou petits-fils d'anthropophages.

— Les honnêtes petites figures de vos élèves, dis-je à l'oreille du missionnaire, ne permettent pas de les prendre pour des mangeurs de chrétiens.

— Ce bel enfant, me répondit le Père, que vous voyez à gauche, en tête du deuxième banc, au visage si fin, aux traits si sympathiques, est l'arrière-petit-fils d'un vieux chef canaque que j'ai beaucoup connu. Il avait plus de quatre-vingts ans; avec l'âge, il était devenu aveugle. Je lui ai entendu dire bien souvent : « Les hommes d'aujourd'hui sont faibles et lâches; de mon temps, nous nous soûlions de chair humaine, et cela nous rendait forts et vaillants. » Cette bête fauve vivait dans une continuelle somnolence; quand l'horrible vieillard sortait de son apathie, c'était pour parler de crânes brisés à coups de casse-têtes, de festins où l'on *mangeait l'homme;* alors son masque s'animait de toutes les fureurs gloutonnes de la bête de proie... Je n'ai jamais pu ébranler son attachement à ses fétiches; il nous avait en horreur.

Un bon gros Frère ignorantin, à figure rubiconde et réjouie, dirigeait cette marmaille, et la dirigeait fort bien; les élèves semblaient aimer et respecter leur pédagogue. La plupart des enfants lisaient, écrivaient, calculaient avec facilité. J'adressai au Frère les compliments les plus élogieux et les plus sincères; nous allions sortir quand Chauvallon lui dit :

— Vous ne nous avez pas montré tous les talents de vos élèves; faites-leur donc chanter ce beau cantique qu'ils chantent si bien.

Personne, à voir la figure du traître Chauvallon, ne se serait douté de sa malice; le pédagogue y fut pris. Quant au Père, il jeta sur moi un regard oblique.

— Le beau cantique sur le Sacré-Cœur, ajouta le capitaine de sa voix la plus mielleuse,

Le Frère marqua la mesure, et tous partirent en chœur :

Sauvez Rome et la France
Au nom du Sacré-Cœur!

Ce diable de cantique gela tout d'un coup mon enthousiasme.

Nous prîmes congé des Pères et fîmes route vers
l'habitation de l'ami du capitaine.

C'était un créole de Bourbon fort aimable. Une
charmante mulâtresse, femme de son gérant, fit les
honneurs d'un repas homérique. Le planteur avait
cet air heureux de l'homme qui a créé quelque chose,
et qui a conscience de laisser après lui l'humble trace
de son passage ici-bas. Pour fonder une sucrerie au
milieu des broussailles, loin de tout centre habité, il
faut une dose peu médiocre de constance et de courage : c'est une noble conquête. La nature tropicale
ne se laisse pas vaincre sans efforts; sa prodigieuse
fécondité est un terrible obstacle; à la tête de ses Malabars, notre créole avait emporté sur la rebelle une
splendide victoire.

Quand j'eus calmé une faim dévorante tout à fait à
l'unisson du festin, j'éprouvai le besoin d'épancher
mon admiration pour l'œuvre des missionnaires.

— Vraiment, dis-je, ces Pères arrivent à des résultats surprenants; on ne saurait trouver une exploitation mieux comprise ni mieux dirigée.

— Un trompe-l'œil, répondit le planteur; il n'y a
rien de sérieux au fond de tout cela. C'est moins
bête sans doute que les entreprises de la transportation, mais une mission ne rapporte pas ce qu'elle
coûte. Les Pères ont pour rien des terres magnifiques,
l'administration les comble de faveurs; ils font le
commerce sans payer patente; malgré tout, ils ne
peuvent vivre.

— Vous voyez, dis-je, les choses à un point de vue

trop utilitaire; produire n'est pas le seul but de l'homme.

— Je ne dis pas cela. Mais quand une exploitation ne peut produire ses frais, quel avenir a-t-elle ? C'est effrayant ce que coûte une mission à la France; elle ne saurait exister sans un constant appel aux bourses de la métropole. C'est une œuvre religieuse, direz-vous, et non un placement de capitaux... C'est une Société, et quand une Société ne peut vivre par ses propres ressources, elle est fatalement condamnée à périr.

— Je suis incompétent en pareille matière, dit Chauvallon, mais je suis en mesure d'affirmer ce fait étrange, mais certain : les Canaques ont cessé de s'entremanger; on a mis un terme à leurs guerres incessantes, dont le principal but était de se fournir de vivres frais en faisant des prisonniers. Les missionnaires ont importé nombre de végétaux et d'animaux utiles... Eh bien? la population leur fond dans les mains; loin de multiplier, les tribus chrétiennes décroissent à vue d'œil.

— Les Pères, comme le gouvernement, reprit le créole, font, sans qu'ils s'en doutent, du pur socialisme. Pour les uns et pour les autres, c'est toujours le travail par l'autorité. Or, ajouta-t-il en se redressant, le travailleur libre seul prospère. Je rends justice au dévouement des Pères; j'ajoute : leur administration est aussi intelligente que possible, mais c'est de l'administration. Une mission est un phalanstère.

— Vous me rappelez, dis-je à mon tour, les missions du Paraguay. Les jésuites ne sont jamais parvenus à y former des hommes; ils ne le cherchaient point, il est vrai... Leur système, en somme, était l'esclavage plus ou moins doux, sous des maîtres plus ou moins paternels; de pareilles sociétés n'ont aucune chance de vie.

— Si je prends la question au point de vue utilitaire, dit le planteur, je dis : l'exploitation coûte plus qu'elle ne rapporte. Si je la prends au point de vue humanitaire, je me demande si le maintien de ces pauvres Canaques dans une éternelle enfance, dans un esclavage à peine déguisé, est bien un progrès réel sur la vie sauvage. L'homme n'est vraiment homme que par l'énergie personnelle ; or, les Pères éteignent le sentiment de la personnalité. Ils gouvernent tout, dirigent tout; ils sont les seuls membres pensants de la communauté. Rien ne se fait sans leur intervention, même les enfants.

— Le jugement de La Pérouse sur de semblables missions de la Nouvelle-Espagne peut donc s'appliquer à celles-ci : « J'avoue, dit-il, que, plus ami des droits de l'homme que théologien, j'aurais désiré qu'aux principes du christianisme on eût joint une législation qui, peu à peu, eût rendu citoyens des hommes dont l'état ne diffère presque pas aujourd'hui de celui des nègres des habitations des colonies. »

— Les rapports des Canaques avec les Pères, dit Chauvallon, sont très-justement peints par ce dialogue légendaire dans le pays; on demande à un Calédonien élevé à la mission : « To qu'a travaillé beaucoup? — Oui, mo qu'a travaillé beaucoup. — To qu'a gagné beaucoup l'argent? — No, mo qu'a gagné beaucoup sacrements. »

—————

Chauvallon s'est pourvu d'une permission pour visiter la presqu'île Ducos; nous partons dans son embarcation.

— Il n'y a plus, me dit-il, qu'un seul intérêt aux yeux de l'administration coloniale, c'est la garde des déportés; que la colonie se ruine ou prospère, peu importe; mais si quelque idiot de la commune parvient à s'évader, c'est un bien autre effarement que si l'on apprenait une nouvelle invasion de la France.

— La transportation et la déportation doivent opposer un insurmontable obstacle au développement de la colonie.

— La France a bien positivement besoin d'une colonie pénitentiaire, on ne peut non plus lui contester. le droit de choisir pour cet objet la Nouvelle-Calédonie ; du moins ne faudrait-il pas encourager une colonisation impossible en recourant à des tromperies indignes d'un gouvernement. C'est un devoir pour la métropole de dire bien haut : La Nouvelle-Calédonie n'est pas une colonie, c'est un lieu de détention.

— Une colonie se développe sous un régime de liberté absolue, sa prospérité sera toujours en raison directe de la liberté dont elle jouira ; un établissement pénitentiaire réclame de toute nécessité un gouvernement despotique : entre l'un et l'autre il y a contradiction absolue.

— Cette année, huit cents transportés doivent être rendus à la liberté ; les années suivantes, le nombre des libérés sera plus grand encore... voyez-vous l'effet produit quand on va lâcher ce millier de garnements au milieu de la population calédonienne !

— La sécurité est partout une question de premier ordre, ici plus que partout ailleurs. Dans un établissement pénitentiaire, sécurité et liberté s'excluent... et sans liberté, pas de colonie; il faut en faire son deuil. Nier les difficultés n'est pas les résoudre; vouloir que

la Nouvelle-Calédonie soit à la fois une prison et une
colonie florissante, c'est demander au jour d'être la
nuit, au blanc d'être noir.

— Pour prévenir les évasions, on est obligé de recourir aux mesures les plus préjudiciables au commerce ; ainsi les navires doivent appareiller à heure
fixe, immédiatement après l'appel des déportés et des
condamnés, tant pis pour eux s'il n'y a pas de vent.
Ce n'est pas tout : tel bâtiment, après avoir rempli
pas mal de formalités, appareille ; sur ces entrefaites,
un déporté ou un transporté disparaît, ordre audit
bâtiment de jeter l'ancre pour être visité de la quille
à la paume du grand mât. Ces mesures, pour être
commandées par la situation, n'en sont pas moins
nuisibles au pays.

— Ainsi, d'après vous, rien n'est à espérer de la
Nouvelle-Calédonie ?

— Rien tant qu'elle sera un lieu de transportation,
mais son objet a bien assez d'importance pour sacrifier une ile nouvellement conquise sur des cannibales... on pourrait peut-être l'établir à Lifou et à
Uva, mais le transbordement serait coûteux... Du
reste, on se préoccupe assez peu de ces questions dans
les hautes sphères gouvernementales : toutes les pensées sont tournées vers les évasions. Ces jours derniers
j'assistais à un bal du gouverneur ; tout à coup la figure du grand-chef s'assombrit, les autorités blémis-
sent, les aides-de-camp s'agitent, la valse s'arrête...
une main invisible a tracé sur les murs : *Mané, thécel,
pharès* : la presqu'île Ducos s'est soulevée; — les com-
munards ont égorgé la garnison ; — une escadre de
navires de course équipée par les francs-maçons a jeté
l'ancre devant la presqu'île ; — le garde-côte mouillé
devant les campements tire du canon; — on entend le

crépitement des chassepots, — et les langues d'aller...
Cette chaude alarme av·ˑ   ·r cause les ébats sur la
rade d'une bande de sυ

— Amphion a bien voyaₒ   un dauphin, les amis
du lanternier pourraient bien ωnfourcher un cachalot.

— Et Jonas a très-confortablement vécu dans le
ventre d'une baleine.   ᵭ   ᵢ

— Oh ! quant à l'histoire du prophète de Ninive,
je partage l'opinion d'Alphonse Karr : ce n'était pas
bien malin de faire vivre Jonas dans le ventre
de la baleine, le beau eût été de faire vivre la baleine
dans le ventre de Jonas... Dans les temps, j'ai employé
tout mon crédit à faire sortir des pontons un incendiaire.

— Ça ne m'étonne pas de votre part.

— Merci... si l'on coffrait aisément, après la prise
de Paris, relâcher était une autre affaire... mon client,
natif de Roscanvel, bourg pourri de la rade de
Brest, se nommait Goaz-Cos, — nom breton qui
signifie *vieil-homme;* — c'était un véritable athlète,
dans la force de l'âge, doux comme un mouton, bien
qu'il fût fou de notoriété publique. Sa famille le sur-
veillait, et les gens du pays lui faisaient l'aumône.
Nombre de ses parents étaient partis pour l'armée. Il
disparut un beau jour dans le brouhaha de la guerre.
Comment arriva-t-il à Rennes ? personne ne l'a jamais
su. Il y vivait de la charité publique, sciant du bois
avec une scie qu'il avait apportée de Roscanvel.
Quand je dis qu'il vivait de la charité publique, j'eus
été plus dans le vrai en disant qu'il en mourait...
L'instinct lui commandait de retourner au pays. Quiconque se souvient de l'effroyable désordre des chemins de fer, dans ces temps malheureux, ne s'étonnera nullement qu'un fou, d'ailleurs fort paisible, ait

pu y prendre place sans billet. Goaz-Cos embarque donc dans le premier train venu; au lieu d'un départ pour Brest, c'était un départ pour Paris. Quand on voit aujourd'hui le service des chemins de fer si bien ordonné, cela semble impossible... C'est incroyable comme on oublie facilement les malheurs publics. Notre habitant de Roscanvel débarque donc à Paris en pleine Commune, sa scie au bras... On l'interroge, il répond en langue celtique; on lui colle un fusil dans les mains, et voilà un défenseur de plus du drapeau rouge. J'assistai à son interrogatoire : je le vois encore avec sa figure placide, ses yeux incolores (particularité qui rendait son regard plus étrange) cherchant quelque chose dans le vide, contemplant les objets d'un monde imaginaire ; le corps raide, immobile, il battait sans cesse la mesure du pied droit, d'un mouvement mécanique. — Vous portiez les armes à Paris ? lui demanda-t-on. — Oui, oui, oui. — Vous avez assisté aux incendies ? — Oui, oui, oui. — Vous avez mis le feu vous-même? — Oui, oui, oui. — Bien entendu, il répondait par le *ya* national à un interprète. Quand on lui parla du feu, la figure du pauvre diable s'illumina d'une joie extatique ; on le sentait dans une hallucination, ravi par la vue des flammes, dominé par la grandeur funèbre de l'incendie.

A tous les points de vue, la presqu'île Ducos est un choix pitoyable comme lieu de déportation. Voulait-on se borner à garder des gens dangereux ? la surveillance est difficile. Voulait-on tirer parti pour la colonisation de forces intelligentes ?.. Cette portion de l'île n'offre aucune ressource au travail.

Quand la dépêche désignant la presqu'île Ducos comme lieu de déportation, parvint à Nouméa, on crut

à une erreur du télégraphe et l'on fit répéter la dépêche; l'administration centrale, très-vexée, répondit
qu'elle participait à l'infaillibilité du Pape.

Rien ne peut donner une idée de la tristesse de ces
croupes de montagnes ferrugineuses sur lesquelles
pousse une herbe jaune, clair-semée, trop dure pour
le bétail. Pas un arbre, dans quelques criques, au
fond d'un étroit vallon, à peine trouve-t-on un peu de
terre végétale.

Les déportés construisent leurs huttes avec des
tranches d'argile noire découpée en gros prismes; ils
posent simplement l'une sur l'autre ces sortes de bri-
ques sans les cimenter: aussi quand l'argile se dessèche, il se fait des jours dans les interstices.

Dès le début, l'autorité dut intervenir pour mettre
la paix parmi les exilés; une société s'était
formée, au nom de la fraternité, dans le but d'assurer,
aux filous et fainéants, une part égale dans le produit du travail des ouvriers laborieux.

Res sacra miser.

Non, quelque maux qu'aient causés à la France
ces ambitieux, ces fanatiques, cette lie de toute civilisation, cette écume de toute capitale, je ne me sens
pas à même de les insulter, depuis que j'ai vu à l'œuvre, sous le règne de l'ordre moral, prétendants et
conservateurs.

Malgré moi, je pense à ces autres criminels, viola-
teurs eux aussi de la représentation nationale, dont
le massacre en masse fut le moyen, et qui n'eussent
certes pas reculé devant l'incendie de la moitié de
Paris, s'ils l'avaient un seul moment cru nécessaire
au succès... Eux ont trôné en France pendant vingt
ans.

Aussi j'ai religieusement conservé ce fragment de l'*Union démocratique de Seine-et-Oise*, paru au moment des premiers exploits de la Commune.

A. — Il faut avouer que nous avons à l'Hôtel de Ville un repaire de bandits.

B. — C'est aussi mon avis ; mais vous n'avez pas le droit de vous en plaindre.

A. — Comment ! J'ai vu fusiller deux de mes amis, mon commerce est ruiné, ma maison est menacée du pillage ; on me vole, on me réquisitionne aujourd'hui ; demain on m'égorgera peut-être, et vous dites que j'ai tort de me plaindre !...

B. — Oui.

A. — Vous approuvez alors le comité central et les farouches imbéciles qui en font partie ?

B. — Vous approuviez bien en décembre 1851 le gouvernement de l'Elysée et le farouche idiot qui était à sa tête.

A. — Mais alors il fallait un pouvoir fort.

B. — Eh bien ! vous avez à présent un pouvoir fort. Il fusille comme Bonaparte, il emprisonne illégalement comme Bonaparte, et s'il ne déporte pas encore comme Bonaparte, c'est qu'il n'est pas encore maître de Paris : attendez qu'il ait toute la France et vous verrez !...

A. — Vous plaisantez ! Bonaparte représentait l'ordre, tandis que ces gens-là...

B. — Eh bien ! ces gens-là représentent aussi l'ordre. Ne vous ai-je pas entendu dire vingt fois que l'ordre c'est le gouvernement établi ?

A. — Un gouvernement ! vous appelez cela un gouvernement ?

B. — Pourquoi pas ? Il existe et maintient l'ordre, qu'il comprend à sa manière. L'ordre pour Bonaparte, c'était le droit de trôner aux Tuileries et de dépenser vingt-cinq millions par an. L'ordre, pour messieurs du comité et leurs prétoriens, c'est le droit de manger et de boire sans rien faire. Où voyez-vous la différence ?

A — Mais les citoyens paisibles égorgés dans la rue des Petits-Champs ?

B. — Mais les femmes et les enfants égorgés sur le boulevard Montmartre ?

A. — C'est toute autre chose. Ceux-ci faisaient des manifestations, ils troublaient l'ordre.

B. — Oui, l'ordre des Bonapartes. Mais les manifestants de la rue des Petits-Champs troublaient aussi l'ordre du comité central.., et le comité central a fait tirer sur eux. Il a sauvé l'ordre comme Bonaparte. Seulement on a glorifié Bonaparte et on pendra le comité central. Tout n'est qu'heur et malheur en ce monde.

A. — Vous parlez comme un factieux.

B. — Je parle comme un bon citoyen, ennemi des dictatures, des coups d'Etat de la populace et des coups d'Etat des princes, et qui, ayant protesté contre l'usurpation des Bonapartes se fera plutôt tuer que de supporter la tyrannie du comité. Comprenez-vous ?

A. — Oui !

B. — Tant mieux.

Quand on compare, en effet, le jugement porté sur les gens de la Commune avec le jugement porté sur les gens du Deux-Décembre, on est bien obligé de se dire :

De larrons à larrons il est bien de degrés,
Les petits sont pendus et les grands sont titrés.

Et je demande à voir enfin le règne d'une justice qui sache mettre le même poids dans le plateau de la balance pour peser le même crime.

Quelle triste figure faisaient là ces grandeurs déchues de la Commune !... Ces pauvres diables à piteuse mine ont tenu dans leurs mains le pouvoir suprême... C'est là le crime qu'on leur pardonne bien moins que leurs forfaits trop réels. Qu'un prince fasse égorger, fusiller en masse... Les *honnêtes gens* trouvent cela tout naturel ; les princes sont nés pour cela de droit divin ; mais quand on n'est pas d'une certaine caste, toucher au pouvoir, — oh ! pour cela pas de pardon.

N'importe, de façon ou d'autre, peut-être à la suite de grands troubles fomentés par la rage conservatrice, il faudra dire adieu au règne des classes dirigeantes. La France ne trouvera d'ordre et de sécurité qu'après avoir eu son bûcheron Lincoln et son cordonnier Harry William... franc jeu pour tous : pas de priviléges pour l'imbécile et le fainéant bien nés, pas de limite à l'ambition du travailleur mal né.

Mais laissons toutes ces pensées...

J'aime mieux dire que j'ai visité différentes cases où j'ai vu de bonnes figures d'ouvriers pleins d'attention pour leur femme, de tendresse pour leurs enfants, d'entrain au travail.

A chacun son rôle : juge, j'aurais été sévère ; visiteur, j'ai le droit de ne voir que des malheureux.

Du reste, on n'avait aucune raison pour me conduire chez des coquins, et je n'ai pas été sans voir çà et là quelque figure patibulaire troubler cette pastorale.

Je ne pouvais m'empêcher de faire quelques réflexions d'économiste en admirant les efforts inimaginables et les prodiges d'esprit inventif de quelques ouvriers, pour arriver à la construction d'exécrables machines ; car il n'est pas aisé de faire une machine sans machines. Si ces gens-là raisonnaient un peu, pensai-je en moi-même, ils se réconcilieraient bien vite avec [l'*infâme capital*. Ici l'infâme capital ne les gêne guère, ils ne sont pas soumis à l'exploitation de l'homme par l'homme, ils ne sont pas dévorés par les intermédiaires; ce sont des ouvriers intelligents, laborieux, ils travaillent plus qu'en France, et mourraient de faim si l'administration ne les nourrissait pas. La conclusion est nette, on vit à ces deux conditions : un capital pour produire, un milieu aisé pour acheter les produits. L'homme ne peut pas plus travailler sans capital que l'oiseau voler sans ailes.

Eux, ouvriers artistes, devraient sentir la nécessité d'une société fortunée et éclairée pour l'écoulement de leurs œuvres.

S'ils pouvaient s'enfuir en Australie, dans ce monde si riche et si démocrate, — car la richesse et la démocratie sont deux sœurs et non deux ennemies, — ils changeraient bien vite de sentiment. Comme les corporations des mineurs de l'Angleterre, il marcheraient derrière un étendard portant deux mains unies avec cette devise : Travail et capital, la main dans la main. La société sans capital c'est la société canaque ; encore la hache de silex, les lignes de pêche et le filet, sans lesquels ces sauvages ne sauraient vivre un seul jour, sont-ils des capitaux au même titre que les plus belles machines?

Malthus a longtemps été le bouc émissaire de tous les socialites de profession pour la fameuse théorie : « La population tend à se metttre au niveau des **moyens de subsistances** ; quand la population dépasse ce niveau, un certain nombre d'hommes doit mourir. » Que ce soit navrant, c'est possible ; mais il n'y a pas à en démordre, c'est vrai. Toutes les homélies évangéliques, toutes les prédications socialistes n'y peuvent rien. La fraternité et la charité sont également impuissantes, quand la production est inférieure aux besoins. Dans une société civilisée, la misère, la maladie, la mortalité des enfants surtout se chargent de rétablir l'équilibre ; dans une société sauvage on mange ceux qui sont de trop.

Longtemps avant la découverte de la Nouvelle-Calédonie, la population canaque s'était mise au niveau des moyens de subsistances. Si la Nouvelle-Calédonie fût restée dans son isolement, à la fin du monde on n'y eût pas trouvé un homme de plus qu'au jour où Cook l'aperçut dans les brumes de l'horizon.

Si aujourd'hui, outre la population indigène, l'île peut déjà nourrir pas mal de colons, n'est-ce pas grâce à l'infâme capital ?

N'est-ce pas le capital qui sous forme de riz nourrit les Malabars cultivateurs de ces beaux champs de cannes, où régnait naguère une inextricable et inutile végétation ? N'est-ce pas un capital, ces troupeaux qui, par leur multiplication rapide, transforment en aliments l'herbe dure étendue en vaste tapis à l'ombre des gnaoulis ? Les lois naturelles sont les mêmes en France et en Nouvelle-Calédonie ; dans un pays riche et civilisé ou dans une contrée pauvre et barbare, la population n'augmente pas si la masse des capitaux reste la même.

Qu'est-ce que le capital ? — C'est toute chose dont vit l'homme. Et il y a des gens qui, pour augmenter le bien-être de l'homme, rêvent de détruire ce dont il vit ! On les appelle les *gens avancés*, alors c'est par antiphrase.

Le socialisme nait spontanément dans un milieu de priviléges, comme les plantes vénéneuses dans les marais empestés. La démocratie, la vraie démocratie, où chacun fait sa place au soleil de haute lutte, est la mort du socialisme.

Dans un pays comme la France, où tout fainéant, s'il appartient à une famille de privilégiés ou de fonctionnaires, a la certitude d'être doté d'une sinécure suffisante pour lui procurer un petit bien-être, comment les pauvres diables n'auraient-ils pas la pensée de demander aussi à l'Etat de les faire vivoter? Comment ne songeraient-ils pas à *organiser*, eux aussi, une société où il auraient leur petite place sans trouble ni grand travail ?... — L'armateur demande des profits à des surtaxes. — Le manufacturier des primes et des priviléges. — La mendicité est à l'ordre du jour dans les hautes sphères.— La fainéantise honorée comme cachet de gentilhommerie. — Tout un monde de paperassiers regarde avec dédain, du haut de ses ronds de cuirs, la classe laborieuse... Tous ces besogneux de haute et de moyenne lignée sont les vrais pères du socialisme, mais de mauvais pères qui refusent de reconnaitre leur enfant. La démocratie, elle ne veut ni privilégiés ni mendiants, elle est le règne des travailleurs.

Quand une société est frappée d'un fléau comme la Commune, n'a-t-on pas droit de dire aux *classes dirigeantes* : Je vous remercie, vous êtes bien bonnes, mais en nous dirigeant tout seuls, nous n'aurions pu aller plus mal... Il ne faut pas faire les fiers quand on a conduit les gens à l'invasion et à la guerre civile... Nous ne nions pas vos talents de sauveurs, mais au

lieu de nous sauver après nous avoir perdus, n'eût-il
pas été plus simple de ne pas nous perdre? Ce n'est
pas votre faute, dites-vous, c'est la faute des radicaux.
Vous nous la bayez belle, les radicaux ont-ils été au
pouvoir du 2 décembre à Sédan, le couronnement de
l'œuvre?... C'est trop commode de prétendre aux
jouissances du pouvoir, sans en accepter la responsabilité. Vous avez le double inconvénient d'être incapables et très-chers, veuillez prendre votre congé.

Le journal la *Situation* nous a rendu l'immense
service, pendant le règne de la Commune, de nous
dévoiler l'alliance intime des bonapartistes et commu-
nards. Cette solidarité s'explique.

La police impériale plongeait par toutes ses racines
dans les bas-fonds de Paris, soit pour prévenir le
désordre, soit pour le fomenter afin d'enlever un vote.
Au 4 septembre, ces agents se trouvèrent sur le pavé
et durent vivre d'industrie; ils en avaient une sous la
main: exploiter la confiance des ultra-révolutionnai-
res. Le désordre leur offrait des moyens de se caser,
des occasions de vol; et, si le triomphe de la Commune, comme il était probable, ramenait l'Empereur, ils recevaient de magnifiques récompenses. Les
séides de Bonaparte, par l'intermédiaire des mou-
chards, tenaient donc dans leurs mains les fils électriques des mines cachées sous le sol de Paris. Les
impérialistes, unissant leurs efforts et leurs intrigues
aux vanités, aux ambitions parisiennes de bas étage,
purent mettre en jeu cette puissance formidable, l'*Internationale*. C'est ainsi que Louis Bonaparte se trouve
derrière le drapeau rouge en mars 1871, comme il
s'était trouvé derrière les barricades de juin 1848.

Il est fort difficile de préciser la part des Prussiens
dans l'insurrection de la Commune, les hommes de

Bismark ont eu l'habileté d'anéantir tout témoignage décisif. Un seul fait repose sur des preuves écrites, mais ce fait n'est pas sans importance : Les Prussiens ont sommé la Commune d'exécuter son décret du renversement de la colonne, sous peine de lui couper les communications avec le Nord. On sait encore positivement que le gouvernement insurgé donna des laissez-passer à des officiers allemands pour leur permettre d'assister à cette destruction.

Triste temps!... Tristes gens! On ne cessa de faire miroiter aux yeux des masses les plus pauvres et les plus corrompues de Paris l'espoir d'un pillage général. L'état moral de ces masses est peint par cette parole de la femme d'un insurgé blessé au fort d'Issy : « Pourvu qu'il soit guéri pour le jour du pillage. »

Chaque jour après la reddition de Paris, on retrouvait dans des cachettes des monceaux d'objets volés, vieilles défroques pêle-mêle avec des bijoux et des billets de banque.

Des interrogatoires ressortent la démoralisation vraiment incroyable d'une masse de la population parisienne et l'effacement dans les consciences du respect de la propriété. A la question si souvent faite : « Pourquoi avez-vous dérobé ces objets? » Les inculpés répondaient invariablement : « Il fallait bien que quelqu'un en profitât, autant valait que ce fût moi qu'un autre. »

Oh! la jolie population que nous avait élevée l'empire.

Le respect du bien d'autrui, cet honneur des pauvres gens, s'effaçait de plus en plus dans les grandes villes.

L'exemple était venu de haut. Jouir, — n'importe à quel prix, n'importe par quels moyens, — était l'unique but de toutes les pensées, du dernier voyou à l'Empereur. L'Empereur prenait à pleines mains dans le Trésor public, tantôt son entourage escroquait comme dans l'affaire des bons Jecker, tantôt il volait à main-armée comme à Pékin.

Les notions du droit, du juste et de l'injuste avaient disparu ; la théorie socialiste, la pratique impérialiste les avaient chassées des âmes.

Nous mourions de grangrène, il était temps que l'adversité vînt nettoyer les consciences, et que l'exemple de la probité, donné de haut, raffermît la morale chancelante.

Depuis le 4 septembre nous avons assisté à bien des scandales politiques, du moins n'avons-nous pas eu ce spectacle corrupteur des intérêts de l'Etat entre les mains de gens à qui leurs plus zélés partisans n'auraient pas confié leur bourse.

— Souvent, me dit Chauvallon, à qui je faisais part, en revenant, de quelques-unes de mes réflexions, on croit la propriété inconnue chez les sauvages ; en Nouvelle-Calédonie le vol est tout simplement puni de mort. Sur un signe du chef, le coupable est abattu d'un coup de casse-tête, et, pour l'utiliser, on le fait passer à la marmite.

— Des gens économes, ces Canaques...

— Voici un exemple assez curieux du respect des indigènes pour la propriété : « Voyageant un jour avec une escorte de Tayos, j'eus fantaisie, pour mes hommes et pour moi, d'un régime de banannes d'une petite culture isolée. Les Tayos m'en demandèrent la valeur en feuilles de tabac, et les suspendirent à la place du régime ; quand tous les habitants de l'île,

nous dirent-ils, passeraient ici à la file, nul n'oserait toucher à ce tabac.

Nouméa est une ville en formation ; que l'on
compte ou non les baraques administratives, on n'y
voit rien ressemblant à une maison. Les habitations
particulières méritent à peine le nom de huttes ;
ce n'est pas une exagération de dire que la ville est
construite avec des débris de caisses à vermouth. Ce
contraste de la pauvreté extérieure des cases avec la
beauté des chevaux, l'élégance des toilettes, la richesse
des.équipages est le trait le plus saillant de cette singulière petite ville.

Un édifice en construction attire les regards ; c'est la
caserne de l'infanterie de marine. Ah! c'est monumental... trop monumental, car les fonds alloués sont épui-
sés et l'on n'a pas empoutré le premier étage. Aussi
les soldats vivent-ils dans d'horribles cabanes, d'où ils
peuvent contempler le monument où logeront leurs
arrière-neveux. Si l'on connaissait des limites à la bêtise de l'administration, on s'étonnerait d'apprendre
que cette caserne est bâtie en pierres de Sydney.

Au fait, l'administration faisait bien porter du riz
de France en Cochinchine ; et la guerre expédiait des
bottes fourrées aux soldats appelés à combattre dans
cette étuve.

La grande préoccupation des gens de Nouméa est de
recueillir l'eau de pluie. L'eau s'y est vendue au prix
des bons vins de notre France bénie. Il est bien question
de détourner l'eau d'une source voisine, l'administration y songe... elle y songe même depuis l'établissement de la Colonie.

Le port de Nouméa offre une sécurité complète. La

nature a si bien fait les choses qu'elle n'a pour ainsi
dire point laissé de part au travail humain. L'excellence du port et la beauté de la rade ont décidé le
choix de ces lieux, pour l'établissement de la capitale,
malgré leur affreuse aridité.

J'ai fait un tour à la direction d'artillerie située sur
une hauteur dans une baie charmante, voisine de la
baie de Nouméa. On s'y rend par un chemin bordé de
lantaniers, charmants arbrisseaux au feuillage de
velours sombre, chargés de corymbes de petites
fleurs serrées et si gentiment nuancées du rouge
écarlate au rose tendre. A la direction d'artillerie,
j'ai retrouvé nos bonnes vieilles habitudes : Les artilleurs y font du camionnage, de la maçonnerie,
de la forge, de l'ébénisterie... de tout, excepté du ca-
nonnage. J'admire la salle d'armes ornementée avec
un goût tout français ; c'est charmant, on y voit des
poignards, des piques, des haches d'abordage, des
espingoles... c'est un délicieux musée d'antiques ; on
s'étonne de n'y point trouver de cottes de mailles.
Dans cette soi-disant salle d'armes, il ne manque
que les armes dont on se sert aujourd'hui. Qu'importe !... n'avons-nous pas des in-folio constatant
que la salle d'armes est pleine. Que demandez-vous
de plus ?... Ah ! si en 1870, on avait pu se battre à
coups de registres, nous eussions marché d'un trait
à Berlin. C'est tout à fait joli cette direction d'artillerie, on voit que c'est une ferme de l'Ecole polytechnique : caserne confortable, bureaux aérés, habitation
commode pour le directeur, beaux jardins, vue magnifique... mais les canons ?... des canons, pourquoi
faire, dans une direction d'artillerie ?... En cherchant
bien cependant, on trouve quelques caronades et
quelques boulets ronds à rouiller dans un coin.

12.

Au milieu des cabanes de Nouméa, s'élève un monument d'architecture greco-mauresque d'un irréprochable mauvais goût, portant en lettres d'or sur la façade : Banque coloniale. Au moment où je contemplais ce chef-d'œuvre, passa mon ami le négociant.

— Une banque en ce pays, lui dis-je, pour sûr le gouvernement la tient en tutelle.

— Sans doute. — Est-ce qu'il ne tient pas tout en tutelle?

— C'est étrange. Nos administrateurs ont la manie de considérer les administrés comme incapables; infaillibles, ils tiennent à nous conduire en lisières par des chemins où l'on se casse le nez... Puisqu'une constitution sociale séculaire, et par suite fort difficile à réformer, nous livre pieds et poings liés aux priviléges et aux monopoles, pourquoi ne laissons-nous pas au moins, dans nos colonies, les gens essayer librement leurs ailes ?

— Il y a bien des raisons, mais voici une des meilleures : Si la banque est surveillée, il y a un surveillant, et voilà une magnifique sinécure toute prête pour le fils de quelque gros fonctionnaire qui, de lui-même, n'eût jamais rien fait. On a beau multiplier en France les fonctions inutiles, on ne peut donner la becquée à tous les petits de cette aristocratie bâtarde, il faut bien en exporter aux colonies.

— C'est mon dada la liberté des banques... la liberté des banques est le signe certain de la démocratie : en France, pays de monopole, banque privilégiée. — En Angleterre, un système hybride comme son gouvernement. — En Ecosse, banques libres, mais aristocratiques. — Aux Etats-Unis, vous pouvez juger de la démocratie dans chaque Etat par le degré de liberté accordé aux banques.

— Que voulez-vous ? Dans cette France si monar-
chiste, si autoritaire, si impériale sous toutes les formes de gouvernement, comme on n'a pas, ainsi qu'à
Rome, un monde à mettre à contribution pour fournir
le *panem et circenses*, on nourrit le peuple de chi-
mères... quant à lui parler de ses intérêts sérieux,
jamais. On serait ahuri par la séquelle socialiste, et ce
ne sont pas les conservateurs qui, de gaieté de cœur,
feront le sacrifice de leurs priviléges. Tenez, votre
vieux monde pourri me dégoûte... L'Etat est une
pieuvre qui enlace tout et bourre la jeunesse de latin.
Quand un jeune protégé a fait de mauvaises études,
s'il n'est bon à rien, on le fourre dans la diplomatie,
dans les consulats... ou bien aux colonies... il nous en
arrive ici par bandes porteurs d'un ordre ainsi conçu :
M. V... est nommé, — agent de culture de première
classe, par exemple, — aux appointement de 6,000
francs. Il est muni d'un brevet, c'est tout ce qu'il
faut, car l'essentiel est de faire émarger le pèlerin, en
foi de quoi il ira cultiver le verre d'absinthe. C'est
une des grosses affaires de l'Etat de caser tous les
avortons de nos lycées... et voilà pourquoi la Banque
est surveillée.

Après la liberté de penser et d'écrire, il n'est peut-
être pas de liberté plus importante que la liberté des
Banques, car elle est la solution pratique de l'é-
mancipation du travail. Rien ne nous empêcherait
d'appliquer immédiatement ce système aux colonies, en attendant que le règlement des comptes
du gouvernement avec la Banque de France permît
d'effectuer dans la métropole cette réforme indispensable.

Le monopole de la Banque est absolument incompatible avec ses fonctions qui consistent :

A recueillir tous les fonds provenant de l'épargne et tous les capitaux dormants pour les rendre à l'industrie active;

A favoriser entre les industriels et les commerçants l'usage des opérations de crédit, en trouvant pour eux l'emploi de leurs obligations réciproques;

A faciliter le change d'une place à l'autre au moyen de la négociation des effets de commerce, en évitant le transport coûteux du numéraire.

Sans les institutions de crédit, nombre de gens seraient embarrassés pour le placement de leurs capitaux; bien des épargnes ne se feraient pas, faute de pouvoir en recueillir quelque avantage. Beaucoup d'épargnes sont, pour cette raison, consommées improductivement qui auraient pu être consommées reproductivement, grossir les capitaux des particuliers, et, par conséquant, la masse du capital national. Les caisses et les associations, qui se chargent de réunir et de faire valoir les épargnes des particuliers, sont en conséquence très-favorables à la multiplication des capitaux.

Voilà la première fonction des Banques, celle de réunir les épargnes, les capitaux oisifs pour les verser à l'industrie.

Les Banques seules peuvent remplir cet office, car il faut d'abord servir un intérêt aux déposants, ensuite utiliser les dépôts. Les Banques le font avec avantage, et nous pouvons nous en convaincre en étudiant la seconde de leurs fonctions.

Les Banques font des avances au commerce, tantôt sous la forme de prêts directs, tantôt en acceptant des lettres de change, des billets à ordre... c'est-à-dire en remettant aux négociants, moyennant un intérêt déterminé, le montant d'effets de commerce non encore échus. Ainsi les banquiers servent d'intermédiaires entre les commerçants et facilitent la circulation des effets qui, sans cela, serait bien moins active et beaucoup plus restreinte. On voit aussi qu'ils peuvent, par les prêts et l'escompte, utiliser leurs dépôts et de plus en attirer d'autres par l'appât d'un intérêt suffisant. Mentionnons pour mémoire la troisième fonction, celle de faciliter le change de place à place.

Mais ne peut-on craindre des émissions exagérées ayant pour conséquence la hausse des prix et les crises commerciales?

Pourquoi?

Qu'est-ce qu'un billet de banque?... un effet de commerce, rien de plus, rien de moins. Quand vous, négociant, vous présentez une lettre de change à l'escompte, le banquier le plus souvent ne fait que vous remettre des billets; en somme, il retire de la circulation un effet de commerce, pour le remplacer par un autre d'un usage plus commode et qui offre en même temps plus de sécurité au public, étant garanti par le banquier lui-même. Ce billet a le grand avantage d'être à vue et au porteur, de dispenser de la formalité et de la responsabilité de l'endossement, d'être toujours et à tout instant remboursable en espèces à la caisse de la maison qui l'a émis. C'est ainsi qu'à la valeur du billet échu, il joint les avantages du billet en cours d'émission, admirable réunion de propriétés en apparence les plus contraires. Voilà un instrument bien précieux et qui n'est en somme qu'un effet de commerce; car il n'existe aucune distinction générique entre les billets de banque et les autres titres de crédit.

Si vous inondez, dira-t-on, la place de papier ayant cours de monnaie, vous créerez une hausse factice de tous les prix, laquelle hausse, tout artificielle, s'écroule brusquement de toute nécessité un jour ou l'autre; il en résulte un cataclysme ayant pour conséquence la ruine générale.

C'est admettre que les Banques peuvent émettre des billets à volonté...

En Angleterre des commissions nombreuses ont traité cette matière. Tous les banquiers ont répondu : que la somme de leurs émissions est exclusivement réglée par les affaires de commerce et les dépenses faites dans les localités respectives, qu'elle varie avec la production et les prix; qu'ils ne peuvent ni porter leurs émissions au delà du chiffre fixé par ces affaires et ces dépenses sans voir leurs billets rentrer aussitôt, ni les diminuer sans voir le vide produit se remplir de quelque autre manière.

Les émissions de billets, n'augmentant donc qu'à la suite de la demande, ne peuvent faire hausser les prix, ni encourager la spéculation, ni causer une crise commerciale.

Toutes les tentatives faites pour se préserver de ces malheurs par un règlement artificiel des émissions de billets, n'ont pas l'effet voulu, et peuvent avoir d'autres conséquences fâcheuses. En fait et historiquement, dans tous les cas de hausse ou de baisse des prix, la hausse ou la baisse précèdent l'accroissement ou la diminution des émissions de billets, et ne peuvent par suite être attribués à cet accroissement ou à cette diminution. Ainsi donc, il ne saurait y avoir ni excès d'émissions ni dépréciation de billets, puisqu'ils sont à toute réquisition remboursables en espèces métalliques. Qu'a donc produit la réglementation?...

L'histoire de la banque d'Angleterre est là pour

répondre; c'est un long argument en faveur de la liberté.

N'a-t-elle pas eu les crises les plus graves en 1696, 1745, 1792, 1797, 1825, 1847, sans parler des crises plus récentes? C'est avec infiniment plus de raison, au contraire, que l'on peut attribuer la plupart des crises au monopole des Banques. L'action d'une banque privilégiée produit d'abord inévitablement l'engorgement des capitaux. Puis cet engorgement de capitaux, qui a fait affluer, dans les caves de la Banque, une masse de valeurs inactives, induit celle-ci à opérer sur des capitaux dont elle n'a que la jouissance éventuelle. Enfin, par suite de ce même engorgement de capitaux, qui va toujours croissant, la fureur de la spéculation s'éveille; on retire à la Banque, au milieu des embarras que le seul excès la spéculation fait naître, les fonds dont elle n'était que dépositaire. Voilà l'ordre naturel et l'enchaînement des faits. A toute perturbation de ce genre, succède forcément un temps de repos et d'atonie. L'esprit de la spéculation s'endort effrayé par des récents désastres. Les capitaux se montrent défiants; d'ailleurs l'épuisement du pays leur permet difficilement de se placer. La même cause agissant toujours, l'engorgement recommence peu à peu et produit les mêmes effets. Les crises deviennent en quelque sorte périodiques.

Avec la liberté des Banques, les choses se passeraient bien différemment.

Le nombre des Banques serait limité par la concurrence, l'émission serait réglée par la nature des besoins, chaque banque serait de plus en plus réduite à ne faire usage que de ses propres capitaux, augmentés seulement de ses émissions de billets, sans avoir jamais à sa disposition une somme considérable de ca-

pitaux flottants et sujets à rappel. On verrait aussi
disparaitre ce danger d'un découvert qui, pour les
Banques privilégiées, demeure toujours flagrant. Ce
sont les banques libres de l'Ecosse et des Etats-Unis
qui ont offert le plus de sécurité et rendu le plus de
services.

La liberté des Banques a ces effets remarquables de
diminuer tout à coup la circulation métallique, et la
circulation en billets, de forcer chaque banque à posséder un capital relativement élevé, enfin de limiter
pour chacune d'elles la somme des dépôts. Comme les
Banques d'Ecosse allouent un intérêt égal pour quelque courte durée que le dépôt soit fait, il en résulte
que presque chaque personne se fait ouvrir un compte
dans une banque où elle verse, chaque soir, ce qu'elle
a pu économiser dans la journée, afin de ne pas perdre même l'intérêt d'un seul jour.

Grâce aux faibles sommes qu'acceptent les Banques
d'Ecosse, à titre de dépôt, un grand nombre de dépôts sont faits par les ouvriers, les marins, les domestiques. Ceux-ci portent leurs premières économies aux
caisses d'épargne; puis quand elles ont atteint le chiffre de 10 livres, ils les versent aux Banques qui n'imposent aucune limite aux dépôts.

Quelle large dispensation du crédit!... quelles facilités pour les prêts sur caution, les cash-accounts!...
Pour profiter d'une pareille faveur, il suffit à un jeune
homme d'avoir de bons antécédents et deux répon-
dants honorables. Quelques-uns des prêts qui se font
de la sorte s'élèvent à 2000 livres et même au-dessus.
Ainsi tous peuvent obtenir du crédit, et, avec un capital ou du crédit, la fainéantise seule reste aux bas degrés; le travail et la prévoyance s'élèvent aux sphères
les plus ambitionnées.

Dans les temps ordinaires, la somme demandée chaque jour aux banques peut être calculée avec la même certitude que les cas de mortalité par les compagnies d'assurance. Chaque année, en effet, nous voyons la circulation des Banques d'Ecosse rester très-faible au mois de mars, se relever au mois de mai, retomber ensuite pour atteindre leur niveau au mois de novembre. C'est qu'en mai et en novembre se font la plupart des payements en Ecosse. En Angleterre également, la plus forte circulation des Banques a lieu en avril et la moindre en août, suivant les besoins encore. En Irlande, pays tout agricole, la plus faible circulation se rencontre avant la moisson, et la plus forte en janvier lors du négoce des grains et des bestiaux.

L'histoire des Banques des Etats-Unis et surtout de la Nouvelle-Angleterre confirme toutes les données précédentes. On a accusé les Banques libres des Etats-Unis d'avoir été la cause de grands désastres. M. Carrey de Philadelphie, homme compétent, s'il en est en ces matières, a réfuté ces accusations de la façon la plus victorieuse : « Depuis la première institution des Banques en Amérique, dit-il, jusqu'en 1837, les faillites ont été moins nombreuses d'un quart qu'en Angleterre dans les seules années 1815 et 1816, et le montant des pertes supportées par le public présente une proportion encore plus faible. »

En résumé :

La liberté des Banques a pour effet de limiter le nombre des Banques par la concurrence, de les distribuer selon les besoins, de les forcer à conserver toujours un capital sérieux.

Elle a pour conséquence de dispenser largement le

crédit à toutes les classes; de faire pénétrer l'économie dans toutes les couches sociales.

Elle est la condition d'un bon fonctionnement des
caisses d'épargne, des sociétés de secours mutuels, et
de toutes les sociétés de prévoyance.

C'est l'un des plus grands intérêts de la démocratie.

III

20 octobre 1875.

Nous quittons la baie du Sud et ses bois magnifiques... Sur les promontoires, au bord des eaux, se
dressent les pins colonnaires, arbres caractéristiques
de ces parages, hautes colonnes de verdure formées par
une superposition de plans horizontaux de branches
rayonnantes, semblables à des roues d'égal diamètre,
du pied de l'arbre à son sommet. Nous passons près
de l'île d'Ouen, vaste croupe ferrugineuse; sur ses
flancs violâtres poussent de rares et maigres fougères;
puis nous nous élançons au milieu des coraux verts et
de la mer bleue... Le soleil les éclaire, tout est gai...
Il y a aussi du soleil et de la gaieté dans nos cœurs,
car nous songeons à la patrie, dont nous saluerons
avant peu les côtes bien-aimées.

22 octobre 1875.

26° 30' *Sud*, 168° *Est*.

Nous remontons à la vapeur les vents de S.-E., auxquels nous devons nous attendre ; la mer est superbe, le temps splendide.

M. — Il y a, sans l'ombre d'un doute, pas mal de bancs et de pâtés de coraux encore inconnus dans ces mers.

X. — Et qu'on risque de découvrir avec la quille... D'autres sont connus, mais leur position est si incertaine qu'il vaudrait peut-être mieux en ignorer l'existence ; on risque précisément de les aborder en donnant une route qui les fasse parer d'après la carte. De jour, avec le soleil dans les yeux, s'ils ne brisent point, comme il arrive par une mer aussi belle, on pourrait bien ne pas manœuvrer à temps. Mais quand on marche dans une direction opposée au soleil, quand on a le soleil derrière soi, les coraux, même à de grandes profondeurs, réfléchissent si bien la lumière à travers des eaux d'une transparence parfaite, qu'on navigue avec une sécurité relative.

M. — Ces îles basses de la mer de corail, en si grand nombre à fleur d'eau, sont une des singularités de notre planète.

X. — Aux Pomotou, par exemple, nous possédons un archipel d'environ quatre-vingts îles à peine élevées de quelques pieds au-dessus des flots. Ce ne peut être l'effet du hasard : le hasard est un mot dépourvu de sens pour quiconque étudie la nature.

M. — Il n'y a pas d'effet sans cause, comme disait l'excellent docteur Pangloss... La théorie de l'affaissement de Darwin semble donner l'explication de ces atolls, ou anneaux de corail, car la forme annulaire de ces îles est générale. A l'extérieur de cette couronne coraline on trouve des fonds énormes ; à l'intérieur, les fonds n'excèdent guère une trentaine de brasses ; voilà les faits caractéristiques dont il s'agit de rendre compte. Prenons pour exemple la Nouvelle-Calédonie : par hypothèse, elle s'abaisse lentement tout entière... A fur et mesure de cet affaissement, et de l'immersion du grand récif, les zoophytes bâtiront de manière à l'entretenir à fleur d'eau. Au bout d'un temps donné, les montagnes centrales auront disparu, tandis que l'enceinte extérieure aura conservé son niveau, grâce aux innombrables travailleurs occupés jour et nuit à l'exhaussement du rempart. L'intérieur de l'anneau ne sera pas comblé par les zoophytes, les espèces les plus vivaces et les plus productrices ayant un impérieux besoin de l'agitation de la haute mer et des brisants. Forme annulaire de l'atoll, médiocrité de la profondeur intérieure, énormité de la profondeur extérieure, s'expliquent par cette hypothèse.

X. — Maury fait jouer un rôle considérable aux coraux dans l'enfantement des terres nouvelles.

M. — Il ne s'est pas trompé sur leur importance, s'il n'a pas toujours bien compris leur rôle ; on ignorait de son temps que les coraux ne peuvent vivre par plus d'une quarantaine de brasses, encore un très-petit nombre d'espèces supportent-elles cette profondeur. La puissance de construction de ces zoophytes leur permet donc, dans une certaine mesure, de conserver un continent qui s'effondre ; il n'est point en leur pouvoir de faire jaillir de nouvelles roches du fond de l'abime ; ceci est l'œuvre des forces volcaniques, dont nous trouvons dans la Nouvelle-Zélande de si puissantes manifestations, et qui, près de la Nouvelle-Calédonie, viennent de faire un violent effort à Lifou et à Uva.

24 octobre 1875.

29° 40' *Sud*, 173° 00' *Est*.

M. — La disparition de certaines espèces d'hommes des continents nouvellement découverts me semble un sujet bien digne des méditations du philosophe ; je persiste à croire à la possibilité de les civiliser ; mais il faudrait déployer dans cette œuvre une patience dont notre époque est incapable. Les Nouveaux-Zélandais seront exterminés avant longtemps ou écrasés sous la masse anglo-saxonne. De même en Nouvelle-Calédonie, malgré les efforts des missionnaires, du gouvernement et même des particuliers très-désireux de les employer, les canaques disparaissent ; chose étrange, les naturels des îlots dépendant de notre colonie s'engagent volontiers à notre service ; il en est de même des naturels des Nouvelles-Hébrides, gens doux et laborieux.

X. — Les individus des Nouvelles-Hébrides appartiennent à l'espèce nègre et les Nouveaux-Zélandais à la race malaie ; les Calédoniens semblent provenir d'un croisement des deux espèces, et, dans les individus, tantôt le sang de l'une, tantôt le sang de l'autre prédomine.

M. — C'est vrai. Mais les Tasmaniens appartiennent aussi à l'espèce nègre, et jusqu'à présent on n'en a rien pu tirer. Les gens des Nouvelles-Hébrides employés à Nouméa ne manquent pas d'intelligence ; j'y ai comparé un noir de ces îles avec une domestique anglaise, tous deux employés dans la même maison ; la comparaison n'était, certes, pas en faveur de l'Européenne. A mon avis, l'intelligence est un don personnel et nullement un don de race. J'ai vu de très-près le Chinois, le nègre et le blanc, et j'ai toujours conclu de même.

X. — Vous ne pouvez nier cependant les efforts sérieux et sincères des Etats-Unis pour civiliser les Indiens ; ce n'est qu'après leur inutilité bien constatée que la doctrine de l'extermination a prévalu.

M. — C'est possible ; mais au Mexique, au Pérou, à la Plata, au Chili surtout, vous trouverez bon nombre d'Indiens civilisés. En France, les partisans de la destruction des Arabes ne manquent pas ; ont-ils raison ? L'infériorité actuelle des Arabes tient-elle à la race ou à des causes différentes, à une religion, par exemple, dont la puissance régénératrice s'est promptement épuisée ?... Au moyen âge, sous tous les rapports, guerre, arts, science, poésie, — morale même, si l'on osait être franc, — ils étaient nos égaux, quand ils n'étaient pas nos maîtres. Nous est-il permis d'oublier que nous leur devons notre numération, la plus belle création de l'esprit humain, après l'écriture phonétique? Les progrès de la chimie, de la botanique, dans ces temps d'ignorance, à qui les devons-nous?... Ils nous apportèrent l'algèbre — al dejbr — qu'eux-mêmes reçurent des Indiens et des Grecs. Sous Haroun-al-Raschid, ils employaient le pendule à la mesure du temps ; ils inventèrent la tangente, cette précieuse

ligne trigonométrique dont le gnomon leur donna
l'idée. Aboul-Wéfa découvrit les inégalités de la lune...
Sommes-nous bien certains que l'Europe ne sera pas
bientôt aussi inférieure à l'Australie que les débris de
l'empire arabe le sont à l'Europe?... Pouvons-nous
affirmer que le cléricalisme ne jouera pas le rôle de
l'islamisme et ne fera pas descendre aux plus bas degrés les nations où il domine?... L'humanité progresse
constamment, je n'en fais nul doute ; mais la lumière
de l'intelligence, comme les feux des volcans, se manifeste tantôt sur un point, tantôt sur un autre... Nous
la voyons s'éteindre épuisée, là où elle a brillé longtemps, pour rayonner ailleurs.

27 octobre 1875.

35° 40 *Sud*, 178° 00' *Ouest*.

X. — Bonne affaire, nous avons doublé notre date
et changé la dénomination de notre longitude ; nous
avons, semble-t-il, gravi le point culminant de notre
voyage, et nous n'avons plus qu'à nous laisser doucement descendre vers les rives de la patrie.

M. — Les compagnons de Magellan n'avaient pas
songé, en arrivant à Manille, à faire leur changement
de date, et Manille, en souvenir du premier tour du
monde, garde son calendrier erroné d'un jour.

X. — Ce que c'est que l'ignorance des lois de la
nature ; Magellan, en commençant sa traversée par
l'ouest, a doublé les difficultés de son entreprise en

faisant pour ainsi dire à rebrousse-poils son voyage
de circumnavigation.

M. — Des raisons politiques et religieuses le con-
treignirent à suivre cette route. Quand ce grand
homme fut tué dans l'île Zébu, à Sébastien del Cano
échut le commandement de l'escadre ; lors de son arrivée en Espagne, Sébastien prit pour armoiries une
orbe terrestre, avec cette magnifique légende: *Primus
circumdedisti me.*

X. — Une grande singularité, sans contredit, du
voyage de Magellan est d'avoir traversé toute la mer
de corail, pour aborder aux Philippines, sans avoir
vu aucune terre importante, sans avoir rencontré
autre chose que quelques îlots déserts.

M. — S'il eût abordé aux îles des Amis, — qui n'é-
taient guère, il est vrai, sur sa route, — il n'eût pas
retrouvé sans étonnement le système féodal. En Australie, à Van-Diémen, les premiers navigateurs avaient
vainement cherché une organisation sociale dans des
familles simplement juxtaposées. Aux îles des Amis
existait un ordre constitué et, chose triste à dire, fondé
sur la plus barbare exploitation de l'homme par
l'homme. Dans l'île principale résidait le chef-géné-
ral, commandant supérieur de tous les chefs d'îles et
des chefs de district de la maîtresse île. L'autorité de
tous les chefs et sous-chefs était héréditaire de mâle
en mâle. Avec l'autorité, on héritait des terres et des
serfs qui les peuplaient. La personne du grand-chef
était sacrée, sacré le vase dont il se servait. Les grands
officiers lui parlaient prosternés après avoir posé son
pied sur leur tête. A la mort des grands, on égorgeait
un certain nombre de serfs pour aller les servir dans
l'autre monde. Dans les sacrifices publics, le prêtre

chargé de l'immolation arrachait l'œil de la victime,
et le présentait à la bouche du grand-chef qui faisait
le simulacre de l'avaler. Cette cérémonie s'appelait le
régal du chef.

X. — Ainsi, le privilége royal par excellence fut,
dans l'origine, de manger ses sujets. A l'aurore de
l'humanité, après la sauvagerie pure, nous trouvons
la conquête, l'esclavage, la féodalité, plus une religion, base de l'état social, comme disent les conservateurs, pour consacrer et sanctifier l'injustice. Ce que
nous appelons *droit divin* remonte donc à l'époque la
plus barbare et n'est qu'un antique débris du fétichisme et de l'anthropophagie.

M. — Les grands-chefs, aux iles des Amis, prenaient
le nom de dieux, et les nobles celui de seigneurs de la
terre et du firmament.

X. — Le schah de Perse, le sultan des Turcs et
l'évêque de Rome se contentent du titre de vicaire de
la divinité.

M. — Le clergé de ces îles, tout sauvage qu'il était,
s'y entendait en domination comme un autre. D'après
ses dogmes, les nobles seuls jouissent de l'immortalité. Les serfs n'ont une vie ultérieure qu'à la condition d'être égorgés pour servir de domestiques aux
seigneurs de l'autre monde. Un oiseau funèbre, rô-
deur de cimetières, mange les âmes des roturiers.

X. — Cet ensemble d'institutions est fort bien ima-
giné; si l'esprit de révolution pénètre dans cet archipel, les conservateurs ne manqueront pas d'argu-
ments pour en démontrer l'excellence. Mais puisque,
suivant la coutume féodale, les ainés seuls héritent,
que deviennent les cadets?

M. — Les cadets ont toujours été la difficulté des

aristocraties ; leur mépris pour le travail en fait un
grave embarras social ; il faut les employer d'une
manière ou d'une autre, mais bien entendu à ne rien
faire. Au moyen âge, on les fourrait dans les couvents ;
une fois tonsurés, ils n'enfantaient plus de nobles,
c'était là le principal. Les fonctions domestiques près
des rois, princes et grands seigneurs en employaient
un certain nombre ; tous ces cadets ne pouvaient faire
souche. Ici, cadets et filles nobles vivent dans la pro-
miscuité la plus complète et forment un ordre guer-
rier analogue à nos ordres monastiques ; ils ne peuvent élever d'enfants et les étouffent à leur naissance.
L'enfant naissant n'est sauvé que dans le cas, très-
rare, où un chef consent à l'adopter en épousant la
mère. Le besoin de faire souche pousse parfois les
cadets à la conquête ; ils peuvent, en effet, fonder des
familles quand ils découvrent dans quelque île une
peuplade à subjuguer.

X. — Les guerres d'invasion et de conquête sont
une nécessité pour les aristocraties ; celles-ci sont
donc un fléau, un vrai péril social... Le péril social,
n'en déplaise aux conservateurs, est surtout l'ordre
établi, quand il est détestable.

M. — Les mêmes mœurs régnaient aux Sandwich ;
les missionnaires américains n'en sont pas moins
parvenus à en faire un pays fort civilisé.

X. — Où l'instruction est gratuite et obligatoire...
En France, nous n'en sommes pas encore là.

M. — La race malaise peuple les Sandwich, comme le
îles des Amis, comme Taïti dont nous ne faisons rien,
comme la Nouvelle-Zélande, — preuve qu'il ne
faut pas se presser de condamner les peuples sauvages.

29 octobre 1875.

39° 00' Sud, 173° 40' Ouest.

M. — Nous retrouvons notre vieille connaissance le
N.-O. avec ses pluies et son humidité effroyable.

X. —Nous sommes retombés dans les vents d'ouest.
Il serait assez naturel de trouver le N.-O. dominant;
le pôle sud, privé pendant six mois des faveurs du
soleil, commence depuis quelque temps à ressentir
sa bienfaisante chaleur; l'accumulation d'air qui s'est
faite pendant six mois dans l'autre hémisphère se dé-
charge maintenant dans celui-ci. En tout cas, sûrs de
tenir les vents d'ouest, nous éteignons les feux.

M. — Nous avons un fier ruban de queue à dévider
entre le ciel et l'eau, en compagnie des damiers et des
cordonniers; j'aurais été heureux, pour couper la
traversée, de m'arrêter, en passant, à Taïti, la moderne Cythère.

X. — Le pays de la joie et des amours faciles... A
Taïti vivent les enfants gâtés de la nature. L'arbre à
pain les nourrit dans leur indolence. Végétation luxuriante, pays accidenté, bois merveilleux, vallons féeri-
ques, tiède climat aux nuits parfumées, tout entraine
à la volupté. Dans de larges bassins d'eau cristalline,
jeunes hommes et jeunes filles aux formes idéales se
baignent ensemble ou folâtrent sous de frais ombrages
avec des fleurs dans les cheveux.

M. — Là comme ailleurs, soyez-en sûr, on ne se
nourrit pas de l'air du temps. Là comme ailleurs, on
élève sa famille à la sueur de son front. Aussi y a-t-il
une ombre oubliée dans ce poétique tableau de nym-
phes et de sylvains jouant, le rire aux lèvres, aux

pieds de leurs cascades ombragées... L'avortement s'y pratique sur la plus large échelle.

X. — C'est vrai... Mais pourquoi tolérer cette fainéantise sous prétexte de conserver la race aborigène ? Pourquoi les Taïtiens échapperaient-ils à la loi générale : travailler ou mourir? Pour les contraindre au travail, il y a un moyen simple et juste, celui de les autoriser à vendre leurs propriétés, terres qui nourrissent vingt sauvages, là où mille Européens, par la culture, vivraient dans l'aisance. On les empêche de vendre dans leur intérêt, dit-on... C'est éterniser leur paresse. Quand leur goût pour les produits de l'industrie européenne les aura conduits à se défaire de leurs arbres à pain, il leur faudra bien travailler comme les camarades.

31 octobre 1875.

43° 10' Sud, 168° 30' Ouest.

Temps couvert, vent de N.-O., pluie.

X. — Cette pluie fastidieuse durera longtemps, sans doute; l'escale de Taïti eût allongé notre route, puisque Taïti est en pleine région de vents d'est, mais elle nous eût fait jouir plus longtemps du soleil... N'est-ce pas étrange de voir, sans compter Taïti et les Marquises, tant de riches pays inoccupés, tandis que nos montagnards d'Auvergne, par exemple, travaillent par tous les temps, sous un ciel rigoureux, pour récolter — et ils s'estiment heureux — trois fois leur semence en orge.

M. — Plus les gens sont malheureux, plus difficilement ils émigrent. Plus la terre est ingrate, plus on l'aime... c'est comme les femmes. Ajoutez à cela l'esprit de routine si répandu dans nos campagnes et si soigneusement cultivé par nos dirigeants...

X. — Peut-être nos montagnards ne sauraient-ils tirer aucun parti de cette nature toute nouvelle pour eux?...

M. — N'est-il point pénible de voir dépenser dans de pauvres contrées tant de travail stérile, quand des pays plantureux restent incultes? Taïti deviendrait aisément le plus beau jardin du monde; grâce à ses montagnes, on y trouve les températures les plus variées, et l'on y voit mûrir les fruits d'Europe près des fruits des tropiques. La mer est poissonneuse et recèle dans ses profondeurs des huîtres perlières.

X. — Elles y sont rares; la pêche des perles est la spécialité des Gambiers.

M. — Les Gambiers aussi nous appartiennent.

X. — Si l'on veut.

M. — Comment si l'on veut!... notre pavillon y flotte.

X. — Pour y couvrir pas mal d'insanités... lisez l'*Histoire du Paraguay*, vous saurez ce qui se passe aux Gambiers.

M. — Le même système aboutit aux mêmes résultats.

X. — Pour le moindre oubli des pratiques religieuses, le délinquant se voit traduit devant la justice du chef... et condamné à plus ou moins d'années de galères, c'est-à-dire à pêcher des perles pour le chef de l'île et pour les missionnaires.

M. — Au Paraguay, on fouettait les hommes en public, nous dit La Pérouse, et les prêtres fessaient les femmes en particulier... Un tel régime à l'ombre de notre pavillon!...

X. — A l'ombre de notre pavillon, comme vous dites fort élégamment. Nous sommes autorisés à interdire aux nations protestantes de mettre les pieds aux Gambiers, ou d'y envoyer des missionnaires... C'est la ferme de la Congrégation. Il nous est défendu de savoir ce qui s'y passe.

M. — Et comment la Congrégation s'est-elle emparée du pays?

X. — Aux Gambiers, comme dans toutes les îles où s'était développé un embryon de forme sociale, florissait le despotisme le plus atroce; les missionnaires ont converti les chefs, en leur montrant combien il leur serait profitable d'exploiter avec eux le menu peuple de compte à demi.

2 novembre 1875.

48° 20' Sud, 158° 20' Ouest.

M. — Quelle énervante humidité !... il me pousse des champignons dans le crâne.

X. — Et les observations sont rares et incertaines... Pendant quinze jours, un navire, dont vous trouverez le nom dans les Instructions, ne put, dans ces parages, rectifier son estime. Entraîné par des courants inconnus, n'ayant aucun moyen de vérifier la variation de ses compas, il trouva, quand il revit le soleil, plus de 6 degrés d'erreur dans sa latitude. Porté de plus de 120 lieues dans le sud, il s'était enfoncé, sans le vouloir, en pleine région des glaces.

M. — Et l'on ne voit pas à trois cents mètres par cette horrible brume.

X. — Aussi hésitons-nous à piquer au sud, où nous

trouverions les vents plus frais et plus constants, tout
en nous rapprochant de l'arc de grand cercle. Mais
comment faire route, la nuit, dans les limites des glaces, malgré la longueur des jours et le commencement
de lune, quand on voit à peine en plein midi le bout
de son nez? Par la latitude où nous sommes, d'après
les cartes anglaises des glaces, nous pouvons être tranquilles.

M. — Le thermomètre plongeur accuse souvent une
température inférieure à celle de l'air, indice d'un
courant froid ou du voisinage d'eaux affectées par la
fonte des banquises. Cet abaissement de température
de la mer doit activer la condensation des vapeurs
portées par les vents de N.-O., et augmenter l'intensité
de la brume... Mais la proximité des glaces n'est-elle
pas indiquée par un froid subit?

X. — Quand on passe au vent des icebergs on n'en
ressent pas l'influence; sous le vent même, le thermomètre n'en est pas toujours affecté d'une façon notable. La température de la mer indique mieux leur
voisinage; ils absorbent par leur fonte le calorique
des eaux environnantes, et répandent autour d'eux
une nappe considérable d'eau froide. Aussi observons-
nous maintenant de demi-heure en demi-heure le
thermomètre-plongeur; un brusque abaissement dans
la température normale serait un signe certain de la
proximité de ces redoutables dangers... Mais nous
faisons nos 300 mètres à la minute.

M. — Cette zone de brume doit avoir une largeur
déterminée; les vents chauds du nord, arrivant dans
ces parages, doivent abandonner promptement les vapeurs dont ils sont chargés; par suite, en obliquant au
sud, on aurait chance d'en sortir.

X.— Je le crois comme vous, mais serait-on sûr d'en

sortir avant de tomber dans la région des glaces. C'est précisément sur les premières banquises que ces vents relativement chauds doivent achever de se dépouiller de leur humidité ; à cette limite, la brume est probablement fort épaisse, et s'aventurer dans de tels dangers, au milieu d'aussi profondes ténèbres, ne me semble pas prudent.

M. — La vue est, en effet, bien bornée ; les oiseaux de mer, dont le regard est si perçant, ne nous accompagnent guère ; il faut que le hasard les fasse tomber sur nous. Dans l'océan Indien, nous les voyions accourir de tous les points de l'horizon pour chercher leur pâture dans notre sillage. A la moindre éclaircie, des essaims de damiers tourbillonnent autour de nous, mais ils nous perdent bientôt.

4 novembre 1875.

46° 40' Sud, 150° 50' Ouest.

M. — Cette course dans les ténèbres — nous allons toujours 8 à 9 nœuds — a quelque chose de sinistre ; je pense, malgré moi, au galop légendaire des possédés, à Lénor et aux morts qui vont vite ; je me demande si nous ne sommes pas des ombres perdues dans le néant.

X. — Cette humidité oppresse, c'est de l'eau qui circule dans les veines, le moral s'en ressent. Ces brouillards marins noient l'âme dans les brouillards de la mélancolie. Depuis plusieurs jours, nous n'avons pas eu la satisfaction de voir devant nous à 400 mètres ; parfois les bancs de brume sont opaques à ne point permettre de voir l'avant du navire. La mer est aplatie sous le poids de cet air lourd.

M. — Cette absence de houle dans un océan si vaste, cette tranquillité des eaux malgré la fraîcheur de la brise semblent peu explicables... La brume a-t-elle la faculté de faire tomber la houle et d'aplatir ainsi la mer !... Sans en trouver la raison, je serais porté à le croire. C'est bien l'aspect particulier d'une mer abritée ; on a peine à se défendre de la pensée d'un mauvais voisinage.

X. — La température de la mer est bien élevée, elle n'est pas descendue encore au-dessous de 7 degrés.... Cet aspect particulier de la mer a quelque analogie avec les prodromes de sa congélation ; bien entendu, elle ne gèle jamais par ces latitudes, ni même en hiver par des latitudes bien plus australes. Lorsque la température tombe à —2°, la mer s'aplanit, il semble qu'une couche d'huile se répande à sa surface ; les cristaux arrivent ensuite assez aisément à la grosseur de 3 à 4 pouces, et, si le froid continue, ils ne tardent pas à prendre une épaisseur de 0^m,30 à 0^m,40. La première eau abandonne ses sels en gelant et sature les couches voisines, ce qui abaisse beaucoup leur point de congélation.

M. — La congélation de la mer engendre sans doute les ice-fields ou champs de glaces ; mais les ice-bergs, ces montagnes de 200 pieds au-dessus de l'eau, doivent avoir une autre origine.

X. — En effet, si les ice-fields ont une origine marine, les ice-bergs ont une origine terrestre et proviennent des glaciers polaires. Les glaces formées à la surface de la mer se rencontrent sous l'influence des vents et des courants, se choquent, se brisent, se surmontent, se soudent ; la neige les cimente.

Ainsi s'engendrent les monticules des champs glacés ; on y voit les plus singuliers monuments en glaçons bleu-verdâtre et des colonnes d'émeraude et de saphir. Souvent, au contraire, l'ice-field est complétement uni et l'on peut y faire 30 à 40 lieues sans obstacle. Les ice-bergs proviennent des glaciers qui comblent les vallées australes. Les pressions des réservoirs supérieurs font lentement descendre vers la mer de gigantesques coulées de glace et les poussent dans les flots. Les marées, la force soulevante résultant de l'excès de densité de l'eau salée, ne tardent pas à amener la rupture du jet de glace et à le séparer du continent. Après la cassure, on voit, à l'entrée des vallées, la glace taillée à pic, d'un beau bleu transparent, remplir l'intervalle de deux montagnes voisines. Du sommet, les eaux s'élancent en cascades, et parfois, prises par la gelée, se transforment en merveilleux arceaux de cristal.

6 novembre 1875.

46° 40' Sud, 141° 50' Ouest

X. — Le vent a passé ce matin à l'O.-S.-O. Le temps s'est dégagé un moment, comme il fait toujours quand la brise rallie le sud ; nous avons eu de bonnes observations avec lesquelles nous pouvons courir quelque temps sans inquiétude sur cette mer libre.

M. — C'est heureux ; car dans l'après-midi la brume est redevenue plus épaisse que jamais ; pour comble de guignon, la brise a rallié le nord-est.

Mauvais vent, pluie et brume... et quelle brume !...
une brume noire.

X. — Les hommes n'ont plus un fil de sec à se
mettre sur le dos ; cette froide humidité est une des
causes les plus actives du scorbut. Si l'on ne prenait
tant de précautions hygiéniques, nous aurions déjà
nombre de malades.

M. — La température est positivement basse. Par
une latitude plus équatoriale que celle de Paris, au
mois de mai de cet hémisphère, nous ne voyons pas
le thermomètre monter au-dessus de 9°; il ne descend
pas, il est vrai, au-dessous de 6°, et, dans la même
journée, nous ne constatons pas de variations de plus
de 2°. Les variations à la mer sont bien peu marquées
auprès des variations continentales. Ainsi on a constaté à Paris, dans les vingt-quatre heures, des changements de 12 et 15°.

X. — Cela s'explique : la température de la surface océanique n'est pas variable comme celle du sol.
Pendant le jour, les eaux s'échauffent moins : une
partie considérable de leur calorique est absorbée par
l'évaporation ; l'agitation des lames mêle les couches
supérieures plus échauffées avec les couches inférieures. Pendant la nuit, au contraire , quand les
couches supérieures se refroidissent, leurs molécules,
acquérant une densité plus grande, s'enfoncent et sont
remplacées par des molécules plus chaudes de la couche inférieure.

M. — D'après les observations de Saussure, le fond
des lacs conserve une température de 4°, point de densité maxima des eaux douces ; la salure de la mer
doit modifier cette loi.

X. — Sous les tropiques, la température diminue
quand la profondeur augmente ; on observe l'inverse

dans les régions polaires. Vers 1100 à 1200 mètres, on trouve 6 à 7° sous les tropiques et entre 2 et 3° en approchant des pôles.

M. — La comparaison du thermomètre-plongeur avec le thermomètre atmosphérique me semble faire préjuger une légère supériorité en faveur de la mer.

X. — Du moins en moyenne. La moyenne, en vingt-quatre heures, de la température de la mer est toujours supérieure, et dans les régions polaires notablement supérieure à la moyenne de la température atmosphérique dans le même temps ; des courants très-particuliers modifient seuls cette loi générale.

8 novembre 1875.

48°16' Sud, 136° 00' Ouest.

M. — Sortirons-nous de ce maudit brouillard ?... C'est énervant, nous allons 10 à 11 nœuds, et nous ne voyons pas à 100 mètres... Cette zone de vapeurs est assez large, car nous avons dépassé le 48ᵉ degré.

X. — La nuit, nous avons la lune, mais elle ne nous sert à rien ; elle éclaire très-singulièrement ces vapeurs, on semble alors se mouvoir dans une atmosphère épaisse et phosphorescente. Le crépuscule et l'aurore deviennent très-longs, nous n'en sommes guère plus avancés, car on ne voit pas clair en plein midi.

M. — La continuité et l'étendue de ces brumes me font songer à ces brouillards inexpliqués, mais au contraire très-secs, dont la terre s'est trouvée couverte à différentes époques sur une partie considérable de sa surface. Tel est le fameux brouillard de 1783. On

l'observa simultanément en Amérique, en Europe, en
Afrique et en Asie ; pendant le mois d'août, on put
observer à peu près constamment le soleil à l'œil nu ;
il prit des teintes vert-émeraude et azur... Notre brume
n'a évidemment pas grande épaisseur, car, au moment où elle va redoubler d'intensité, on voit courir
sur l'eau au milieu du brouillard général de petites
nuées très-basses. Avant ou après les rares éclaircies,
en voyant s'éloigner ou s'avancer les bancs de brume,
nous avons pu juger de leur hauteur ; enfin, quand
on monte dans la mâture, la vue s'étend, et, sans distinguer le firmament, on sent l'atmosphère moins
chargée et l'épaisseur du voile aqueux moins grande...
Le brouillard de 1783 a été retrouvé sur les plus hautes montagnes avec sa propriété caractéristique de ne
point ternir les métaux. Il semblait formé d'une
matière infiniment divisée, impalpable, comme l'est
probablement la matière cométaire, comme certains
nuages cosmiques errants dans l'espace et destinés à
l'alimentation des soleils. Les astronomes ont supposé
qu'à cette époque la terre avait passé dans les débris
d'une queue de comète.

X. — Je me sens peu disposé à attribuer à de pareils
phénomènes une origine cosmique ; je les considère
plutôt comme produits par la poussière des volcans.
Les vents peuvent, en effet, transporter des poussières
à des distances considérables : d'après les recherches
d'Ehrenberg, des poussières tombées sur les rives de
la Méditerranée se seraient élevées des savanes desséchées des bords de l'Orénoque. L'analyse microsco-
pique des infusoires et des divers débris organiques
dont elles se composaient, laisse peu de doute à cet
égard. A Lyon, à Malte, dans le Tyrol, au cap Vert, il
tomba des poussières si parfaitement identiques, que

partout les particules comparées semblaient prises au même tas. Nous devons à des éruptions volcaniques les premières indications sur l'existence des contre-courants supérieurs de l'atmosphère. Les cendres projetées à de grandes hauteurs ont franchi les limites des courants inférieurs ; emportées alors en sens contraire dans les régions élevées, elles sont venues retomber à des distances considérables en amont de leur point de départ. La Barbade tout entière, en 1812, fut couverte d'une couche de poussière provenant du volcan de l'île Saint-Vincent. Sans parler de l'ensevelissement de Pompéia, le Vésuve, en 1822, ne cessa de projeter des cendres pendant plusieurs jours. Les parties les plus tenues des cendres volcaniques d'une éruption longue et considérable ont pu rester longtemps suspendues dans l'atmosphère, et, par suite, être transportées sur les divers continents.

10 novembre 1875.

46° 40' Sud, 123° 40' Ouest.

X. — Temps couvert, — vent de nord-ouest, — brume et pluie. C'est à en devenir fou ; la monotonie de ce brouillard devient intolérable, heureusement notre vitesse nous console un peu de cet ennui.

M. — Un temps stupide... ce n'est ni le jour ni la nuit, ni les ténèbres ni la lumière. Tout le monde tousse et crache; on se sent l'âme phthisique et asthmatique... Nous est-il venu une idée riante depuis plus de dix jours ? Ce n'est pas sans raison que les Grecs ont fait du soleil le père des arts et de la poésie.

X. — On sent étrangement, en effet, combien nous dépendons du milieu dans lequel nous sommes plongés ; l'âme, comme la plante, s'étiole quand elle est privée des sourires de l'astre radieux.

M. — Jamais, à coup sûr, des gens nés dans quelque île de ces parages n'inventeraient l'Olympe des Grecs. La religion est un reflet du monde extérieur sur un miroir logé dans quelque coin de notre cervelle. Notre conception du monde supra-naturel dépend de notre conception du monde sensible.

X. — Cette assertion très-juste, quant aux divers polythéismes, est-elle aussi vraie des monothéismes juif, chrétien, musulman ?

M. — Eux aussi ont subi l'influence des circonstances extérieures. Dans l'empire d'Orient, pays de rhéteurs et de sophistes, né à peine, le catholicisme n'est déjà plus qu'une longue et niaise discussion sur les sujets les plus ridicules ; là, son impuissance à réformer est manifeste ; il semble avoir précipité la décadence des mœurs, des sciences et des arts dans cette partie du monde, à laquelle l'islamisme seul put donner un court moment d'éclat. En Espagne, le doux Jésus se transforme en féroce Baal, insatiable de l'odeur de chairs d'hommes brûlées. Dans le Nord, le christianisme revêt la forme d'un mysticisme sombre, et plonge l'humanité dans le désespoir par sa perpétuelle évocation de l'enfer. En Italie, le catholicisme se fait art et poésie ; c'est la terre aimée des madones toujours prêtes à pardonner à l'amour et à la volupté ; sous des cieux bleus et tièdes, une pléiade de saints doux et complaisants entourent la mère de tout amour et de toute pitié, Olympe indulgent dont la faiblesse plonge les peuples dans l'immoralité. La vraie religion naturelle est le fétichisme ;

nul ne s'en guérit tout à fait, tous y retombent dans
la première violence d'une grande passion. Quand
nous nous emportons contre un obstacle matériel,
quand nous baisons avec ivresse l'objet touché par
des mains aimées, c'est une rechute vers le fétichisme
primordial. L'homme, d'abord, a considéré partout les
forces de la nature, *Elohim*, comme des êtres divins.
Plus tard une première abstraction, un commencement
de synthèse, lui ont montré la même force régis-
sant le même phénomène en différents lieux ; alors
il a délocalisé ses dieux : cette révolution intellectuelle constitue le polythéisme. Le monothéisme est
né du sentiment de l'harmonie de la nature, de l'idée
vague d'une unité de plan et d'une intelligente législation de toutes choses... si tel monothéisme con-
cret, comme le catholicisme, peut se répandre sur
une vaste partie du globe, il lui est plus difficile de se
conserver à travers le temps; parce que, bien qu'assez
dégagé relativement au polythéisme de toute conception particulière de la nature, il n'en est pas moins,
dans une large mesure, l'expression du système du
monde comme on le comprenait à sa fondation. Un
changement profond dans nos vues sur l'Univers
entraîne toujours une modification dans la donnée religieuse : le monde de Galilée demande un nouveau Dieu.

X. — Ce n'est point par ces latitudes qu'eût pu
naître un Galilée, du moins y fût-il resté sans emploi.

M. — En effet. L'astronomie devait s'épanouir en
Égypte, où la fécondité du sol permettait à l'homme
de se livrer à la vie contemplative, où l'incessante
pureté du firmament l'invitait à des observations sui-
vies. L'art naval se développerait plutôt dans le Sahara
que l'astronomie sans un ciel serein, sans une culture rémunératrice fixant l'homme à la terre. L'huma-

nité au berceau est entièrement dominée par le milieu dans lequel elle s'agite ; sans doute, elle renferme en elle-même une force de réaction, mais cette force est alors latente. L'homme est esclave de la nature, avant d'avoir la nature pour esclave ; sa puissance de réaction, alors simple germe, demande, comme tous les germes, une température et des conditions favorables à sa croissance. La civilisation dut pousser ses premières fleurs et mûrir ses premiers fruits dans les régions dorées par le soleil, où la terre, récompensant le travail de l'homme avec générosité, l'a délivré de la recherche absorbante de ses aliments. Plus tard, cette civilisation put s'acclimater dans des régions plus septentrionales, quand l'espèce humaine trouva, dans un judicieux emploi des forces de la nature, les moyens de lutter contre elle. Toutefois, dans l'état actuel des choses, il est des latitudes qu'elle ne peut franchir.

X. — Jamais, en tous cas, sous ce ciel n'eût pu surgir la croyance en un Dieu, Père commun de tous les hommes. La nature étant détestable, jamais l'idée d'un dieu aimant et bon n'eût pu se faire jour dans l'esprit de gens misanthropes de naissance... De droit, le diable est leur dieu.

12 novembre 1875.

47° 10' Sud, 113° 40' Ouest.

X. — Vent de N.-O. — mer plate, — brume intense.. c'est à mourir d'ennui.

M. — Une belle et noble faculté, l'ennui, l'attribut

des intelligences supérieures... Pensez-vous qu'une huître s'ennuie sur son rocher?

X. — Je n'en sais rien... mais notre condition présente me semble singulièrement analogue à la sienne.

M. — Vous n'en savez rien... Peut-être nous en rappellerions-nous en cherchant bien dans notre mémoire, car nous avons dû passer par cet organisme. Les âmes animales suivent toute la série de l'échelle des êtres, se perfectionnent et s'élèvent par degrés au rang d'âmes humaines, pour devenir plus tard des âmes célestes; c'est-à-dire qu'elles se dégagent par un progrès incessant des régions inférieures et fatales, pour s'élever vers les sphères supérieures de la liberté. Bien osé qui le nie — ou l'affirme. L'ennui est un des principaux agents du progrès, il est le père des arts et des sciences, en nous poussant à chercher la distraction dans l'étude.

X. — Je l'aurais plutôt cru le père de la métaphysique.

M. — Parce que sa fille tiendrait de lui. — Je voudrais bien savoir si les animaux font de la métaphysique?

X. — N'en croyez rien, ils ne sont pas si bêtes.

M. — Les hommes les plus sauvages en font cependant peu ou prou; nous trouvons chez les Polynésiens les plus dégradés le culte des ancêtres, ce qui suppose la foi en la persistance de l'âme après la mort.

X. — Ils en savent aussi long que nous sur cette matière.

M. — Peut-être plus. — Ils n'ont pas encore songé à nier l'esprit, à le considérer comme une propriété de la matière, comme une conséquence d'un certain arrangement de molécules. Dans leur naïveté, ils ne comprennent pas encore que la matière veuille et pense,

Quel renversement dans les idées !... Aujourd'hui le grand problème philosophique est de démontrer la réalité de l'esprit... Naguère les philosophes ne croyaient qu'à la réalité de l'esprit... l'esprit existait seul... le monde extérieur était un rêve, une hallucination de l'esprit... ça me semble moins bête que l'idée contraire.

X. — En définitive, ni spiritualistes ni matérialistes n'ont rien démontré du tout.

M. — Ils ont démontré notre impuissance et notre ignorance; mais cette démonstration ne nous suffit pas. Nous éprouvons un irrésistible besoin d'hypothèses; ces hypothèses, auxquelles nous finissons souvent par attacher une foi absolue, doivent toujours être en harmonie avec nos connaissances positives; elles ont donc parfois l'inconvénient de devenir un obstacle au développement de la science. Aussi le scepticisme est-il un élément nécessaire de la vie sociale; sans les sceptiques, l'humanité croupirait dans une éternelle enfance. Nous avons besoin de rêveurs et de poëtes qui nous présentent un autre idéal que le boire et le manger... Enfin, nous avons besoin d'hommes de foi, parce qu'eux seuls ont la puissance d'ébranler les masses. Sceptiques, rêveurs, croyants, avec des voix diverses, concourent également à la beauté du grand choral humain. Aussi, dans la mesure de leurs services, seront-ils tous récompensés après leur mort.

X. — Je les en félicite et leur souhaite, en attendant, d'être récompensés pendant leur vie... Vous êtes un spiritualiste forcené...

M. — Vous l'avez dit, forcené.... Mais à mon avis, dans cette grande querelle entre le spiritualisme et le matérialisme modernes, il y a force malentendus, beaucoup de mauvaise foi et plus encore d'hypocrisie. Le spiritualiste, à moins d'être inconséquent, a une foi absolue dans la liberté. Quelle que soit la bannière sous laquelle il se range, celui-là qui ne conçoit l'ordre que par le despotisme, et qui considère l'ignorance des masses comme la condition première du gouvernement, celui-là est matérialiste. Le spiritualisme, c'est le culte de l'esprit, de l'intelligence, de la science, c'est-à-dire le culte de la liberté. Bon gré malgré, est spiritualiste quiconque se donne pour objectif la plus grande culture intellectuelle en tout et partout et le développement indéfini de l'activité des masses. Il y a des spiritualistes athées; les partisans du *Sillabus* seront classés par la postérité parmi les pires matérialistes.

X. — Pour vous le culte est donc l'étude?

M. — Du moins elle en fait partie.

X. — Dans vos plans, quelle place occupe la morale?

M. — La morale est une science. Comme toutes les sciences, elle a besoin d'être étudiée. La conscience est l'amour instinctif du bien; la morale est la connaissance du bien; la culture de l'intelligence seule donne la notion du bien. L'homme est esprit et chair; plus il cultive son esprit, moins la chair l'opprime. La liberté, la puissance, le bonheur sont les conséquences de l'émancipation de l'esprit.

X. — A ce compte, les savants sont des saints?

M. — Les grands et vrais savants le sont presque toujours...

X. — Croyez-vous à la suffisance de l'amour du travail et de l'étude pour maintenir l'homme dans la ligne du devoir?

M. — Je crois à cette suffisance pour un nombre d'hommes très-restreint... En revanche, je regarde comme bien probable la chute de quiconque ne se livre

point à un travail intelligent... Je crois à l'efficacité de
la foi en une puissance supérieure qui nous assiste dans
notre lutte contre nos passions, quand nous l'implo-
rons avec ardeur; je crois enfin à notre faculté de pré-
parer notre âme à une existence supérieure.

14 novembre 1875.

47° 40' *Sud*, 105° 30 *Ouest*.

X. — Il ne nous manquait plus que d'avoir vent
debout dans cette satanée brume...

M. — Faire mauvaise route, n'y pas voir clair, être
pénétré jusqu'aux os par une froide humidité, se sentir dégénérer en éponge... c'est trop à la fois.

X. — Par ce temps affreux notre bétail meurt, sa
chair anémique répugne à nos estomacs; or, quand
l'estomac souffre, adieu les belles facultés de l'âme...
l'âme, si elle réside quelque part, a sûrement, quoi
qu'on dise, élu domicile dans l'estomac. Nourrissez-
moi cette soi-disant âme de bon beefteak saignant ou
de la viande blanchâtre de nos bœufs pneumoniques,
et comparez : dans le premier cas, cette âme bien sus-
tentée sera pleine de douceur et de bonté pour tous;
dans le second, votre âme diarrhéique mettra toute sa
joie à faire enrager son semblable. Mais que peut-on
objecter aux considérations du docteur Sidrac sur la
chaise percée ?... N'a-t-il pas démontré l'importance
de son rôle dans la vie privée, dans les affaires publiques et son influence prédominante sur le destin des
empires ?... Le meilleur moyen d'améliorer l'homme
est peut-être de mettre son estomac en liesse, et la
morale devient une dépendance de la cuisine.

M. — Sans doute notre dépendance des circonstances
extérieures est extrême, mais nous avons en nous-
mêmes une puissance de réaction incontestable bien
que limitée. Tout semble indiquer que nous faisons
ici-bas l'éducation de notre volonté. D'une part, nous
sommes assez libres pour avoir conscience de notre
liberté ; de l'autre, le milieu dans lequel nous vivons
pèse assez sur nous pour régler le cours général de
notre destinée : le progrès vers la perfection, le développement indéfini de nos facultés, c'est-à-dire la Liberté dans toute sa plénitude... but définitif que nous
poursuivons à travers une série d'existences successives. Notre Moine peut, sans aucun doute, entrer en
relation avec le non-Moi que par l'intermédiaire du
cerveau ; mais ce Moi est-il sans action sur le cerveau ?
Par notre Volonté, nous nous livrons à tel ou tel exercice, celui du trapèze, par exemple, la conséquence
est le développement des muscles du bras ; ainsi notre
Volonté peut modifier tel ou tel muscle. Est-il admissible
que cette Volonté ne puisse développer tel ou tel or-
gane du cerveau correspondant à telle ou telle faculté
intellectuelle ou morale ? On n'arrachera jamais du
cœur de l'homme la conviction qu'il est maître en
partie de sa destinée. L'influence du milieu social est
énorme ; pour améliorer l'homme individuel, il faut
améliorer le milieu social... Mais qui améliore le milieu social ? L'individu. Entre l'amélioration indivi-
duelle et l'amélioration sociale, il y a donc une action
et une réaction constantes, d'où nous tirons ces conséquences : Solidarité morale de tous les hommes, nécessité de répandre à flots l'instruction. Le mécanisme
social est difficile à expliquer, parce qu'il présente cette
contradiction apparente : la Solidarité d'individus libres. Nous naissons aussi avec des dispositions innées ;

il en est de nous comme de graines semées dans le
même terrain, elles ne donnent pas toutes des fleurs
également belles. La plante dépendra à la fois de la
qualité de son embryon et des circonstances dans lesquelles est placé son germe. Innéité, Influence du milieu, Liberté, sont trois faits constants, malgré l'impuissance de la philosophie à nous faire comprendre
leur existence simultanée. Toutefois, faisons cette remarque importante: dans l'échelle des êtres, l'individu
nous semble d'autant plus susceptible d'éducation que
nous imaginons en lui plus de Volonté ou de Liberté.
La contradiction entre la Liberté et l'influence du milieu n'est donc pas absolue. Il y a là de l'antinomie
proudhonienne: Liberté — thèse, influence du milieu
— antithèse, éducation — synthèse. Plus tard peut-
être une philosophie plus avancée saura-t-elle nous
dévoiler l'harmonie de ces trois principes : Liberté,
Solidarité, Education.

X. — Tout cela est du pur pathos métaphysique et
rien de plus : le libre arbitre est une hypothèse dé-
mentie par les faits les plus évidents. Qu'est-ce qu'un
libre arbitre qui dépend de la nourriture, du temps,
de la naissance, du lait de la nourrice..., de tout enfin ? L'esprit est une chimère, le libre arbitre un
mensonge, et l'union de ce soi-disant esprit avec la
matière une impossibilité.

M. — Les sociétés humaines ont le pouvoir de refaire le milieu dans lequel elles vivent — en se con-
formant aux lois de la nature et en utilisant ses forces
— elles ont la faculté de se transformer elles-mêmes ;
de même l'individu peut modifier son organisme soit
en le détériorant par l'abus, soit en l'améliorant par
l'exercice. Je crois que de même l'homme peut modifier son âme et la rendre propre à devenir l'agent ac

tif d'un nouvel organisme plus ou moins perfectionné. En tout cas, la propriété de modifier ses conditions d'existence est exclusive à l'homme ; elle établit, **on a beau dire**, une ligne de démarcation bien nette entre ce mammifère et les autres animaux. Il dépend du milieu ambiant, naturel et social, c'est la condition de la solidarité humaine ; il peut réagir contre ce milieu ambiant, naturel et social, c'est la **preuve de** sa liberté.

16 novembre 1875.

49° 20' Sud, 101° 00' Ouest.

X. — Toujours la même petite pluie fine mêlée d'un brouillard continu dans lequel passent d'épais bancs de brume, la mer est toujours belle et le calme se fait.

M. — Peut-être ce calme est-il le signe d'un changement de temps ?... d'autant plus qu'en allumant les feux nous ne tarderons pas à en sortir.

X. — Nous allumons les feux surtout pour des raisons d'hygiène... En ces parages, les calmes ne sont jamais longs ; mais nous espérons sécher un peu notre malheureux navire par la chaleur de la machine.

M. — J'avoue mon vif désir d'un changement de temps ; cette humidité relâche les tissus, on est décomposé par cette perpétuelle macération ; l'inhalation de cet air saturé fatigue à la longue, et cette vie sans ciel et sans horizon devient tout à fait lugubre.

X. — Sentez-vous combien pèse sur l'homme le milieu qui l'entoure ?

M. — Assez pour ne plus avoir le courage de discuter.

18 novembre 1875.

51° 20 Sud, 96° 00' Ouest.

Calme, — petite brise jouant à l'est et tournant au sud, — le brouillard se dissipe, le firmament se montre dans toute sa pureté, mais d'un bleu très-pâle. Le soleil a l'air anémique, et, comme dit H. Heine, semble porter un gilet de flanelle. En plein mois de mai de cet hémisphère, nous ne voyons pas le thermomètre monter au-dessus de 7°. Le crépuscule se prolonge, il m'a fallu de grands efforts de vue pour retrouver les nuées de Magellan.

M. — Voyez-vous, l'abbé, comme elles sont belles, mes nuées?... Je dis miennes, parce que je les aime et les choisis pour domicile après mon départ de notre planète. Là j'espère ne trouver ni théologiens ni philosophes... J'espère ne plus entendre de pédants me démontrer par des syllogismes que l'Univers n'est ni infini ni éternel. Moi, je ne puis comprendre un point de l'espace où ne s'exerce point la Puissance Infinie, un instant où l'Eternelle Activité sommeille... L'expérience semble me donner raison, car tout progrès dans le télescope ou la lunette recule les limites de l'Univers et par suite son antiquité... Les nébuleuses sont-elles irréductibles? — Nous assistons à la formation d'étoiles nouvelles. Sont-elles résolubles? — Nous embrassons dans un tout petit cadre, un groupe d'étoiles analogue à la nébuleuse dont nous faisons par-

tie, humble îlot de l'archipel innombrable semé dans
l'océan de l'espace. Herschell a déterminé, par ses jau-
ges immortelles, la position occupée par le soleil dans
notre nébuleuse, nébuleuse de forme discoïde, très-
mince par rapport à son diamètre. La position du
globe solaire est centrale: aussi, quand nous jetons les
regards vers les pôles de la nébuleuse, les astres semblent dispersés dans le ciel. Quand, au contraire, nous
portons les regards vers les bords, nos rayons visuels
rencontrent un nombre si prodigieux d'étoiles qu'ils
ne peuvent se faire jour au travers, c'est-à-dire percer cette bande lumineuse continue, appelée par les
Iroquois le chemin des âmes,— car la croyance en une
vie postérieure dans l'espace éthéré est un instinct
inné, un élément de notre conscience,— nommée par
les Chinois fleuve céleste, et dont Démocrite, par une
divination du génie, avait déterminé la vraie nature,..
Auprès de ce tableau de l'Univers, ne vous semblent-
ils pas mesquins, vos livres sacrés, quand ils font pleu-
voir les étoiles sur la terre, c'est-à-dire des montagnes sur un grain de sable?

A. — Le jugement dernier vous semble une conception ridicule?

M. — Non. J'en comprends, comme vous, la portée
morale et la sombre poésie. Mais cette destruction de
toutes choses est en contradiction avec une de mes
idées les plus enracinées, l'éternité de l'Univers.

A. — Vous croyez notre monde éternel?

M. — J'ai dit l'Univers... Car dans cet infini que
l'astronomie nous dévoile, l'extinction de notre soleil
et la mort d'un moucheron sont des phénomènes de
même importance.

A. — Comme vous faites bon marché de l'homme!...

M. — Je fais de notre petit atome planétaire et de

ses fourmis infinitésimales le cas qu'ils méritent....
mais ces infiniment petits ont en eux un esprit, et,
par ce fait seul, je ne les crois pas indignes de l'a-
mour de l'Éternel Gouverneur des nébuleuses. Pour
moi, ce monde infini suppose une intelligence infinie
à laquelle rien n'est indifférent. Je crois à la vérité de
cette parole : « Quant à vous, les cheveux mêmes de
votre tête sont comptés. »... Mais écoutons Lambert,
le géomètre de Mulhouse : « Le système des étoiles
n'est point sphérique ; ces astres, au contraire, sont
répartis à peu près uniformément entre deux plans
prodigieusement étendus en tous sens et comparativement très-rapprochés l'un de l'autre ; notre soleil
occupe une région peu éloignée du centre de l'immense couche d'étoiles. » Képler avait pressenti cette
forme de notre nébuleuse, Kant l'a décrite d'intuition,
Herschell en a démontré la réalité. L'illustre astronome de Slough réduisit à 15 minutes le champ d'un de
ses télescopes et le dirigea successivement vers tous les
points du ciel : aux pôles de la voie lactée, il voyait
dans ce champ une ou deux étoiles ; en allant du pôle
à la bande lumineuse, le nombre des astres allait toujours croissant, il n'était pas moins de 600 aux abords
de la voie lactée. De ces sondes, il déduisit la forme
générale du disque et le minimum admissible de
son diamètre ; la lumière ne peut mettre moins de
3,000 ans à le parcourir. Telle est l'esquisse de la nébuleuse résoluble dont nous faisons partie.... Or le
seul grand nuage de Magellan contient 50 nébuleuses réductibles et 300 irréductibles... La question
de la résolution des nébuleuses est une des plus inté-
ressantes de la philosophie astronomique : si le grand
télescope de Lord Rosse tend à faire supposer une
dispersion toujours possible, la spectroscopie fait

pencher dans certains cas pour l'irréductibilité, et semble avoir démontré l'existence de masses gazeuses incandescentes flottant dans les espaces célestes. Cette démonstration de la spectroscopie donne à la Cosmogonie de Laplace une nouvelle probabilité.... L'une et l'autre hypothèse s'accordent également à témoigner la grandeur de l'Eternel et à plonger l'âme dans de religieuses méditations... Vous me regardez avec ébahissement ; croyez-vous qu'on ne puisse trouver dans les nuages magellaniques une plus haute manifestation de la puissance souveraine que dans l'apparition de Lourdes?

20 novembre 1875.

54° Sud, 87° 40' Ouest.

M. — C'est écrit sur le grand rouleau, excellent abbé, vous n'aurez pas de tranquillité tant que nous aurons en vue les nuées de Magellan... D'après les conclusions de cette science impie que vous avez voulu frapper en Galilée, avec un si juste pressentiment d'ailleurs de la révolution inaugurée par ce grand philosophe....

A. — Un de vos éternels mensonges!... pardonnez-moi, si je vous coupe la parole, mais je suis outré d'entendre répéter sans cesse cette indigne calomnie!... le cachot de Galilée — premier mensonge, sa mort en captivité — deuxième mensonge, sa condamnation pour ses théories astronomiques — troisième mensonge. Galilée a été condamné pour s'être permis d'interpréter la Bible, et pour l'avoir mal interprétée. Son cachot fut la splendide villa d'un cardinal de ses amis.

15

M. — Je ne m'y oppose pas, — mais si nous vous avons prêté le cachot de Galilée, vous nous avez largement rendu la prison de Pie IX.

A. — Vous présentez le cachot de Galilée comme un cachot réel; nous faisons une figure de rhétorique très-permise, quand nous parlons des chaînes spirituelles du Saint-Père.

M. — Est-ce aussi contre de l'argent spirituel que vous vendiez naguère, en Belgique, la paille fort spirituelle, sur laquelle gémit l'Infaillible du Vatican.

A. — Je ne répondrai pas à cette mauvaise plaisanterie... Vous m'avouerez, si vous connaissez les faits, que Galilée a été condamné pour ses interprétations des textes sacrés !

M. — C'est juste. Le Saint-Office, ému de voir un laïque interpréter les livres saints, l'a condamné pour ce chef.

A. — Vous, au moins, vous êtes de bonne foi : Galilée, vous l'avouez, a été condamné pour ses explications erronées de l'Écriture, — expliquer l'Écriture est exclusivement notre droit — et non pour son système du monde.

M. — Pardon ! Pardon !... il a été condamné pour l'un ou l'autre motif... je connais cette façon d'expliquer cette affaire, dont vous n'êtes pas très-fiers. Quand on vous dit: Galilée a été condamné pour avoir défini le vrai rôle du soleil, centre et pivot du monde planétaire, vous répondez imperturbablement : Galilée a été condamné pour des erreurs religieuses, pour l'exposition d'idées hasardées sur la Bible.

A. — Et nous sommes dans le vrai.

M. — Malheureusement, nous avons le texte de l'abjuration de Galilée, signée de sa main le **22** juin 1633 et prononcée au couvent de Minerve devant « les éminentissimes et révérendissimes cardinaux de la République Chrétienne, inquisiteurs généraux institués contre la malice hérétique ». Il faut croire que, de ce temps-là, le mot de République ne vous écorchait pas le gosier. Or si, dans son abjuration, Galilée se reconnaît coupable d'avoir abusé des textes divins, il continue par ces deux fragments de phrase, qui ne laissent rien à désirer en clarté, j'imagine : « Mais parce que ce Saint-Office m'avait juridiquement enjoint d'abandonner entièrement la fausse opinion qui tient que le soleil est au centre du monde et qu'il est immobile ; que la Terre n'est pas le centre et qu'elle se meut, » plus loin : « C'est pourquoi j'ai été véhémentement soupçonné d'hérésie pour avoir cru et tenu que la Terre n'était pas le centre du monde et qu'elle se mouvait ». Les ouvrages de Copernic n'ont-ils pas été censurés?... Le moine Foscarini n'a-t-il pas été censuré pour avoir pris la défense du système copernicien?... Du reste, ne vous désolez pas, vous avez pour excuse l'exemple donné par les païens et les mahométans. Aristarque de Samos et Cléanthe ont été accusés d'impiété pour avoir affirmé le mouvement de la Terre. Sous Al-Mamoun et Haroun-al-Raschid, tout l'amour de ces princes pour la science suffit à peine à protéger les astronomes et les physiciens contre la furie des docteurs de la loi musulmane. Prêtres païens et muphtis comprirent, comme le Saint-Office, combien la science serait un jour fatale à la religion dont ils vivent. Omar, un précurseur de la géologie moderne, se vit obligé de rétracter ses opinions sur la formation des montagnes comme contraire au Coran. En 1751,

la Sorbonne exigeait de Buffon une rétractation analogue, Buffon dut affirmer sa croyance en tout ce
que dit Moïse, et abandonner l'opinion « que les
montagnes et les vallées sont dues à des causes secondes qui détruisent les continents actuels et en
élèvent de nouveaux », c'est-à-dire la conclusion la
plus certaine de la géologie.

22 novembre 1875.

55° 20' Sud, 78° 10' Ouest.

Temps superbe. — Nous marchons à la machine,
un peu de brise nous permet d'économiser notre
charbon, nous voulons profiter du temps clair pour
reconnaître Diégo-Ramirez.

X. — Regardez le long du bord, voici des camarades qui nous annoncent les approches du Cap...

M. — Ces marsouins blancs zébrés de larges plaques
noires sont, en effet, très-remarquables. Comme ils
jouent autour de nous!... A les voir filer le long du
navire, courir en zig-zag, bondir et s'ébattre, on a
peine à s'imaginer que nous ne sommes pas immobiles. Nous avons une assez jolie vitesse cependant; ils
n'ont pas l'air de s'en soucier, et nous considèrent
comme un corps mort.

X. — Voyez-vous cette bonne mère porter tendre-
ment son petit sous son aileron?... Elle n'en suit pas
moins le reste du troupeau.

M. — Ces marsouins sont de joyeux animaux; la
vie n'est pour eux qu'une perpétuelle sauterie. Sans
doute leurs courses effrénées ont le plus souvent un
but pratique, la recherche de la proie; mais on n'en

voit guère passer à côté d'un navire sans joûter avec
lui, s'il a de la vitesse. Ils le suivent gaîment, folà-
trent tout autour, et par défi croisent dédaigneusement sa route en rasant l'étrave, pour faire montre de
leur adresse et de leur agilité.

X. — Leur bonheur est de bondir par-dessus l'épe-
ron d'un navire cuirassé... Mais voici un changement
de couleur d'eau bien marqué ; la mer a pris une
teinte noire très-sensible.

M. — La même teinte noire que nous avons remar-
quée dans les parages équatoriaux où la carte signalait
de fréquents tremblements de terre... Ici près, nous
trouvons la Terre-de-Feu qui doit son nom à ses nombreux volcans. Ce rapprochement me confirme dans
la pensée qu'une couleur si foncée de l'eau salée doit
provenir de sa combinaison avec les gaz volcaniques
et les diverses éjections sous-marines. La mer doit ce
changement de teinte à une action chimique toute lo-
cale.

X. — Ce nom de Terre-de-Feu semble donné par
ironie à des lieux où il neige en plein été. Sous ce
ciel glacial, sous cette écorce gelée, les forces ignivo-
mes se sont livrées à toutes leurs fureurs... la carte
ne montre que détroits, fjords, îlots découpés, déchi-
quetés en tous sens, montagnes bouleversées, archi-
pels enchevêtrés, canaux anastomosés... C'est un dé-
dale dont on ne peut saisir le fil, et cet inextricable
fouillis montre une complication non moins fantaisiste
dans l'arrangement de ses altitudes et de ses projec-
tions horizontales.

M. — Là vit le spécimen le plus abject de l'espèce
humaine, sans faire tort aux habitants de Van-Diémen
ni aux Boschimans de l'Afrique australe. Aucune bête
ne l'égale en saleté ni en infection, tout son instinct se

borne à la fabrication de quelques engins de pêche.
Incapables de construire une hutte, les habitants de
la Terre-de-Feu s'abritent derrière des branches d'arbres ou des herbes jetées au vent sur des pieux. A
vrai dire, ils n'ont point de vêtement, car ils se contentent de s'envelopper dans une peau de veau marin,
sans l'ajuster au corps comme les Esquimaux. Ils se
chauffent toute l'année sans avoir l'idée de cuire leurs
aliments, dévorant le poisson tout cru.

X. — Voilà le tableau d'une existence bien gaie...
mieux vaut être marsouin, vous m'avouerez.

M. — Il me semble difficile d'admettre ici l'existence d'une race aborigène. Les habitants sont issus,
sans doute, de races vaincues chassées de climats plus
doux, et réduites à chercher un refuge à ces limites
où la vie de l'homme est à peine compatible avec
l'âpreté de la nature. Il serait tout à fait absurde de
considérer cette sauvagerie comme l'enfance de l'humanité, elle en est la dégradation. C'est l'avortement
de l'être humain jeté dans un milieu où tout développement de ses facultés est impossible.

23 novembre 1875.

56° 30' *Sud*, 72° 10' *Est.*

X. — Pas un nuage, le ciel est pur et cependant les
étoiles des premiers ordres se détachent seules sur le
firmament illuminé des clartés du crépuscule.

M. — Et de l'aurore... Clartés dues aux réflexions
des rayons solaires sur les molécules élevées de l'atmosphère. Au moment où le soleil disparaît, il éclaire
encore toute la calotte atmosphérique dont l'axe est

la verticale du lieu ; à mesure qu'il descend au-dessous de l'horizon, il en éclaire une portion de plus en plus faible, vient enfin le moment où ses rayons tangents à la terre cessent de pénétrer dans la partie d'atmosphère visible... Il y a alors nuit close. Les astronomes modernes ont été conduits à fixer pour le moment de la nuit close, l'instant où le soleil s'est abaissé de 18° au-dessous de l'horizon. Leurs travaux ont confirmé ceux d'Aboul-Hassen. — Nous oublions trop ce que la science doit aux Arabes. — Or, par la latitude où nous sommes, à cette époque de l'année, le soleil ne descend pas à 18° au-dessous de l'horizon, par suite, les régions supérieures ne cessent de recevoir la lumière de l'astre radieux... la partie d'atmosphère directement illuminée éclaire à son tour le reste.

X. — La navigation devient couleur de rose dans de pareilles conditions ; à peine avons-nous trois heures d'une nuit claire, parfois presque dissipée par une aurore australe.

M. — Si l'atmosphère joue un rôle considérable dans la distribution des températures, elle n'a pas moins d'importance pour la distribution de la lumière, sans elle, le ciel serait sans éclat et sans couleur. Nous aurions sur la tête une horrible voûte noire sur laquelle brilleraient jour et nuit les étoiles, — car c'est le voile lumineux de l'atmosphère éclairée par le soleil qui les dérobe à nos regards — et quel jour !... plus de douce lumière ni d'ombres estompées... Rien n'étant plus éclairé par la lumière diffuse, la nature n'offrirait à nos regards que des objets d'un noir de suie ou d'un insupportable éclat.

X. — Quel beau temps !... Nous sommes favorisés pour reconnaître la terre. La mer est comme un lac, la brise suit à peine le navire poussé par la machine.

Au jour, je contemple cette étrange eau noire qui rappelle le lac Asphaltite ; elle semble difficilement s'élever en écume à la proue. Peut-être le changement de sa constitution chimique a-t-il altéré sa fluidité ?

Le nombre des oiseaux augmente, surtout des malamoques, ces goëlands gigantesques aux ailes grises, au corps de neige.

A une heure, la vigie crie : Terre !...

Une roche apparaît à l'horizon.

La terre reconnue, on laisse tomber les feux ; bientôt une seconde roche se montre, enfin les deux massifs de Diego-Ramirez paraissent bien distincts.

Les îlots de Ramirez s'élèvent très-accores, d'une mer profonde, cependant il s'y trouve un mouillage fréquenté quelquefois par les baleiniers. Les dentelures, ravins, pentes escarpées, de ces roches nues accusent le travail des forces souterraines.

Nous passons entre Ramirez et la Terre-de-Feu.

La brise mollit, puis tombe presque entièrement, comme pour nous laisser jouir du spectacle ; à peine ride-t-elle la surface des eaux cachées par des multitudes entassées d'impertinents malamoques, qui daignent à peine se déranger devant nous. Quelques albatros nous accompagnent ; c'est pitié, quand ils sont posés, de voir ces grands aigles marins tenter de s'élever pour prendre leur vol... Sont-ils maladroits et ridicules dans leurs mouvements dégingandés, battant la mer de leurs pattes et de leurs ailes... on dirait un vieux truc détraqué d'un théâtre de féerie. Des cormorans noirs fendent l'air ou promènent, en nageant avec indolence, leur cou et leur tête de serpent ; des milliers de plongeons s'ébattent autour de nous, tantôt ils courent sur la mer en la frappant de leurs ailes comme les roues d'un bateau à vapeur, tantôt ils plongent, et ces mêmes ailes devenues de puissantes nageoires leur communiquent une prodigieuse vitesse.

Quand le soleil a disparu, la gent plumée s'élève avec des cris et tourbillonne en nuées autour des îles avant de se poser sur les rochers... les plongeons se dirigent aussi de ce côté, trottinant sur l'eau et jouant à qui mieux mieux de leurs pagayes.

24 novembre 1875.

55° 40' Sud, 68° 24' Ouest.

On marche doucement à la vapeur, la brise est tout à fait tombée.

Vers une heure et demie du matin, les premières lueurs de l'aube se manifestent dans la claire nuit où n'a cessé de pénétrer quelque rayon d'un soleil caché non loin de l'horizon.

A deux heures, sur le pâle azur se détache à peine en gris bleuâtre une pyramide colossale ; le profil du sommet est très-net, la base flotte encore incertaine dans le vague de l'air.

C'est le cap Horn.

A mesure que le jour se fait, le fond du ciel s'éclaire davantage et la haute montagne prend une teinte de plus en plus foncée...Le soleil n'a pas encore paru, et déjà elle se couronne des roses du matin pour nous saluer au passage.

Tout l'équipage contemple dans le recueillement ce spectacle magique, quand une personne plus impressionnable rompt le silence par ces mots :

— Ce grand continent d'Amérique finit d'une manière digne de lui.

15.

Bientôt, sur des plans divers, se dessinent quantité de monts de toutes formes et de toutes hauteurs ; nombre d'entre eux portent fièrement leur diadème de neige.

Le cône gigantesque de Horn domine toutes les terres voisines ; une large fissure conserve les neiges de l'hiver et couvre son sein d'une écharpe d'hermine ; la mer, lasse de ses inutiles fureurs, baise les pieds du géant.

On se plaît à croire cette masse imposante du plus dur granit. A sa vue on est saisi par la pensée du Fort, de l'Éternel ; on comprend le culte primitif de l'homme pour les montagnes, son abaissement devant la main qui les a pétries...

Nous côtoyons la Terre-de-Feu, sondant du regard les fjords, les canaux, notamment celui qui sépare la petite île de Horn de l'inextricable archipel. Nous rasons les roches surplombantes de Déceit-Rock, toutes blanches de déjections d'oiseaux. D'audacieuses aiguilles s'élancent de la mer comme des flèches de clocher ; c'est le règne de la nature minérale avec ses bizarres caprices et ses défis à l'impossible.

On échange des saluts et des signaux de souhaits de bon voyage avec des navires encalminés de nations diverses.

La pyramide de Horn plonge lentement sa puissante base au-dessous de l'horizon, prend une teinte vaporeuse... A midi, toutes les terres du voisinage ont disparu, son triangle grisâtre se détache encore sur le ciel.

Bientôt au milieu de ce chaos de rochers, d'îles, de montagnes, comme pour indiquer par un monument l'entrée du détroit de Lemaire, se dresse le mont Bell (en anglais, cloche). Le fondeur est un fier géant ; à pareille cloche, il faut pour dôme la voûte du firmament.

Au coucher du soleil une brume épaisse et blanche se répand sur les terres bientôt enveloppées dans sa masse cotonneuse... Seule la coupole du mont Bell domine encore dans le ciel toute cette populace de montagnes disparues dans le brouillard ; ainsi grands et petits se perdent dans la foule, quand tous courbent leur front dans la poussière aux pieds du trône d'un roi d'Orient.

Une froide humidité nous pénètre; vers onze heures une brume très-dense nous envahit et couvre la mer.

25 novembre 1875.

55° Sud, 65° 05' Ouest.

M. — Quelle effroyable brume, nous en avons rarement rencontré de plus intense.

X. — C'est doublement dommage... D'abord, on éprouve toujours quelque inquiétude quand on manque de vue dans des parages où beaucoup de navires courent à contre-bord, et ils sont nombreux ceux qui passent de l'Atlantique dans le Pacifique. Puis nous serons privés de la contemplation de la Terre des États que nous devions côtoyer de très-près ; nous ne verrons ni ses orgueilleuses montagnes, ni ses pittoresques criques peuplées de veaux marins.

M. — Je ne connais rien de sinistre comme les sifflements aigus du sifflet à vapeur ou le beuglement du cornet à bouquin dans la brume... Et vent debout par dessus le marché, c'est du guignon de rencontrer ici des vents de N.-E.

X. — Les vents de N.-O. seront ici très-clairs, à l'inverse des vents de N.-O. du Grand Océan que nous venons de traverser ; ils se dépouillent de toute humidité sur les cimes neigeuses de la Patagonie. Au contraire, les vents de N.-E. sont naturellement chargés de vapeurs.

M. — Nous mettons à la voile ?

X. — La brise augmente, nous ne pouvons perdre notre charbon à lutter contre ce vent déjà frais. Le mieux est de louvoyer en attendant son évolution.

Dans l'après-midi, la brume devient plus transparente, puis se dissipe en partie.

Vers quatre heures, le temps s'est assez éclairci pour nous permettre d'apercevoir la Terre des États, sous le vent, dans le vague du brouillard qu'elle retient. La brise fraîchit toujours ; on pousse les feux pour doubler le cap Saint-Jean qu'on soupçonne dans cet amas de vapeurs, plutôt qu'on ne le voit.

A six heures, le navire entre dans un clapotis très-vif, né de la lutte des rapides courants, de directions diverses, de la pointe des États ; les relèvements, la hauteur des falaises, la blancheur de l'écume jaillissant sur les rochers, la netteté avec laquelle on aperçoit les menus détails de l'extrémité du cap Saint-Jean, tout s'accorde à prouver la proximité de la côte, et cependant la majeure partie de la terre, celle qui n'est point immédiatement à notre portée, semble perdue dans le lointain. A peine avons-nous doublé le cap, dont nous passons à moins d'un mille, et déjà tout s'enfonce dans les profondeurs du brouillard. L'évanouissement presque subit de ces terres colossales, dans leur enveloppe de nuages, est un spectacle solennel du fantastique le plus saisissant.

Nous laissons tomber les feux, et nous poursuivons

notre route, à la voile, entre les Malouines et la Patagonie.

26 novembre 1875.

52° 50' Sud, 67° 40' Ouest.

M. — Ce vent de N.-E., avec sa brume et sa pluie, est tout juste aussi aimable que son collègue le N.-O. du Grand Océan; il nous conduit tout droit à l'entrée du détroit de Magellan, où nous n'avons que faire.

X. — Il n'y a pas de mal qui ne serve à bien, dit un vieux proverbe toujours consolant, s'il n'est pas toujours juste... Cette brise contraire nous fait perdre du temps; mais en nous obligeant de passer entre les Malouines et la Patagonie, elle nous éloigne des parages des glaces, magnifiques décors dont le spectacle cesse d'être plaisant quand la brume laisse tomber le rideau. Or, c'est précisément à l'est des Malouines que les glaces détachées des banquises remontent le plus au nord. On en a vu errer presque par la latitude de Buenos-Ayres... Ce n'est pas un des faits les moins curieux de la géographie physique que ce canal toujours ouvert entre le cap Horn et les Shettland; dans ce passage périlleux du cap, on est heureux d'être débarrassé de la préoccupation des icefields.

M. — Combien nos relations avec l'Amérique occidentale auraient été modifiées si des banquises obstruaient ce canal. Quelle influence n'auraient pas ces quelques îlots glacés sur la civilisation du Chili et du

Pérou... Cette république chilienne, aujourd'hui prospère, serait en pleine sauvagerie. C'est tantôt un vent,
tantôt un courant, d'autres fois la présence d'un animal qui décident de la forme sociale chez un peuple·
Ainsi, l'introduction du cheval en Amérique a fait des
Indiens Gauchos des pasteurs, et des Patagons des
nomades errant dans un pays dénué d'arbres, où
des terres stériles alternent avec de gras pâturages,
de la Plata au détroit de Magellan.

X. — De beaux gaillards, ces Patagons, si l'on en
croit les voyageurs, et qui doivent peser sur une monture.

M. — Oui, ils leur attribuent une taille moyenne
de six pieds trois pouces. « La taille de cet insulaire,
disent les compagnons de Magellan — pour eux tout
sauvage était un insulaire — était tellement élevée que
nos têtes atteignaient à peine sa ceinture ; son visage
était peint en rouge et le tour de ses yeux en jaune,
ses cheveux étaient chargés de poudre blanche ; il
était vêtu de fourrures. Il portait un arc massif avec
une corde en boyau, des flèches de roseau garnies de
plume et armées d'une pierre à fusil. » Magellan
enleva le colosse ; ce géant avait l'âme sensible,
il ne put se faire à sa nouvelle vie et s'éteignit
frappé du mal du pays... Quand approcha sa dernière heure, ce prodigieux sauvage approcha une
croix de ses lèvres tremblantes, et témoigna le désir
d'être baptisé.

X. — Vous aurez beau dire, certaines races n'ont
pas le pouvoir de s'élever d'elles-mêmes à la civilisation, et l'espèce cuivrée est dans ce cas.

M. — Toute race renfermée, sans communications
avec le dehors, est condamnée à l'inertie. Les peuples

s'élèvent par un échange continuel d'idées... Combien ne s'étendrait pas aussitôt l'horizon de nos pensées, si nous pouvions les échanger avec celles des habitants des autres planètes?... Nous accablons trop aisément de nos dédains des races placées dans des conditions défavorables de développement; l'absence d'animaux susceptibles d'être domestiqués suffit pour arrêter tout progrès; c'était le cas de l'Amérique. Nous oublions aussi trop aisément que nous autres chrétiens, nous avons éteint deux civilisations très-avancées, et dans ce temps, très-comparables à la nôtre: celles du Mexique et du Pérou. La culture est le premier progrès et le principe de tous les progrès ultérieurs, elle assure l'existence matérielle; la chasse et la pêche fournissent des moyens d'existence trop aléatoires et d'un renouvellement quotidien nécessaire. Il faut chasser ou pêcher tous les jours; l'agriculteur a des réserves, des époques de loisir, il peut réfléchir et varier ses travaux. Au Mexique et au Pérou les Espagnols trouvèrent une culture avancée, la propriété territoriale établie, un gouvernement centralisé, un clergé constitué, un culte régulier. Les Mexicains s'occupaient de sciences, un jardin botanique formait à Mexico une dépendance du palais royal; d'après les manuscrits aztèques, les observations des indigènes sur la lumière zodiacale seraient de beaucoup antérieures aux nôtres.

X. — Une jolie civilisation!... Les abominables dieux mexicains étaient par trop friands de victimes humaines. Sur de hauts monuments que l'on voit encore, les prêtres ouvraient des poitrines d'hommes vivants, en extrayaient le cœur et l'élevaient vers le ciel pour l'offrir aux dieux; puis ils lançaient à terre les cadavres dont l'aristocratie se repaissait... là les

nobles vivaient littéralement de la substance de leurs
serfs.

M. — Le culte mexicain offre, en effet, plus d'une
ressemblance avec celui de Tyr et de Carthage... Mais
fût-il en réalité bien plus horrible que la religion espagnole?... Les exploits de Valverde aux Indes, et de
l'inquisition partout, établissent que le clergé d'Espagne ne le cédait en rien au clergé aztèque. Nous avons
la correspondance de Dubois avec l'ambassadeur de
France, et l'on y lit avec plaisir l'horreur inspirée
chez nous par les sacrifices humains d'au delà des
Pyrénées. Nous connaissons très-superficiellement les
mœurs de ces peuples d'Amérique aussitôt détruits
que découverts... Supposez l'Espagne — même à l'é-
poque de Voltaire — envahie, saccagée, anéantie par
une invasion de barbares ignorant sa langue et ses
mœurs, jugeant suivant les seules apparences... on li-
rait plus tard dans les annales de la conquête : « Toutes
les semaines — je ne dis pas toutes les semaines au
hasard — ce peuple offrait à ses dieux des victimes
humaines ; le roi, la reine, les nobles dames, la cour
et l'armée assistaient à ces sacrifices ; un bûcher élevé
sur la place publique attendait les victimes conduites
en grand appareil par tout le clergé.» Avec la meilleure
foi du monde, sans y mettre l'ombre de malice, l'his-
torien conclurait qu'on professait à Madrid, à la fin du
dix-huitième siècle, la religion de Moloch... Nous admettons, sur des données très-vagues, des opinions
peut-être aussi fausses sur les peuples des temps passés.
Un culte barbare n'est pas toujours incompatible avec
une civilisation avancée. Cela se conçoit ; quand une
religion est immuable de sa nature — et le protestan-
tisme fait seul exception — elle cesse nécessairement
un jour d'être en harmonie avec une société en pro-

grès ; cependant elle se perpétue dans un milieu qui
n'est plus fait pour elle. Je n'ai nullement l'intention
de vanter l'aménité de l'aristocratique et féodale société mexicaine, fort analogue à la société contempo-
raine en Europe. L'aristocratie aztèque possédait la
terre et les serfs aux mêmes conditions que chez nous ;
nos serfs n'étaient point mangés par leurs seigneurs,
c'est vrai... mais ils étaient plus aisément pendus. Les
serfs mexicains étaient, sans l'ombre d'un doute, beaucoup plus heureux que les serfs français sous le règne
admiré de Louis XIV. Notre civilisation, à l'époque de
la conquête, était-elle supérieure à celle du Pérou ?
Comparez la conduite des Péruviens et des Espagnols
pendant la guerre, et dites si la supériorité morale fût
du côté des chrétiens. Nous sommes toujours prêts à
dédaigner les autres: pour les dévots, la civilisation
c'est la foi en Notre-Dame de Lourdes ; pour les pédants,
la civilisation c'est de traduire du latin. N'en déplaise au
Clergé et à l'Université, ce point de vue est quelque peu
étroit. « Les Incas, dit Robertson, faisaient des conquêtes
pour civiliser les vaincus, les unir à eux, leur faire
part de leurs connaissances, de leurs arts et de leurs
institutions... Les Incas prenaient sous leur protection
les vaincus et les admettaient à jouir des avantages as-
surés à leurs autres sujets. » La justice, d'après les té-
moignages qui nous restent, s'administrait avec plus
de garanties qu'en Europe dans le même temps ; le
système des postes, encore inconnu de la plupart des
États européens, reliait les diverses parties de l'empire ;
des nobles, il est vrai, remplissaient toutes les fonctions
publiques, mais la masse de la population jouissait de
très-grandes libertés. Le Fils du Soleil — toujours le
droit divin — gouvernait le pays, et, pour conserver
la pureté de sa race, épousait sa sœur. Comme le Fils

du Ciel, dans l'Empire du Milieu, doit tracer lui-même
un sillon tous les ans, le Fils du Soleil cultivait un
champ de ses propres mains. Une partie des terres
était attribuée au service du culte, un second lot rétri-
buait les fonctionnaires, la majeure partie du sol ap-
partenait aux communes. Le peuple péruvien jouissait
d'un régime incomparablement plus doux que celui
des peuples contemporains de l'orgueilleuse Europe.
Si ses monuments n'avaient pas le faste des nôtres, ils
les égalaient en grandeur et les surpassaient en utilité.
L'aménagement des eaux pour l'agriculture, problème
auquel nul ne songeait dans notre vieux monde, problème tout moderne dans notre France éclairée, avait
été résolu par les ingénieurs des Incas ; la distribution
se faisait par de merveilleux aqueducs détruits par les
civilisés. Aujourd'hui des populations christianisées
et dégénérées contemplent avec une stérile admiration
ces imposantes ruines. Vivant, comme alors nous autres
Français, sous un régime moitié monarchique, moitié
théocratique, les Péruviens avaient sur nous la supériorité de la pratique des assemblées délibérantes des
Communes. Les conquistadores eux-mêmes ne parvin-
rent pas à abolir ces assemblées, tant elles étaient enracinées dans les mœurs. Le Pérou, sous les Incas,
jouissait de ces libertés communales conquises sur
l'aristocratie féodale par la constance, l'or et le
sang de nos pères, et dont la royauté nous dépouilla,
n'en déplaise à la Charte octroyée et à l'histoire convenue, et que nous n'avons pu recouvrer depuis…
Pendant que nous philosophons, le N.-E. nous
pousse sur la Terre-de-Feu, ou du moins sur la
Patagonie.

X. — La mer est courte et chicanière, le navire
dérive comme la fumée, par-dessus le marché nous

sommes le jouet de courants, peu connus, d'une extrême violence.

M. — Et le baromètre est à 735.

X. — Il ne faut pas y attacher trop d'importance...
aux environs du cap Horn, c'est un fait notoire, le
baromètre descend beaucoup par des temps fort ordinaires. Fitz-Roy signale, il est vrai, ces parages comme
le point du globe où les tempêtes sont le plus fréquentes ; mais nous pouvons nous consoler par ce raisonnement un peu aléatoire : le baromètre est bas, donc
il va remonter ; s'il remonte, ce sera pour nous amener
du vent de Sud ; or, qu'il vente du sud à décorner
tous les diables, ça ne nous fera pas peur.

M. — En attendant, il vente du nord-est avec force
pluie, plus une brume à couper au couteau.

X. — Quand nous serons à l'abri des Malouines, ce
vent tombera, ou du moins ne nous parviendra que
purgé par les terres de ses vapeurs.

En effet, quand nous fûmes en latitude avec les îles
sud de l'Archipel, la brise et la mer tombèrent sensiblement, la pluie cessa. Un calme complet se fit dans
l'air et sur les eaux ; tout d'un coup, le rideau de
brume se déchire, nous voyons étinceler Orion, Sirius
brille de son incomparable éclat. Le ciel se nettoie
rapidement, on distingue l'horizon... un coup de
plomb de sonde, une hauteur de Sirius nous donnent
notre position approchée. Loin d'avoir été entraînés
sur la terre de Patagonie, nous avons été portés dans
l'est.

X. — Je me suis souvent demandé quelle raison
avait déterminé Magellan à prendre la route de l'ouest
pour se rendre aux Moluques. Une profonde ignorance
du régime des vents peut seule expliquer cette en-

treprise, fort belle, mais si contraire aux règles les plus élémentaires de la navigation.

M. — Magellan adopta cette voie pour des motifs tout politiques. Alexandre VI avait fixé le méridien de l'île de Fer comme limite des empires espagnol et portugais ; Magellan offrit de se rendre aux Moluques sans sortir des mers affectées à l'Espagne par la décision pontificale. Avec cet instinct de divination qui est le propre du génie, il affirma l'existence d'un détroit donnant accès sur cet océan dont Balboa avait pris possession en traversant le continent d'Amérique, et en entrant dans ses flots l'étendard de la Vierge à la main. Dans le contrat que le roi d'Espagne passe avec l'amiral, le grand navigateur s'engage à trouver les Moluques, à découvrir toutes les îles occidentales situées dans les limites assignées à l'Espagne, et à s'y rendre par l'ouest. Le roi de son côté s'engage à ne susciter aucun concurrent à Magellan pendant dix années, à lui accorder le vingtième de toutes les richesses conquises, déduction faite des frais d'armement, à lui conférer à lui et à ses descendants le titre de capitaine-général de tous les pays découverts.

X. — C'est certainement une des plus honorables tentatives de notre espèce. Avec quels piètres moyens elle fut poursuivie !...

M. — L'histoire nous a conservé les noms et les dimensions des navires de l'escadre commandée par Magellan : deux de 130 tonneaux, deux de 80, un de 60. Il y aurait là le sujet d'une grande épopée, commençant au jour où l'homme de mer développa ses plans devant le conseil du roi d'Espagne et se terminant à sa mort, à l'île Zébu, sous les pierres des Sauvages dans un étroit défilé. Cinquante-cinq braves l'accompagnent, leur poudre s'épuise dans un long

combat; contre des ennemis éloignés, ils n'ont bientôt
plus que leurs épées. Une première pierre détache le
casque du héros, de plus grosses le renversent... la
chute du chef est le signal de la déroute des soldats;
tout est massacré...

X. — Les vents du Sud nous ont pris à la fin...
Tournons au Nord, toujours comme dans l'*Africaine*...
pour le coup nous sommes bien sur la grande route de
France.

29 novembre 1875.

46° 30' Sud, 60° 20' Ouest.

M. — Quel temps merveilleux !... le ciel est d'une
pureté singulière, l'air est frais, les étoiles scintillent...
Voici Orion, non loin Sirius, point de repère des prêtres égyptiens, objet de leur observation constante —
la brillante Croix du Sud; par l'inclinaison de la
grande branche de la Croix sur l'horizon, l'Indien
apprécie l'heure pendant la nuit. — Cette étoile, qui
lutte d'éclat avec Sirius, c'est Canopus; l'âme de
l'amiral d'Osiris l'anime... Dans la même constellation
d'Argo, près de Canopus, *n* d'Argo, une des célé-
brités de ce ciel splendide. Cette étoile changeante
descend à la quatrième grandeur, puis grandissant
peu à peu, elle humilie l'orgueil de Canopus et riva-
lise avec Sirius lui-même... *n* d'Argo varie-t-elle
réellement de puissance lumineuse?... Pourquoi non?
Nous voyons bien l'orage magnétique illuminer les

ténèbres des nuits polaires... la Terre peut donc produire une lumière intermittente. Les variations d'intensité des étoiles changeantes pourraient être un phénomène de même ordre; cependant je suis plus disposé à m'expliquer ces changements d'éclat par l'interposition d'un nuage cosmique entre l'astre et nous.

X. — Ce phénomène se rattache peut-être à celui de l'apparition et de la disparition d'étoiles?

M. — Telle était l'opinion de Humboldt. L'apparition d'une étoile nouvelle pourrait être, d'après lui, une forme du changement d'éclat à très-longue période. L'apparition de grandes et belles étoiles a souvent été, en effet, presque subite, comme lorsqu'on enlève un écran placé devant un corps lumineux... leur disparition s'est opérée en peu de mois. On s'imagine difficilement la formation ou l'extinction si rapide de ces soleils. Néanmoins la formation d'astres nouveaux admise par Herschell, Laplace, Arago me semble fort supposable. Les lois de Dieu sont éternelles, les lois par lesquelles les mondes s'engendrent et se décomposent ont agi, agissent, agiront dans tous les temps. La naissance d'un astre ne me semble pas plus extraordinaire que celle d'un insecte... elle est même bien plus compréhensible pour notre intelligence bornée. C'est l'apparition d'une étoile nouvelle qui suggéra à Hipparque son travail sur le dénombrement des Fixes; il détermina la position de plus d'un millier d'entre eux. Pline a rendu un juste hommage à ce grand homme par ces belles paroles : « Hipparque a osé, et c'eût été le comble de l'audace pour un dieu, compter les étoiles »... bien que le nombre des étoiles visibles à l'œil nu dans tout le firmament ne soit guère que de 8,000.

X. — Ainsi donc vous êtes partisan de la doctrine de la formation incessante de mondes nouveaux.

M. — J'y crois fermement... Nous devons voir dans notre monde un abrégé de l'Univers ; or, nous assistons à une suite indéfinie de transformations successives... rien n'est stable, toute forme se détruit, si ses éléments persistent... toute destruction est suivie d'une recomposition nouvelle, pourquoi en serait-il différemment des mondes ?... L'observation de la comète d'Encke tend à nous démontrer la résistance du milieu éthéré ; par suite, la vitesse de translation des planètes diminue sans cesse, la gravitation devient prépondérante et les orbites se rétrécissent lentement, jusqu'au jour où les astres qui les décrivent viennent s'abîmer dans la masse solaire... Mais les forces, les énergies naturelles, comme les atomes, ne s'éteignent jamais ; pour elles aussi, toute disparition apparente est une transmutation réelle. Ceci, nous avons le droit de le conclure des phénomènes auxquels nous assistons. Toute dispersion est suivie d'une condensation ultérieure ; ce Mouvement Perpétuel que nous sommes impuissants à créer est l'essence même de la Nature... C'est notre tendance indestructible de rêver et de bâtir des hypothèses, j'ajouterai même : c'est notre droit... mais à une triple condition : 1° de les considérer toujours comme des hypothèses et non comme des certitudes ; 2° de les mettre d'accord avec les faits connus ; 3° de les renverser impitoyablement le jour où elles cessent d'être d'accord avec les faits. Ce qu'il nous est absolument impossible d'admettre, c'est une dérogation aux lois naturelles, de quelque nom qu'elle se pare, quelque forme qu'elle revête... Or les conclusions d'Herschell sur la formation actuelle de mondes nouveaux s'harmonisent pleinement avec nos connaissances les plus positives ; Laplace les a appuyées sur des théorèmes de mécanique incontestables. Enfin la spectroscopie, en démontrant l'existence de masses gazeuses dans l'espace, leur a donné une grande probabilité.

X. — D'après Herschell, les étoiles se forment par la concentration de nébuleuses irréductibles ; il fait à ce sujet une comparaison très-séduisante : Nous pouvons, dit-il, juger d'un coup d'œil tous les détails de la croissance d'un arbre, assister en un moment à cette croissance pour ainsi dire, en comparant entre eux, dans les grands bois, les arbres de même essence à leurs différents âges, depuis ceux qui poussent à peine hors de terre leurs cotylédons, jusqu'aux géants séculaires qui percent de leurs cimes le dôme de la forêt. De même on aperçoit une gradation ininterrompue entre l'amas indistinct et lactescent de matière cosmique jusqu'à la brillante étoile encore entourée d'une nébulosité légère. On trouve, en effet, des nébuleuses à tous les états possibles : la nébuleuse chaotique, déchirée, tourmentée, tiraillée en tous sens par des forces multiples ; sollicitée par des centres d'attraction divers, elle est destinée à produire, dans la suite des temps, quelque groupe analogue aux Pléiades... Ici les centres d'attraction se définissent, se manifestent par des masses d'une densité lumineuse plus considérable vers le centre que sur les bords. Voici maintenant des noyaux bien formés ; cette nébuleuse à deux noyaux, par exemple, est l'embryon d'une étoile double... Là un noyau s'est nettement concentré en étoile entourée d'un nuage vaporeux ; enfin l'enveloppe nuageuse disparaît graduellement elle-même et l'étoile adulte éclate dans toute sa beauté.

M. — Si nous embrassons d'un coup d'œil le système solaire, un phénomène très-remarquable nous frappe tout d'abord : celui de l'unité de direction du mouvement général et de tous les mouvements particuliers ; d'où nous sommes conduits à penser que ce système a été engendré par une nébuleuse ayant le mouvement de translation et de rotation du soleil actuel, par un tourbillon de matière cosmique ayant pour axe de rotation l'axe de l'astre principal dans lequel il s'est concentré. Partant de ce point de vue, Laplace nous décrit la nouvelle genèse en s'appuyant sur les deux principes mathématiques suivants : 1° Le fameux théorème des aires, qui se simplifie ainsi dans le cas présent : la somme des aires décrites par les rayons vecteurs de chaque molécule autour de l'axe de la nébuleuse est constante à toutes les époques de sa contraction ; 2° La limite mathématique à l'extension possible de l'atmosphère d'un astre est la distance où la force centrifuge due à la rotation devient égale à la gravité correspondante. Le mouvement, disait-on jadis, n'avait pu être communiqué à la matière que par une force extérieure. D'où venait cette force ?... Le mouvement était indiqué comme une preuve incontestable de l'existence de Dieu. La contemplation de la nature nous a conduits à des vues diamétralement opposées : ce qu'il nous est impossible de concevoir aujourd'hui, c'est l'immobilité dans l'univers. La matière ne peut se manifester, c'est-à-dire exister, sans propriétés qui lui soient inhérentes. Est-il possible de concevoir un corps existant sans une propriété quelconque ?... L'étude du monde extérieur nous révèle tout au moins l'existence de ces deux propriétés antagoniques : la gravitation, la chaleur — la gravitation qui est une force de concentration, la chaleur une force de dispersion. Nous ne pouvons concevoir des molécules sans température, sans potentiel électrique, sans gravitation et même sans un état magnétique ou diamagnétique quelconque. En fait, le mouvement est l'attribut essentiel de la matière. Si nous concevons à la rigueur un équilibre, cet équilibre nous ne le trouvons nulle part; l'état qui se rapproche le plus d'une immobilité relative est encore un mouvement oscillatoire — parfois infiniment petit, il est vrai — autour d'un état moyen. L'attraction, la chaleur, la lumière, l'électricité, le magnétisme, d'autres forces inconnues peut-être, les actions chimiques, la vie, la maintiennent dans une perpétuelle activité... De jour en jour, l'observation nous montre le tourbillon comme jouant un rôle de plus en plus considérable dans la Nature; dans la question présente, son mouvement de rotation nous importe seul, et c'est le seul dont nous parlerons. Supposons donc un tourbillon de matière cosmique tournant autour d'un axe, axe qui sera plus tard celui du soleil. Lors de la condensation, toutes les molécules voisines de l'axe de rotation de la nébuleuse, n'étant soumises qu'à une force centrifuge à peu près nulle, glisseront le long de l'axe vers le centre du tourbillon, s'y accumuleront et ne tarderont pas à constituer un noyau dont la puissance attractive augmentera en même temps que sa masse... Les molécules éloignées de l'axe continueront à tourner autour de cet axe, mais avec une tendance constante à se rapprocher du plan équatorial du noyau, car, pour toute molécule située en dehors de ce plan, l'attraction du noyau donne une composante parallèle à l'axe, dirigée vers le plan équatorial, et à laquelle nulle force n'est opposée. Plus la molécule sera éloignée du plan équatorial, plus grande sera l'importance de cette composante. Toute molécule située en dehors du plan équatorial est attirée vers ce plan par une molécule symétrique. Le tourbillon de matière cosmique tend donc à prendre la forme d'un disque très-aplati. Cet aplatissement forcé de la nébuleuse nous fait déjà comprendre pourquoi toutes les planètes se trouveront à peu près dans le plan de l'équateur solaire... Voici donc notre tourbillon primordial graduellement transformé en un disque pourvu d'un noyau d'une importance toujours croissante et tournant autour d'un axe perpendiculaire à son plan principal. Quelles seront maintenant les conséquences d'une condensation progressive?... D'abord la nébuleuse, en se rétrécissant, prendra une vitesse de rotation de plus en plus rapide. En effet, la somme des aires décrites, en un temps donné, par les rayons vecteurs de ses diverses molécules devant rester constante, et les rayons vecteurs diminuant par le fait de la condensation, il faut bien, pour compenser, que la vitesse angulaire augmente. Ainsi, première conséquence : à mesure que le disque nébuleux se concentre, sa vitesse de rotation s'accroît. Or, si la vitesse angulaire augmente, la limite mathématique à laquelle la force centrifuge balance la gravitation se resserre de plus en plus. Lors donc qu'à cette limite mathématique la nébuleuse, en se contractant, abandonnera dans l'espace une zone de matière cosmique, cette zone cessera de faire partie de la nébuleuse; c'est-à-dire qu'elle cessera de participer à ses modifications ultérieures, tout en continuant à tourner autour de son centre de gravité. Ainsi donc, autour du noyau fondamental, dans le plan de son équateur, l'enveloppant de toutes parts, tourne un anneau désormais indépendant. Ou cet anneau, en se contractant, conservera sa forme

primitive, comme dans le système secondaire de
Saturne, ou il se fragmentera en un nombre considérable de morceaux et donnera naissance à la multitude
de planètes télescopiques qui occupent la place de
l'hiatus astronomique entre Mars et Jupiter, ou l'anneau se rompra en un seul point (le point de résistance minima), c'est le cas le plus fréquent et le
plus logique — enfin le tourbillon, au lieu d'un anneau complet de vapeurs, pourra abandonner dans sa
révolution un amas amorphe de matière, ce dernier
cas rendra compte de quelques irrégularités particulières à Uranus. Voyons maintenant comment va
s'opérer la transformation de l'anneau de vapeurs
rompu en un seul point... Le frottement mutuel des
molécules de l'anneau a dû accélérer les unes, retar-
der les autres, jusqu'à ce qu'elles aient acquis le
même mouvement angulaire. Lorsque l'anneau se
condense, toutes les molécules se rapprochent de sa
ligne médiane, les molécules extérieures se rapprochent donc du centre de rotation tandis que les molécules intérieures s'en éloignent ; en vertu du principe
des aires, la vitesse des molécules extérieures de l'anneau s'accélère, tandis que la vitesse des molécules
intérieures se ralentit. Quand l'anneau de vapeurs se
rompra, cet excès de vitesse des molécules extérieures
sur les molécules intérieures poussera cet anneau à
s'enrouler sur lui-même, à se transformer à son tour
en tourbillon secondaire analogue au tourbillon primitif... C'est la génération par bourgeonnement comme
dans les plantes et les animaux inférieurs... Le grand
tourbillon primordial se transforme donc en un disque
tournant de vapeurs qui se rétrécit de plus en plus,
abandonnant après lui, dans l'espace, une succession
de tourbillons secondaires,... et de même que le grand

disque tend à se concentrer de plus en plus en un noyau qui va être la masse solaire, chaque nouveau tourbillon se concentre de plus en plus en un noyau qui sera une planète. Ce tourbillon secondaire, par un bourgeonnement analogue, pourra produire des tourbillons de troisième ordre, d'où naîtront les satellites des planètes... Chaque tourbillon secondaire est évidemment régi par les mêmes lois que le tourbillon primitif et les satellites se forment aux dépens des atmosphères planétaires, comme les planètes aux dépens de l'atmosphère solaire... Par cette genèse se trouvent expliqués tous les caractères fondamentaux de notre système : situation des planètes et de leurs satellites dans le plan de l'équateur solaire; identité du sens des rotations et des translations, tant des planètes que des satellites, avec le sens de la rotation de l'astre producteur; parallélisme approché des axes des planètes et des satellites avec l'axe du soleil; enfin petitesse des excentricités des orbites... Nous trouvons d'ailleurs dans l'examen de notre planète des vestiges de son antique constitution. Si les anneaux de Saturne sont un indice, sinon la preuve, de la genèse de notre système par la transformation successive de l'antique nébuleuse en une série d'anneaux concentriques, la forme d'ellipsoïde aplati de la Terre est un argument presque sans réplique en faveur de l'hypothèse de son ancienne fluidité. Maclaurin, cherchant à déterminer la forme d'un astre fluide par les conditions d'équilibre des molécules à sa surface, démontra que l'ellipsoïde de révolution satisfait à ces conditions d'équilibre. Laplace détermina même théoriquement les limites entre lesquelles l'aplatissement doit nécessairement tomber. La forme de notre globe nous permet, pour ainsi dire, d'affirmer qu'il n'a pas tou-

jours été à l'état solide, puisqu'il a précisément la
forme qu'il eût prise, s'il avait été à l'état fluide. Dans
les anneaux de Saturne, nous trouvons donc les témoins de l'antique état gazeux du système, et dans
l'aplatissement terrestre la démonstration de la liqui-
dité subséquente de notre globe... Des scories ont
d'abord flotté à la surface de cette masse en fusion,
puis ces scories se sont étendues et réunies... lors du
refroidissement de la masse incandescente, elles ont
formé plus tard une croûte continue. Les matières en
fusion étaient soumises à des marées d'autant plus ef-
ficaces que cette écorce était plus mince et plus ramol-
lie ; la pellicule superficielle, sous l'influence de ces
marées, dut avoir longtemps un mouvement d'ondulation analogue au mouvement actuel de l'intumes-
cence marine, mouvement qui a dû s'atténuer avec l'é-
paississement progressif de la croûte solide. Cette marée intérieure a dû pénétrer de matière en fusion
les interstices et les fentes internes de l'écorce. Sous
l'abaissement de température, la pellicule superficielle
s'est gercée, fracturée, soit au-dedans, soit au dehors·
A cette époque, l'atmosphère contenait des quantités
énormes de vapeurs d'eau — puisque tout l'Océan
était en vapeur — qui, au moment de leur condensation, ont dû singulièrement dégrader les parties déjà
solides de la surface terrestre. Plus l'enveloppe était
mince et molle, plus elle permettait aisément les communications entre les matières sous-jacentes et l'atmosphère extérieure. Ce n'est donc qu'après une certaine solidification de la coque tellurienne que les
tuméfactions les plus considérables ont pu se produire.
Quand la pellicule superficielle n'offrait pas une résistance suffisante, elle crevait et donnait un libre passage aux gaz et aux vapeurs, ce qui expliquerait la

formation tardive des plus hautes montagnes. Quand la surface s'est de plus en plus refroidie et consolidée, il en est résulté d'immenses fêlures, et, dans ses profondeurs, il s'est produit des craquements et des vides, auxquels ont répondu, à la surface, des tremblements de terre et des affaissements soudains.

L'abbé nous écoutait... une ironie peu dissimulée animait son honnête figure.

M. — Cette genèse vous fait sourire, lui dis-je, nous, au moins, nous ne sommes pas fiers, nous la donnons pour une pure hypothèse, et nous n'avons nul désir de brûler les sceptiques. Si l'on nous prouve que notre hypothèse est en désaccord avec les faits, nous tâcherons de la rajuster avec les connaissances nouvelles, et si cette restauration est impossible, nous l'abandonnerons sans hésiter. Vraie ou fausse, elle vaut bien la Genèse si gratuitement prêtée à cet excellent Moïse, qui parle dans ses écrits de tous les détails de sa mort, et dont saint Michel et le diable se disputèrent le corps après son décès... Mais laissons ces contes bleus et contemplons plutôt l'horizon éclairé par la jaune lueur d'une aurore boréale.

1er décembre 1875.

43° 30' Sud, 54° 30' Ouest.

Beau temps, très-clair — bonne brise de S.-O. — le long du bord défilent de vrais arbres de goëmons détachés des Malouines et portés au N. par les courants.

Les jours diminuent rapidement avec la latitude; les soirées sont belles, un mince croissant de lune

orne le crépuscule et disparaît avec lui, puis les cieux
se peuplent d'étoiles.

M. — Vrai, l'abbé, je ne voudrais pas encore vous
chercher querelle, mais sous l'influence de l'astronomie moderne, il me semble puiser dans la contemplation du ciel le sentiment, sinon la compréhension, de
l'infini et de l'éternité... Humboldt a dépeint dans de
superbes paroles l'impression produite sur l'âme
humaine par l'analyse des mouvements célestes:
« Des causes nombreuses, incessantes, qui font varier
les positions relatives des étoiles et des nébuleuses,
l'éclat des diverses régions du ciel et l'apparence générale des constellations, peuvent, après des milliers
d'années, imprimer un caractère nouveau à l'aspect
grandiose de la voûte étoilée. Ces causes sont: les
mouvements propres des étoiles, le mouvement de
translation qui emporte dans l'espace notre système
solaire tout entier, l'apparition subite de nouvelles
étoiles, l'affaiblissement, l'extinction même de quelques étoiles anciennes, enfin et surtout, les changements qu'éprouve la direction de l'axe terrestre, par
suite de l'action combinée du soleil et de la lune. Un
jour viendra où les brillantes constellations du Centaure et de la Croix du Sud seront visibles sous nos
latitudes boréales, tandis que d'autres étoiles, Sirius,
le baudrier d'Orion, ne paraîtront plus sur l'horizon.
Les étoiles de Céphée et du Cygne serviront successivement à reconnaître dans le ciel la position du pôle
nord; et dans douze mille ans, l'étoile polaire sera
Wéga de la Lyre, la plus magnifique de toutes les
étoiles auxquelles ce rôle puisse échoir. Ces aperçus
rendent sensibles, en quelque sorte, la grandeur de
ces mouvements qui procèdent avec lenteur, mais
sans jamais s'interrompre, et dont les vastes périodes

forment comme une horloge éternelle de l'univers.
Supposons un instant que ce qui ne peut être qu'un
rêve de notre imagination se réalise, que notre vue
dépassant les limites de la vision télescopique, acquière
une puissance surnaturelle, que nos sensations de
durée nous permettent de comprendre et de resserrer
pour ainsi dire les plus grands intervalles de temps ;
aussitôt disparait l'immobilité apparente qui règne
dans la voûte des cieux. Les étoiles sans nombre sont
emportées, comme des tourbillons de poussière, dans
des directions opposées, les nébuleuses errantes se
condensent ou se dissolvent, la voie lactée se divise par
places comme une immense ceinture qui se déchire-
rait en lambeaux. » Qu'est-ce dans l'univers que tous
ces mondes ? — Un tourbillon de sable dans le désert.
Qu'est-ce que ces périodes quasi-éternelles pour nous ?
— le temps que met en passant la brise à soulever la
poussière sur le grand chemin.

A. — Ah ! matérialiste incorrigible, vous n'avez
d'âme et de sens que pour admirer la matière... Pas-
cal ne vous l'a-t-il pas dit : « Tous ces mondes ne
valent pas une pensée. »

M. — Je vois dans ces mondes autre chose que la
matière... pour moi, ils sont la pensée même de la
souveraine intelligence, l'expression de la toute-puissante volonté. Cet univers visible baigne dans le
grand océan invisible d'intelligence et de volonté...
Dans les espaces flotte un monde d'esprits qui émigrent d'astre en astre et tendent indéfiniment vers la
liberté absolue, c'est-à-dire vers la connaissance complète et la domination entière de la nature. La notion
de l'univers ne nous donne-t-elle pas le sentiment le
plus élevé de la puissance de notre esprit ?... Permettez-moi de redire avec Laplace : « L'astronomie, par la

dignité de son objet et la perfection de ses théories, est le plus beau monument de l'esprit humain, le titre le plus noble de son intelligence. Séduit par les illusions des sens et de l'amour-propre, l'homme s'est regardé longtemps comme le centre du mouvement des astres, et son vain orgueil a été puni par les frayeurs qu'ils lui ont inspirées. Enfin, plusieurs siècles de travaux ont fait tomber le voile qui cachait à ses yeux le système du monde. Alors il s'est vu sur une planète presque imperceptible dans le système solaire, dont la vaste étendue n'est elle-même qu'un point insensible dans l'immensité de l'espace. Les résultats sublimes, auxquels cette découverte l'a conduit, sont bien propres à le consoler du rang qu'elle assigne à la Terre, en lui montrant sa propre grandeur, dans l'extrême petitesse de la base qui lui a servi à mesurer les cieux »... Or, pour toute intelligence non obscurcie par de vains sophismes, que peut être la grandeur de l'homme, sinon un reflet de la grandeur de l'Éternel ?

A.— Je ne conteste pas la sublimité de la science, mais, avouez-le, trop souvent en exaltant notre orgueil, elle a pour conséquence l'oubli ou la négation même du Créateur...

M.— Que voulez-vous y faire, l'abbé ?... Dieu a déposé en nous, avec le germe de l'intelligence —dont il savait bien que nous abuserions, ne sommes-nous pas des êtres libres ? — l'amour de la vérité. Par l'abus de notre liberté, nous nous écartons de la vraie voie, mais l'amour de la vérité nous y ramène, comme un pendule lancé par une impulsion étrangère est sans cesse ramené à sa position d'équilibre par la pesanteur.

A.— Je ne suis pas ennemi de la science, mais, je le

répète, elle nous affole d'orgueil... Absorbé par la
contemplation de ses propres œuvres, par ses combats
contre la nature, l'homme oublie trop souvent la plus
noble des luttes, la lutte contre soi-même. Il y a quelque chose de plus beau que l'Univers, c'est la pureté
morale — de plus grand que tous les mondes, c'est le
sacrifice et le dévoûment.

M.— Par extraordinaire, je ne vous contredirai
point ; cependant, laissez-moi dire : la science n'est
pas un poison, c'est un vin généreux dont s'enivrent
les générations présentes. Le bon Noé lui-même, le
serviteur fidèle, se grisa quelque peu quand il découvrit la vigne : comme le précieux breuvage, qui parfois nous fait délirer, la science est encore le meilleur
cordial de l'humanité.

A. — Les savants ne connaissent point l'homme,
c'est notre étude, à nous, de fouiller les replis du cœur
humain ; croyez-moi, la crainte est nécessaire pour
gouverner, la crainte seule retient en nous la bête
féroce.

M.— Dieu me garde de contester l'utilité du baudrier jaune et du claque bordé de blanc... mais que
penser d'un homme ou d'une société chez lesquels la
terreur du gendarme serait le seul mobile ?... Une
telle société n'est pas tout à fait un rêve, le « Régime
impérial » s'en rapproche autant que la réalité peut se
rapprocher de l'idéal. De même, la crainte de la vie
future peut être bonne, mais vous en avez abusé.
L'incertitude sur les choses d'au delà du tombeau,
dans laquelle il a plu de nous laisser à l'auteur de
toutes choses, ne suffit-elle pas ?... Votre effroyable
enfer n'est bon qu'à détremper les âmes... Très-géné-
ralement, un jour vient où l'on n'en a plus peur,
alors, on n'a plus rien pour gouverner sa barque.

Quels cauchemars vous m'avez causés quand j'étais
enfant, avec votre enfer et votre éternité ! Ce n'est pas
sans un certain frisson que j'entends encore tonner la
voix de notre aumônier gras à lard, à face rubiconde ;
il avait plus l'air d'un Silène que d'un apôtre de la
mortification. Plus tard, je l'ai su, au culte de Bac-
chus, il joignait d'autres aspirations mythologiques.
Il se démenait en chaire comme un diable dans un
bénitier, ses bras allaient de-ci, de-là ; après les avoir
levés au ciel, il les abaissait sur nos têtes, comme
pour nous magnétiser... ses yeux lançaient des
éclairs, puis d'une voix caverneuse, il prononça
ces paroles gravées à tout jamais, par la frayeur,
dans ma mémoire : « L'éternité, l'éternité !... savez-
vous bien ce que c'est que l'éternité !... Imaginez-vous
une montagne d'airain plus grosse que la terre...
tous les cent mille ans, un petit oiseau passe et l'ef-
fleure de son aile. Eh bien ! la montagne sera usée, et
l'on ne sera encore qu'au matin du premier jour de
l'éternité ; et pendant ces siècles sans fin, à chacun de
ses balancements, le pendule de l'horloge de l'enfer
grince aux oreilles des damnés qui brûlent : Toujours!...
Jamais !...» Pendant plusieurs nuits, je n'en pus
clore l'œil ; aussitôt ma chandelle soufflée, j'avais
beau me plonger sous mes couvertures, j'entendais
le tic-tac de l'horloge maudite, et à chacune de
ses oscillations, une voix diabolique murmurait :
« Toujours!... Jamais !... » Un beau jour est venu
où tout cela m'a fait rire, et je me suis trouvé la
conscience vide... Votre premier soin est de plonger les âmes dans une profonde terreur de l'enfer, puis ensuite, comme vous sentez vous-mêmes
combien votre Dieu est abominable, vous inventez des
moyens faciles pour éviter l'éternel supplice : scapu-

laires, médailles, marmottements de prières... la morale n'a que faire en tout cela...

3 décembre 1875.

39° 30' Sud, 45° 60' Ouest.

M. — Les belles brises d'ouest .. ciel clair, nous taillons de la route sans préoccupations ni fatigues.

X. — Encore une couple de jours probablement à jouer ainsi sur le velours, puis nous tomberons dans les régions des calmes du Capricorne et des brises variables dépendant du N. au N.-E... Pour passer de la zone des vents d'O. à celle des vents de S.-E., il faut nécessairement franchir une zone de transition ; l'adage ancien *Natura non facit saltum*, trouve encore ici son application naturelle.

M. — A notre départ de Sainte-Catherine, nous avons trouvé cette zone bien marquée ; ce n'était pas, il est vrai, dans la même saison.

X. — Raison de plus. — Nous allons traverser cette zone tranquille précisément au solstice d'été de cet hémisphère, moment de calme et d'équilibre dans l'air... Son approche nous sera d'ailleurs signalée par une hausse barométrique ; le calme provenant de la lutte de deux vents contraires, il en résulte une accumulation d'air manifestée par un excès de pression.

M. — C'est dommage, on s'habituerait à ces vitesses.

X. — Il ne faut pas se faire d'illusions, dans trois ours au plus, nous rencontrerons les calmes et les petites brises de nord. Dans ce vaste bassin de l'Atlantique sud, l'influence des terres a une action per-

17

turbatrice bien moins grande sur les lois générales des vents que dans l'hémisphère boréal ; il faudra très-prochainement dire adieu aux belles brises qui nous accompagnent depuis les Malouines.

5 décembre 1875.

35° Sud, 39° 50' Ouest.

M. — Dans quelques heures, nous allons couper notre route de Sainte-Catherine au cap de Tasmanie ; malheureusement, comme disent les poètes, le sillage d'un navire ne laisse pas plus de trace sur l'océan des mers que le passage d'un pauvre diable à travers l'océan social.

X. — Ces belles brises d'ouest vont nous permettre d'achever notre tour du monde ; après ne comptons plus sur elles ; le baromètre a monté, le ciel a changé d'aspect. La nuit dernière de nombreux épars n'ont cessé d'éclairer les nuages de leurs rapides, aujourd'hui nous avons de l'orage, les grains deviennent fréquents. Le vent n'est plus qu'une alternative de petites bourrasques et de courtes accalmies ; demain notre ardeur sera modérée.

M. — Et nous n'avons guère de charbon ; encore faut-il le réserver pour les calmes de la ligne, ceux-ci demandent à être promptement traversés, car on y étouffe. Dans les calmes du Capricorne nous jouirons, au contraire, d'une délicieuse température.

X. — Des chaleurs tempérées le jour, des nuits tièdes, pas de pluies.... tout s'accordera à donner quelque repos à l'équipage, large compensation du temps perdu. Nos marins passeront les soirées à jouer, à conter des histoires. La lune commence à grandir, apportant avec elle cette gaîté que ne donne jamais à la mer le plus beau ciel étoilé.

8 décembre 1875.

32° 30' *Sud*, 34° 40' *Ouest*.

Le temps est splendide — une petite brise de nord nous pousse doucement au plus près, sur une mer paisible. Éclairées par la lune bientôt pleine, des voiles d'une éclatante blancheur projettent sur d'autres voiles leur ombre noire; la mâture, sous ces jeux de lumière, prend des proportions gigantesques.

Officiers et passagers se promènent à l'arrière, causant à demi-voix, nombre de matelots sommeillent. La plupart, rangés en cercle, écoutent un conteur dans un religieux silence. L'accent du personnage décèle l'homme du midi, rien qu'à l'entendre on sent une odeur d'ail; prêtons l'oreille, pour sûr, c'est un conte grivois....

— Donc, M. le curé dit à son ami : Tu ne partiras pas ce soir par un temps pareil, je m'y oppose... après une aussi longue séparation, je ne me contenterai pas d'une courte visite... je te retiens donc, ça ne me gênera en rien et me fera grand plaisir. Ma nièce couchera au grenier, où il y a un bon lit pour elle quand il est besoin, et toi tu t'installeras dans sa chambre. Les ordres sont donnés, les draps changés, il faut te laisser faire, tu es mon pri-

sonnier; en attendant, allons souper.... Or, la servante
du curé, qu'il appelait sa nièce, était, comme vous
pensez bien, une fille taillée sur le plus beau gabari.
On se met à table en compagnie de bouteilles
poussiérées, les verres se remplissent et les bouteilles se vident; aussi quand le curé et son camarade se séparèrent pour aller au lit, on eût fait partir
une allumette chimique en leur touchant le bout du
nez.... Quand l'ami entra dans sa chambre, il dit en
reniflant : Tiens ! ça sent le renfermé, on n'ouvre pas
souvent ici. Sa main touche le mur dont il a besoin
pour se soutenir... Le mur est humide, dit notre
homme... puis, tout à coup, il part d'un gros rire :
des toiles d'araignées entre le mur et le lit... on ne
l'a pas bougé depuis un siècle... Je veux être pendu
s'il couche ici quelqu'un tous les jours. — Et le conteur méridional ne disait pas une parole sans y joindre
le geste correspondant. — Chacun ses affaires, dit
le visiteur en se mettant dans les draps ; n'importe, de façon ou d'autre, j'en aurai le cœur net...
Le lendemain, en furetant dans la cuisine, l'ami
prend une paire de pincettes et la cache entre deux
matelas de son lit. Puis il hâte le moment du départ.
— Tu m'as trop bien reçu, dit au curé notre
hypocrite, pour que je n'aie pas le désir de m'asseoir encore à ta table; avant trois mois je serai
de retour. Au bout de trois mois, en effet, le voyageur frappe au presbytère ; les deux amis s'embrassent... puis, après les comment vas-tu?... Bien, et
toi?... As-tu fait un bon voyage?... Le curé dit à son
camarade : Mauvais farceur, je te reconnais bien là,
tu m'as fait encore quelque tour de ton métier;
depuis que tu es parti, je n'ai pu mettre la main
sur mes pincettes.... Parbleu! dit l'autre, ça ne

m'étonne pas, puisqu'elles couchent avec ta bonne.

De gros rires, des battements de mains, saluent la fin du conte et le conteur, et font écho en se répercutant sur les voiles.

11 décembre 1875.

30° 30' Sud, 28° 30' Ouest.

Très-beau temps — presque calme — les cordonniers ne nous ont pas encore quittés. — Ils se précipitent gloutonnement sur les lignes, mais l'hameçon croche difficilement dans leur bec; on a beau, quand ils mordent, donner des secousses à leur faire sauter le crâne, ils reviennent à la charge jusqu'au moment où ils sont pris. Souvent on les traîne la tête sous l'eau, tandis qu'ils étendent leurs ailes pour faire résistance. Si, par leurs manœuvres, ils parviennent à se dégager, on les voit, incorrigibles dans leur voracité, se précipiter de nouveau sur la même proie.

Des milliers de satanites, gracieuses petites hirondelles, voltigent à l'arrière en si grand nombre, qu'on les prend avec des fils flottant en l'air, dans lesquels ils engagent leurs ailes. C'est plaisir de les voir, moitié voletant, danser sur l'eau avec leurs longues petites pattes palmées. Quelques albatros décrivent leurs grands cercles autour de nous avec leur singulier vol immobile. Un monstrueux requin a passé le long du bord, de si énorme taille, qu'on l'a pris un moment pour un baleineau.

M. — Beau temps, l'abbé, mais nous ne faisons guère de route, un peu de brise est bien à désirer.

A. — J'espère la voir venir bientôt.

M. — L'espérance est une des trois vertus théologales.

A. — Le vent ne tardera pas, vous dis-je...

M. — Morbleu, vous avez une idée... Soyez assez bon pour ne pas me la faire chercher longtemps.

A. — Oui, j'ai mon idée... nous aurons du vent; j'ai dit ce matin une messe à cette intention...

M. — Une messe pour avoir du vent?

A. — Sans doute. Qu'y a-t-il là d'extraordinaire?

M. — Oh! rien... Je pense à la suppression des bateaux à vapeur; il y aura économie à embarquer un abbé et à débarquer la machine. Mais comment feront deux navires faisant route en sens contraire?... Chaque aumônier aura-t-il son vent?... Et vous vous étonnez encore, avec des prétentions si bizarres, que de méchantes langues vous appellent le sorcier du bord?... « La courbe décrite, dit Laplace, par une simple molécule d'air ou de vapeur est réglée d'une manière aussi certaine que les orbites planétaires, il n'y a de différence entre elles que celle que met notre ignorance. »

A. — C'est vrai. Je n'y songeais plus, vos théories, à vous, matérialistes, ne vous permettent pas de croire à l'action d'une Providence ici-bas.

M. — Pour nous matérialistes, comme il vous plaît assez peu charitablement de nous appeler, tous les phénomènes naturels s'enchaînent dans un ordre admirable, où il n'y a point place pour nos caprices ni nos vœux indiscrets. Il faut apprendre à obéir à la loi, à se conformer à l'immuable règle... « Les moindres plantes de nos champs, dit Maury, nous mon-

trent qu'il a fallu, pour régler leur constitution, tenir
compte de la masse entière de la Terre, et l'humble
perce-neige en est une preuve : nous savons par les
botanistes qu'après une certaine période de sa croissance, sa tige doit s'incliner et sa fleur se pencher
pour laisser tomber la graine destinée à conserver
l'espèce, après quoi cette tige se redresse et continue
à s'élever. Si la masse de la Terre était plus ou
moins forte qu'elle ne l'est, la force de la pesanteur
serait différente de ce que nous la voyons, et
la fibre du perce-neige se trouvant avoir trop ou
trop peu de ressort, sa tige ne pourrait se redres-
ser ni se relever au moment voulu, la reproduction
serait impossible, et l'espèce disparaîtrait. » Entre
des éléments matériels, de quelque ordre qu'ils
soient, il nous est impossible d'apercevoir d'autres
rapports que des rapports purement mécani-
ques.

A. — Vous rejetez, en un mot, complétement la possibilité de toute intervention ici-bas de la Providence.

M. — Absolument et de la façon la plus catégori-
que, quant aux faits de l'ordre matériel. Mais je crois
à l'existence de deux mondes : le monde des esprits
ou de la liberté, le monde des corps ou de la fatalité.
Que sont en eux-mêmes ces deux mondes, comment
s'unissent-ils?... C'est l'impénétrable mystère. Les
manifestations de la matière sont réglées par les lois
de la matière ; les manifestations de l'esprit sont sans
doute réglées par des lois non moins fixes pour être
ignorées... Ma volonté, mon intelligence, ma liberté
sont dépendantes de l'intelligence supérieure de laquelle elles sont issues, comme mon corps dépend du
monde extérieur. Il ne me répugne point, dans le domaine des choses de la liberté, de croire à une commu-

nication possible entre notre volonté et la source dont
elle émane, à une action de l'intelligence suprême
quand nous y recourons. Cette action supra-matérielle,
je ne la comprends pas, mais je la constate... La conception d'une volonté libre, luttant contre la nature
dans une arène de lois nécessaires, appuyée et ranimée
dans le combat par la ferme croyance en une vie supérieure dont nous préparons nous-mêmes ici-bas les
éléments, me semble autrement élevée que celle de
cette imbécile humanité que se disputent les diables
et les anges à coups d'orages, de grêles et de vents.

A. — Vous ne permettez pas au Créateur de toutes
choses de disposer du soleil et de la pluie... Quelle ou-
trecuidance !...

M. — Pour qu'il vous délègue cette disposition
profitable... Elle vous tient au cœur, et cela se conçoit. La prétendue puissance de vos incantations sur
les météores est la base de votre domination sur les
peuples des campagnes. Le jour où le paysan sera
convaincu de l'inefficacité de vos prières sur le ren-
dement de la moisson, vos actions seront singulièrement en baisse... Et pour les maintenir en valeur,
vous troublez le monde...

A. — Nous sommes donc des charlatans?

M. — Il ne m'appartient point de sonder les cœurs
ni de juger personne... Qu'il le veuille ou non, tout
individu qui, par des formules, prétend agir sur le
cours naturel des choses est un sorcier; or notre époque ne veut plus de magiciens d'aucune sorte. Elle se
moque des exorciseurs, elle rit des gens qui ont à
leurs ordres des anges... Mais les gens qui vivent de
ces pouvoirs fantastiques prétendent continuer à en
vivre et à en bien vivre... Écoutez ces paroles d'un
grand météorologiste, et vous saurez comment la phi-

losophie moderne comprend l'ordre du monde : « Le vent et la pluie, les vapeurs et les nuages, les courants et les marées de l'océan, sa salure, sa profondeur, sa chaleur, sa couleur, la température de l'air, les teintes des nuages et leurs formes, la hauteur des arbres, la grandeur de leurs feuilles, l'éclat de leurs fleurs — tous ces faits sont, pour ainsi dire, les exposants de certaines combinaisons physiques, ou mieux encore, le langage dont se sert la nature pour nous faire connaître ses lois ; or, comprendre ce langage, interpréter ces lois, tel est notre but, et pour y arriver, nulle observation ne doit être dédaignée par celui qui obéit aux préceptes d'une saine induction philosophique. Tous les faits ainsi recueillis ne sont autre chose que les syllabes dont sont formées les pages du grand livre de la nature, et c'est en amassant patiemment ces faits, en réunissant ces syllabes, que l'on peut parvenir à l'intelligence de ces pages incessamment étalées sous les yeux du savant. »

14 décembre 1875.

29° *Sud*, 25° 30' *Ouest*.

Calme — temps splendide — la mer est comme un lac — pas une ride à sa surface. On a jeté un but à la mer et l'on a fait un tir.

M. — Ce tir est vraiment bon, dis-je à l'officier chargé de cet exercice ; combien d'hommes, au début de la campagne, n'avaient jamais tenu un fusil dans les mains !... Quand je songe aux mauvais temps, aux

17.

roulis, aux conditions défavorables des exercices, je ne puis m'imaginer que faire un soldat soit chose si difficile..... J'entends ici, par soldat, un homme sachant manier une arme et manœuvrer. Quant à ce qui constitue le véritable homme de guerre, c'est-à-dire l'âme du soldat, c'est autre chose. Il faut une éducation particulière pour lui inculquer l'amour du drapeau, le sentiment de l'obéissance, l'instinct de la discipline. Aussi, tous nos efforts doivent porter sur ce point : pénétrer l'enfance de nos devoirs envers la patrie.

O. — L'amour du devoir, je le crois comme vous, est surtout ce qui nous manque ; ce n'est pas étonnant : le plus grand souci du dernier régime fut de l'étouffer. Mais, nous autres marins, nous avons grandement le droit de rire des cinq années de M. Thiers, nécessaires, selon lui, pour former un soldat. A Lorient, où nous avons une école de fusiliers, l'expérience est décisive : au bout d'une année d'école, les hommes de la première classe ont l'instruction nécessaire à de fort bons sous-officiers, les autres sont des soldats d'élite.

M. — C'est évident..... on peut, à la rigueur, considérer ce temps comme insuffisant pour l'éducation morale ; on n'inculque pas, en un jour, diront quelques-uns, la religion du drapeau..... peut-être ; cela dépend entièrement de l'état intellectuel et moral de l'homme auquel on s'adresse. Si le culte du drapeau est distinct de l'amour de la patrie, il y touche de si près que l'un peut remplacer l'autre. Ces deux sentiments : religion du drapeau, amour de la patrie, reposent sur le même principe, le dévouement. Former des gens dévoués, là est le problème..... L'antiquité ne doit certes pas être notre modèle ; mais les dernières

guerres nous ont fait rétrograder de bien des siècles.
Nous sommes obligés de retourner en arrière pour
chercher, dans un passé condamné pourtant, la forme
à donner à certaines de nos institutions..... Notre première République s'est égarée en se faisant conqué-
rante, nous l'expions cruellement aujourd'hui. Marat
seul eut l'instinct du danger, quand il voulait interdire aux armées de passer la frontière..... Il faut subir
les conséquences de nos fautes, et faire ce pas rétro-
grade de revenir, dans la mesure du possible, aux institutions des Grecs pour l'éducation de la jeunesse...
il faut donner même à l'enfance une éducation militaire.

O. — Nous avons fait encore, dans la marine, une
expérience qui n'est pas sans valeur par la création
des pupilles; tous ces petits bonshommes manœuvrent
admirablement, ils ont la tournure martiale, ce sont
de vrais petits soldats.

M. — Il faut agir sur les enfants pour ranimer cette
vieille bravoure de nos aïeux les Gaulois; elle s'était
réveillée sous notre première révolution, quand nos
pères ont secoué le joug romain du clergé et le joug
allemand de la noblesse. Les causes premières de
nos défaites furent, sans doute, la supériorité numé-
rique écrasante de nos adversaires, l'imbécillité du
prince, l'incapacité de nos généraux..... Mais quand
la nation voulut, à son tour, défendre le territoire
avec ses propres ressources, si bien des choses nous
ont fait défaut, avouons-le franchement, c'est surtout le sentiment du devoir et la bravoure personnelle.

O. — Battus, nous nous en sommes pris à la supériorité d'artillerie de nos adversaires, à la supériorité
de sa tactique... (tous les beaux plans du fameux

de Moltke n'en rataient pas moins, sans la trahison de Bazaine et l'inertie de Trochu)..... à tout, excepté à nous-mêmes... nous avons trouvé toutes sortes de raisons ingénieuses pour nous cacher notre honte, tandis que la véritable cause de nos désastres est l'état de dégradation dans laquelle la nation s'était plongée en acceptant l'empire. Pour comble d'ineptie, nous copions aujourd'hui servilement nos vainqueurs. Nous devrions, avant tout, nous rendre compte de ce que nous voulons, car tout autre doit être le système militaire d'un pays, selon le but : défense du territoire ou invasion d'une autre contrée. On envahit par la puissance d'organisation, on défend par la valeur personnelle. On envahit : avec une nombreuse cavalerie qui, chez des populations lâches, peut maîtriser des surfaces prodigieuses de campagne, — avec une artillerie qui rançonne les villes en menaçant de les bombarder. On défend le sol pouce à pouce avec des tirailleurs ; la cavalerie est toute-puissante dans des contrées sans énergie ; elle n'est bonne qu'à fumer les terres des cadavres de ses hommes et de ses chevaux, là où il y a des tireurs résolus. L'artillerie peut incendier des villes, elle est impuissante contre des tirailleurs disséminés. Cavalerie, artillerie, organisation vaste et compliquée, sont les trois grands éléments de l'invasion ; le tirailleur énergique est l'irrésistible élément de la défense. L'arme d'un pays menacé est l'infanterie, elle doit être le vrai corps d'élite, objet de toutes les sollicitudes ; mais c'est notre manie en France de sacrifier le principal à l'accessoire, et de se payer les satisfactions du luxe en se privant du nécessaire.

M. — Et l'infanterie est l'arme naturelle d'une République... Tout citoyen peut et doit devenir un bon fantassin; il sera toujours plus difficile de trouver des artilleurs et des cavaliers. La constitution militaire doit être en harmonie avec la constitution sociale et politique... Nous sommes devenus matérialistes, nous mettons notre confiance dans des engins, dans des tas de cailloux; quelque jour nous bâtirons une muraille de Chine. Certaines gens croient à la vertu des murailles de se défendre toutes seules..... c'est une superstition comme une autre, on ne saurait s'en étonner dans notre superstitieux pays. D'après Machiavel, les fortifications servent surtout aux envahisseurs et leur permettent de s'enraciner aisément en pays conquis. Tout se décide en rase campagne; les enceintes fortifiées ont retardé parfois la capitulation d'une armée, elles n'ont jamais sauvé une nation. Quand un peuple compte sur autre chose que sur la valeur militaire de l'homme, c'est un peuple asservi. On se défend avec des guerriers et non avec des murs.

O. — Sans doute il faut fortifier Toul, Verdun, Belfort, par-dessus tout créer un Paris inexpugnable. Pour se garder, pour achever une victoire et transformer un succès en déroute, il faut de la cavalerie... sans artillerie on ne délogera pas l'ennemi d'un village crénelé... Notre armée doit être bien organisée, bien approvisionnée, maintenue dans une discipline sévère... (sous notre première République, on s'entendait en discipline), mais l'âme de cette armée doit être le fantassin, et tous les autres corps ne peuvent être considérés que comme des auxiliaires tout à fait au second rang.

M. — Il faut surtout que chaque Français sache marcher, tirer, obéir et mourir.

O. — Un petit groupe de tirailleurs, comme le dit excellemment P. Morin, fait plus de mal qu'un bataillon en ligne.

M. — Êtes-vous partisan de son système ?... Je suis un de ses fervents adeptes, sans le suivre toutefois dans ses dernières conséquences ; Pour moi, la défense du territoire doit être l'affaire de tous et non d'un corps organisé. Du reste, c'est aujourd'hui chose jugée, et l'opinion est unanime à ce sujet.

O. — Il y a dans l'ouvrage de P. Morin des principes fondamentaux d'une importance capitale et qu'on ne saurait impunément négliger ; au fond, il est dans le vrai, mais comme tout créateur de système, il pousse le sien jusqu'à l'exagération. Comme vous, je condamne formellement l'idée de confier le sort de la Nation à un nombre d'individus si restreint, bien plus encore au point de vue moral qu'au point de vue politique et militaire ; ce serait rabaisser l'âme du citoyen à ce niveau d'avilissement où l'Empire l'avait réduite.

M. — C'est vrai. Le travail de P. Morin n'en démontre pas moins l'incomparable puissance d'un petit nombre d'excellents tireurs résolus. Il a mis dans son projet la passion d'un esprit systématique, mais les esprits systématiques seuls font faire de sérieux progrès à toutes les sciences, et comme aux autres, aux sciences politiques et militaires. Il a démontré d'une manière irréfutable : 1° l'écrasante importance de l'infanterie ; 2° l'incomparable puissance du tirailleur ; 3° la supériorité de la qualité sur le nombre ; 4° la nécessité de la création d'un corps de tirailleurs d'élite supérieurement armés. Ses idées sur le rôle des partisans devraient faire école ; « Il ne faut mettre la guerre de partisans, qu'entre les mains de vrais soldats. » Les faits d'armes du capitaine Frantz que Pierre Morin aime à nous citer sont, en effet, pleins d'enseignements pour un pays toujours sous le coup d'une invasion : « Ce jour-là, le capitaine Frantz, à la tête de *quinze cent vingt* hommes, alla surprendre, battit et mit en déroute l'armée prussienne, forte de *douze mille* hommes, cinq cents chevaux et d'une grande quantité d'artillerie, et qui, sous le commandement du prince de Hesse, assiégeait et bombardait la ville de Longwy. En un instant, ses compagnies-franches eurent détruit tout le matériel de siége et toutes les provisions de l'ennemi. Après lui avoir tué de huit à neuf cents hommes, et lui en avoir blessé autant, elles lui enlèvent treize bouches à feu. On ne s'étonnera plus qu'à de tels hommes, unis à quelques compagnies de douaniers, le général en chef Belliard ait confié la défense de toute la Sarre, depuis Sarreguemines jusqu'à Sarrebruck. » Le douanier fut en effet un modeste et sublime héros dans ces revers de la patrie; on l'oublie aujourd'hui, ce pauvre douanier, et pour quiconque cependant s'occupe sérieusement de la défense nationale, le douanier et le garde-forestier tiennent une place au premier rang. Suivons un instant Pierre Morin dans son récit des exploits des partisans : Sous la première République, à l'armée des Pyrénées, La Tour d'Auvergne commande les compagnies-franches, sous le non de *Colonne Infernale*, elles firent des prodiges. « Lamarque, alors capitaine, enleva le pont de la Bidassoa, en perdant *cent* hommes sur les *deux cents* qu'il avait; avec le reste, il s'empara de Fontarabie, où il captura *dix-huit cents* prisonniers et quatre-vingts canons. »... « On les vit sept hommes, après un combat acharné, enlever un

détachement prussien. On les vit cinquante attaquer
résolûment dans un village quatre cent cinquante Prussiens, et, après leur avoir tué quatre-vingts hommes,
s'emparer de trois pièces de canon... On les vit enfin,
après quatre jours et quatre nuits d'immenses fatigues
(ils firent jusqu'à *cent kilomètres en un jour* et au
milieu des plus grands périls), massacrer la garnison
et faire sauter le pont de Fontenoy-sur-Moselle, eux
deux cent vingt sept hommes entourés de tous côtés
par les *douze mille* Prussiens de Neufchâteau, de Toul
et de Nancy. Cette expédition, qui pouvait sauver
Paris un mois plus tôt... » Permettez-moi de répéter
une conclusion très-importante de Pierre Morin :
« De tels exemples nous amènent à conclure, qu'en
général il ne faut mettre la guerre de partisans
qu'entre les mains de vrais soldats... C'étaient, en
effet, de vrais soldats que ceux du capitaine Frantz.
Qu'on en juge : la première compagnie qu'il forma à
ses frais, en 1814, était forte de 44 hommes et il s'y
trouvait 5 sabres et 28 croix d'honneur; et dans le
corps qu'il forma, en 1815, au nom de l'Empereur,
il y avait une compagnie de 50 hommes, tous officiers ou légionnaires. » Les francs-tireurs, dira-t-on,
ont rarement fait de telles prouesses... D'abord, peut-
être est-on injuste envers eux; tous les ouvrages allemands, sans exception, confessent que les francs-
tireurs on fait beaucoup de mal. Ceux-ci ont été aussi
mal choisis que possible; aucun corps ne doit être
organisé avec autant de soin, recruté par des choix
aussi minutieux, préparé pendant la paix avec une
sollicitude plus particulière. En 1870, c'est un fait de
notoriété publique, nombre de gens entraient dans les
francs-tireurs pour ne point aller au feu, pour se
délivrer du service, pour satisfaire leur esprit d'indé-

pendance et parfois de rapine... Néanmoins ce serait
une injustice de nier l'héroïsme de nombre d'entre eux
et l'importance de leurs services ; ce serait une calomnie gratuite, et nous avons assez faibli, pour qu'il
soit inutile d'exagérer nos défaillances. Mais, au point
de vue de la défense du territoire, il y aurait faute
grave à ne point avancer que si les francs-tireurs
n'ont pas produit tout ce qu'on en espérait, c'est
parce qu'ils se composaient en majorité de fricoteurs,
de gens dépourvus de tout sentiment du devoir, de
toute discipline, de tout amour du pays. ·

O. — Les Vendéens nous ont appris comment on
défend une contrée... ils nous ont montré qu'on est
invincible avec du cœur, des jambes et un fusil.

16 décembre 1875.

26° 40' Sud, 25° 40' Ouest.

Calme, — une petite houle fait battre les voiles sur le
mât ; pas un souffle de brise ne gonfle les voiles hautes
et légères. Le ciel est d'une transparence complète,
pas le moindre nuage dans le ciel. L'horizon limite
par une ligne bien nette les rouges clartés du couchant ; le disque du soleil a disparu. avec la forme
d'un cercle exact en nous lançant le rayon vert ;
bientôt Vénus apparaît tout étincelante sur le fond
rosé du ciel.

X. — Voyez-vous, à l'orient, cette bande de lumière
opale à peu près parallèle à l'horizon ? quelle peut
bien en être la cause ?

M. — Nous assistons à un phénomène inconnu

dans nos climats, bien rare même sous les tropiques ;
la pureté exceptionnelle des cieux de l'Egypte et de
l'Arabie a permis aux astronomes arabes de l'observer. Lacaille, en se rendant au Cap de Bonne-Espérance, pour la détermination de la parallaxe lunaire,
en a fait une précieuse observation dans des circonstances analogues à celles où nous nous trouvons aujourd'hui, et dans des parages assez peu éloignés de
notre position actuelle. Cette demi-circonférence lumineuse, qui monte vers le zénith à mesure que le
soleil descend, en tournant autour d'un diamètre
perpendiculaire à la direction des rayons solaires, est
la limite de la partie d'atmosphère directement
éclairée par l'astre couché. Regardez comme cet arc
crépusculaire est bien visible et comme on suit bien
son mouvement sur la sphère étoilée : au-dessous de
cet arc lumineux, déjà les étoiles fourmillent ; au-
dessus, on soupçonne à peine les astres de première
grandeur ; l'arc, en montant, semble semer après lui
des diamants sur la voûte céleste. On voit, à n'en
point douter, que le mouvement de cet arc crépusculaire dépend bien du mouvement du soleil... Nous
eussions dû prendre l'heure exacte du coucher de
l'astre radieux ; nous noterions avec soin l'instant où
l'arc crépusculaire, après avoir parcouru le firmament
tout entier, vient s'abattre sur l'horizon occidental ;
avec ces heures, nous pourrions calculer la position
du soleil au moment précis de la disparition du crépuscule, c'est-à-dire l'abaissement de cet astre, au-
dessous de l'horizon, à l'instant où le dernier rayon
tangent à la Terre cesse de pénétrer dans la portion
d'atmosphère visible pour nous ; nous en déduirions
sinon la hauteur de l'atmosphère, du moins la hauteur maxima, en négligeant la réfraction.

X. — Il est regrettable que nous n'ayons pas fait d'observations, car l'arc crépusculaire forme aujourd'hui une ligne mathématique si nette qu'elle doit réellement dessiner la véritable limite de l'atmosphère directement éclairée, sans qu'il y ait bien à redouter les erreurs provenant des réflexions multiples.

17 décembre 1875.

25° Sud, 26° Ouest.

X. — Les vents tournent un peu vers l'Est — nous aurons bientôt franchi la zone des calmes, et nous allons retrouver les alizés.

M. — Le ciel a pris la belle teinte bleu foncé de ces régions et l'on voit déjà flotter les fameux nuages en balles de coton si caractéristiques... Le firmament s'anime, il n'a plus la désolante torpeur des jours passés.

X. — C'est la messe de l'abbé qui opère... huit jours trop tard, et juste au point où les cartes météorologiques nous promettent les vents désirés. Ils nous accompagneront jusqu'à la ligne, mais ils ne la doivent guère dépasser... Nous sommes aux solstices : zones de calmes et d'alizés tendent à se rapprocher de leur limite Sud, en suivant le soleil... Je me demande si, l'autre jour, l'abbé était bien sérieux quand il nous promettait du vent avec sa messe.

M. — Pourquoi douter de sa bonne foi?... Une longue étude de la nature conduit seule à une confiance absolue dans l'inflexibilité de ses lois. La compréhen-

sion des phénomènes naturels peut seule convaincre
que demander un changement de vent, c'est postuler
un aussi grand miracle que celui de Josué. Beaucoup
de gens invoquent le ciel pour avoir de la pluie, aucun
d'eux n'oserait solliciter un jour de trente-six heures;
cette demande vaut l'autre cependant.

X. — Notre brave abbé divise les hommes en deux
catégories : ceux qui cultivent les *sciences élevées*,
comme il dit, c'est-à-dire la métaphysico-théologico-
nigologie de Voltaire, et ceux qui s'adonnent aux
sciences positives ou inférieures... Naturellement les
hommes adonnés aux *sciences élevées* sont aussi supérieurs au reste des humains que l'esprit l'est à la
matière ou l'ange à la bête. Dompter la nature est la
suprême ambition de l'homme; le *vulgum pecus* respec-
tera toujours les possesseurs d'un tel pouvoir. De là
l'antipathie profonde entre les gens qui s'efforcent de
maitriser la nature par la science et ceux qui prétendent en disposer par des formules magiques et des
incantations; *ces deux partis prétendent à l'empire et
par suite se détestent cordialement.*

M. — Il faut bien l'avouer, l'étude du monde extérieur n'est pas tout; et l'étude de l'homme est bien
la science élevée par excellence... Malheureusement
elle est si élevée qu'elle semble hors de notre portée.
Si la religion actuelle ignore le monde extérieur, la
science ignore au moins autant l'homme moral. Quelle
religion, quelle philosophie comprendra dans une
vaste synthèse les sciences positives et les besoins de
l'âme ?... Tel est le problème posé à notre siècle,
aussi simple à définir que difficile à résoudre. La vérité absolue n'est pas de ce monde; bon gré mal gré,
nous vivons d'hypothèses. Mais l'humanité sait, je
crois, se créer l'hypothèse dont elle a besoin quand

l'heure est venue... Cette hypothèse salutaire ne peut être en contradiction avec nos sciences positives; d'autre part, elle serait inutile et vaine, si elle ne relevait la dignité humaine, si elle n'aidait l'homme dans la lutte contre soi-même, lutte éternelle bien autrement pénible que ses combats contre les obstacles de la nature. Ne désespérons point... ces deux victoires sont liées l'une à l'autre, tout développement moral étant impossible sans un développement intellectuel et matériel correspondant.

20 décembre 1875.

18° Sud, 26° Ouest.

. — Le soleil se couche à l'horizon dans un ciel très-pur, les nuages cotonneux le parsèment çà et là sans troubler sa transparence générale ; nous verrons la lumière zodiacale quand l'atmosphère deviendra assez sombre pour permettre de distinguer les étoiles.

X. — Elle est, en effet, presque toujours visible sous les tropiques le soir ou le matin.

M. — La direction de son grand axe coïncide sensiblement avec le plan de l'équateur solaire, aussi divers astronomes ont-ils considéré cette lumière zodiacale comme une réflexion des rayons solaires sur les restes les plus ténus de la nébuleuse génératrice de notre système, molécules indépendantes formant un anneau de poussière analogue à l'anneau de Saturne. Peut-être le frottement de cet anneau contre le milieu ambiant

atténue-t-il peu à peu la vitesse de ses molécules nc
stituantes, alors l'attraction solaire l'emportant de
plus en plus, la matière zodiacale contribuerait à entretenir la combustion de l'astre central.

X. — Sous les tropiques, son éclat surpasse souvent
celui de la voie lactée; mais à Suez, je l'ai trouvée
d'une magnificence toute particulière. Elle s'élançait
au-dessus des montagnes de la mer Rouge, comme un
superbe faisceau lumineux; ses côtés bien arrêtés
tranchaient vivement sur l'obscurité du ciel, sa pointe
aiguë, en fer de lance, s'accusait avec une netteté
parfaite. L'atmosphère est là, il est vrai, d'une diaphanéité exceptionnelle.

M. — Aussi n'ai-je pu m'expliquer comment un
phénomène si éclatant avait pu échapper, en Orient,
pendant tant de siècles, aux consciencieux adeptes
de l'astronomie contemplative. On conçoit, au contraire, qu'il ait pu passer longtemps inaperçu dans
nos climats. Il n'est théoriquement visible le matin
qu'aux environs des équinoxes d'automne et le soir
aux équinoxes du printemps; rarement il est assez
remarquable pour éveiller l'attention.

Peu à peu nous vîmes s'éteindre la lumière crépusculaire et les étoiles apparaître suivant leur ordre de
grandeur. La voûte céleste s'assombrissait, mais au
point où l'astre du jour s'était dérobé à nos regards, le
firmament conservait son éclat dans la direction des
constellations zodiacales, comme si le soleil en dispa-
raissant projetait une longue effluve lumineuse.
Sur les bords et la pointe du fuseau bien dessinés
par leur forme, sinon par leurs limites, la dégradation de la lumière était insensible... on pouvait esti-
mer à près de 45 degrés la longueur de la bande
éclairée.

23 décembre 1875.

8° 40' Sud, 25° 30' Ouest.

Il était environ dix heures du soir, les nuages blancs des alizés aux formes variées, mais toujours arrondies, parcouraient à grands pas la voûte céleste ; les étoiles brillaient de ce doux éclat qui donne un aspect de calme profond au firmament des tropiques. Appuyé sur le bastingage de tribord, je causais avec l'abbé, quand tout à coup une lumière assez vive pour éclairer tout le navire, éclatant derrière nous, nous fit nous retourner. Cette clarté venait de l'Ouest, où un magnifique bolide de forme sphérique illuminait l'horizon. Il avait au moins la moitié du disque lunaire, et semblait décrire, avec la vitesse des étoiles filantes, une ligne droite à 8 ou 10 degrés au-dessus de l'horizon dans la direction Nord et Sud. Il éclata ou du moins il lança une lumière plus vive au moment de sa disparition.

M. — Notre terre, dis-je à l'abbé, vient probablement de s'enrichir de nouvelles matières, aux dépens du milieu qu'elle parcourt, peut-être de pierres météoriques, bien qu'un cardinal ait déclaré, à Humbold lui-même, l'impossibilité de la chute de pierres provenant de l'espace, parce qu'elles casseraient le cristal des cieux.

A. — Voulez-vous nous faire passer pour des ignorants ?... N'avons-nous pas l'abbé Moigno ?...

M. — Et le P. Secchi, qui est une autorité autre-

ment sérieuse... Vous avez toujours compté d'illustres
savants parmi vous, sans parler du cardinal Nicolas
de Cusa, l'un des premiers apôtres du système de
Copernic... Comment font-ils pour accorder leurs théories scientifiques avec leurs croyances théologiques,
c'est leur affaire, mais je ne voudrais pas m'en
charger.... Voyez comme aujourd'hui le firmament
offre à notre intelligence une conception de l'univers différente de celle du passé. Les espaces sont
pour nous remplis de corps variés à tous les points
de vue possibles : grandeur — ici des soleils, là
des pierres errantes moins grosses que le poing ;
densité — ici des aérolithes plus lourds que nos roches les plus denses, là de la matière cométaire si
ténue qu'elle défie toute appréciation. Voici une
comète dont la queue, lors de son passage au périhélie, part des environs du soleil et dépasse de beaucoup l'orbite terrestre. En revanche, combien de
comètes, par leur petitesse, échappent au télescope !... Képler, doué d'un vrai génie prophétique,
avait déjà dit : Il y a autant de comètes dans le ciel
que de poissons dans l'Océan. Toutes nos études modernes confirment la justesse de la comparaison. Les
étoiles filantes sporadiques, véritable pluie de lumière, à certaines époques de l'année, sont de petites
masses de matière errant dans l'espace avec une
vitesse planétaire, et qui, probablement, s'enflamment
au contact de notre atmosphère, par suite de la chaleur développée par le frottement. Des masses gazeuses
incandescentes, des nuages de poussière fine au delà de
toute compréhension, de véritables rochers, parcourent
en tous sens l'éther. Tantôt les astres de notre système
les absorbent ; tantôt ils continuent à décrire leur
ellipse autour du soleil, ou, poursuivant leur course

parabolique, s'enfuient dans les profondeurs de l'infini. Notre système solaire lui-même nous offre un spectacle d'une grande complexité. Entre Mars et Jupiter, circule le monde des planètes télescopiques, si petites qu'il en est dont la France égale la surface. Par leur nombre, elles reprennent l'importance que leur taille leur faisait refuser. Grâce à elles, notre système se divise en trois régions bien distinctes: 1° la région supérieure, composée des planètes les plus éloignées, astres énormes de faible densité, escortés de nombreux satellites ; 2° la région moyenne — leur région à elles — vraie fourmilière d'astéroïdes; 3° la région inférieure comprenant des astres moyens, lourds, dépourvus de satellites... Dans le plan de l'équateur solaire, s'étend l'impalpable poussière de la lumière zodiacale... Différents phénomènes météoriques, les froids des environs du 10 mai, par exemple, la disparition du soleil en plein jour appuient de grandes probabilités l'hypothèse de l'existence d'anneaux d'aérolithes circulant entre la terre et le soleil. Presque en dedans de l'orbite de Jupiter, les comètes d'Encke, de Gambart, de Faye croisent dans leur course les astres inférieurs et le monde des petites planètes ; la comète de Halley franchit l'orbite de Neptune. La variété de couleur des étoiles filantes nous donne le droit de conclure à la variété de leur composition chimique. Les espaces éthérés ne nous apparaissent plus comme de grands vides; la matière s'y manifeste sous toutes les formes, à tous les états. Le firmament n'est plus une vaste solitude; il se peuple, s'anime, fourmille, comme l'Océan, d'infusoires et de gigantesques cétacés... L'aliment ordinaire des baleines consiste en petits mollusques, en crustacés longs de quelques millimètres, en zoo-

phytes dont le corps est mou comme de la gelée ; mais
le nombre de ces êtres étant immense, elles n'ont
qu'à ouvrir la gueule pour les engloutir par milliers.
De même le soleil, en parcourant les espaces, s'assi-
mile les petits corps errants en nombre infini qui
flottent dans l'éther, s'en nourrit pour ainsi dire,
entretenant, par leur combustion, ses propriétés
physiques.

26 décembre 1875.

30' Sud, 24° 20' Ouest.

M. — Aujourd'hui dimanche, cher abbé, hier
Noël — messe deux jours de suite — pour le coup,
nous aurons du vent.

A. — Le vent n'est pas tout dans le monde ; je
vous répéterai à satiété les mêmes paroles : il faut faire
sa petite part au cœur humain. Cette fête de l'enfance
n'est-elle pas touchante ?

M. — Je trouve tout naturel de célébrer, par des
fêtes, la naissance et la mort du Christ... il a joué
un assez grand rôle dans l'histoire de l'humanité.
Ce n'est pas sa faute, si l'avidité de ceux qui parlent en son nom a reconstruit pierre à pierre l'édifice
de mensonge, d'hypocrisie et d'injustice qu'il s'était
donné mission de renverser... non, je n'ai nulle raison
pour protester contre ces fêtes ; ceci dit, avouez que
nous célébrons, comme de vrais païens, la naissance
du Sauveur. Dans cette fameuse nuit de Noël, on vide
trop de bouteilles et l'on remplit trop de filles... Dans

les pays espagnols, — les seuls où la foi soit encore sincère — les églises tiennent du théâtre, du café-concert, voire même d'autres lieux moins canoniques. L'Eglise, sans doute, dans les premiers siècles, a voulu christianiser le monde, mais, voyant bientôt combien la tâche était rude, elle a trouvé plus simple de se faire païenne. En Bretagne, dans mon pays, la révolution religieuse a surtout consisté à mettre des croix sur les men-hir, à bâtir des chapelles près des sources vénérées des druides pour conserver à celles-ci leurs vertus magiques. Le catholicisme breton, qu'un parti prétend exploiter, est une défiguration du vieux druidisme dépouillé de sa grande doctrine de la graduelle élévation de l'âme, sorte de transformisme dans le monde de l'esprit. L'Église s'est dit avec loyauté, avec ingénuité même : Pour régénérer l'humanité, il faut que je la gouverne. Gouverner devint donc votre unique pensée. Votre intention était excellente... Mais par l'entraînement de la lutte, l'Eglise fut bientôt conduite à confondre le but et le moyen ; ainsi se trouva-t-elle lancée sur une pente fatale... Depuis, tous ses actes sont une longue suite de capitulations de conscience pour saisir le pouvoir. Le bien est devenu ce qui vous est utile ; la morale, c'est votre intérêt.

A. — Affirmer n'est pas prouver... citez-moi un texte émané d'un concile ou d'un pape, où se trouve un seul mot en contradiction avec la morale la plus austère...

M. — Ne parlons pas du christianisme de Chateaubriand et de quelques poètes, son seul défaut est de n'avoir jamais existé. Laissons cette utopie, la plus utopique des utopies... alors nous nous trouvons en présence de réalités fort tristes. Quel exemple donné à l'humanité par la chaire pontificale de Boniface VIII à

Paul IV, le réformateur sincère, mais cruel ? Ces pon-
tifes n'ont porté, dites-vous, dans leurs paroles ou
écrits officiels, aucune atteinte à la morale, mais leur
conduite ne criait-elle pas plus haut que leurs encycli-
ques ?... Est-ce moral de féliciter Charles IX du
massacre de la Saint-Barthélemy ? *Est-ce moral
d'offrir, sur les autels, à la piété des fidèles l'image de
Clément, l'assassin de Henri III ?...* Vous vous récriez,
quand je dis : Pour vous le bien ne tarda pas à devenir
ce qui vous est utile... voyons comment, au début de
notre histoire, l'Église comprend la morale : « Le roi
Clovis, dit saint Grégoire de Tours, pendant son séjour
à Paris, envoya en secret au fils de Sigebert, lui faisant
dire : « Voilà que ton père est âgé, et il boite de son
« pied malade ; s'il venait à mourir, son royaume t'ap-
« partiendrait de droit, ainsi que notre amitié. » Séduit
par cette ambition, Chloderic forma le projet de
tuer son père... » Après le meurtre, Chloderic envoie prévenir Clovis pour partager avec lui le trésor
paternel. Le roi des Francs expédie aussitôt quelques-
uns des siens au parricide. *Les hommes de Clovis di-
rent à Chloderic, devant le coffre où Sigebert amas-
sait ses pièces d'or : « Plongez votre main jusqu'au
fond pour trouver tout. »* Lui l'ayant fait et s'étant
tout à fait baissé, un des envoyés leva sa francisque
et lui brisa le crâne. Interrogez n'importe quel
sceptique, matérialiste ou athée, et demandez-lui
ce qu'il pense de Clovis : *c'est un abominable
coquin*, diront-ils d'un commun accord. Voici le
jugement d'un évêque, de saint Grégoire de Tours,
d'un évêque *canonisé* : « Clovis reçut donc le royaume
et les trésors de Sigebert, et les ajouta à sa domination. Chaque jour, Dieu faisait tomber ses ennemis sous sa main et augmentait son royaume, *parce*

*qu'il marchait le cœur droit devant le Seigneur, et fai-
sait les choses qui sont agréables à ses yeux...* » Ah! mais
Clovis était l'homme des évêques, cela suffit...

A. — Vous remontez à une époque de pleine barbarie.

M. — Les choses ont-elles changé depuis ?... Au
2 décembre ne vous a-t-on pas vu accourir aux pieds
d'un autre assassin et baiser les premiers sa botte sanglante ?

X. — On ne se querelle pas le jour où l'on passe la
ligne, dit X. en riant, à qui je sus gré de me tendre
la perche pour sortir d'une discussion devenue pénible ; depuis vingt-quatre heures, nous sommes dans
ce vieux courant équatorial, sujet déjà de tant de ba-
vardages... Regardez comme la mer a pris depuis hier
une teinte nouvelle, à son beau bleu a succédé le vert
olive. Çà et là, sous une eau vert-bouteille on distingue
de larges plaques noires semblables à des hauts fonds.
Non loin de nous se trouve, d'après de vieilles cartes,
la fameuse île Saint-Paul, qu'on s'est décidé à rayer des
cartes modernes. Peut-être a-t-elle réellement existé et
s'est-elle abîmée dans quelque tremblement de terre.

27 décembre 1875.

1° 40' Nord, 21° Ouest.

De fréquents éclairs nous annoncent l'approche du
pot au noir. Les vents varient d'intensité à tout moment et sautent dans toutes les directions. A la place
des gais nuages des alizés, errent, dans un ciel grisâtre,
de basses nuées lourdes et noires... Le courant équatorial nous a poussés à l'O. de 15 lieues en vingt-
quatre heures.

28 décembre 1875.

3° 10' *Nord*, 23° 40' *Ouest*.

Petite brise très-variable. — Le courant nous porte
toujours à l'O. — Eclairs fréquents, temps sombre.
— La brise tombe complétement; la mer est très-
calme. Vers 2 heures du matin, pendant 1 ou 2 minutes, on signale, autour du navire, un bouillonne-
ment très-semblable à celui que produirait un dégagement de gaz. Quelques hommes, témoins de ce
singulier clapotis, l'attribuent au sautillement d'un
banc de poissons, d'autres affirment qu'il n'y ressemble en rien...

L'officier de quart penche pour le dégagement de
gaz. Aucune odeur particulière ne s'est manifestée;
néanmoins, la fréquence des commotions sous-marines en ces parages donne à cette dernière opinion
un air de possibilité... La mer a pris un moment cette
teinte noire observée par la même latitude au voyage
d'aller.

2 janvier 1876.

9° 20' *Nord*, 20° 20' *Ouest*.

Calme sans gouverner. — Des requins jouent autour
du navire, on leur a jeté un émerillon garni de lard.

Pas une ride à la surface de la mer, une quarantaine de cachalots dorment sur l'Océan tranquille, leur vaste dos noir apparaît comme la carène d'un navire chaviré.

Des multitudes de goëlands s'ébattent, tantôt nageant, tantôt voletant, autour de bancs de poissons qui couvrent la mer sur de vastes espaces. De blancs paille-en-queue planent au-dessus du navire avec leurs deux longues plumes caractéristiques qui vibrent à chaque coup d'aile; ils nous disent, par leurs cris, que la terre d'Afrique n'est pas loin.

Une grande rumeur à l'arrière annonce la prise d'un requin. Les matelots hissent avec joie leur ennemi; l'homme de mer a contre le requin une haine implacable, il se sent toujours à la veille d'être dévoré mort ou vif par l'abominable squale. On se défie de sa redoutable queue dont il bat l'air et le pont avec une violence inimaginable. Il faut voir les bonds de ces monstres à bord pour se faire une idée de leur puissance musculaire. On comprend alors les prodigieuses vitesses atteintes par certains poissons, vitesses égales à celles de nos chemins de fer. Un poisson est un double muscle, quand on a retiré les deux muscles destinés à courber latéralement la colonne vertébrale, il ne reste rien de l'animal. Les matelots abattent avec la hache cette queue terrible, dont un seul coup briserait un membre; de la plaie s'élance un gros jet de sang rouge. Peu à peu les forces du squale s'éteignent; mais, jusqu'au dernier moment, il faut craindre les contractions de sa gueule. On ouvre la hideuse bête et l'on pose son cœur sur un plat; pendant une demi-heure, il fonctionne isolé, et l'on suit les mouvements rhythmiques de l'oreillette et du ventricule. Le docteur nous montre au microscope les globules elliptiques du sang.

Il était temps de prendre le requin, car les feux sont allumés et nous mettons en route à la vapeur.

L'état singulier de l'atmosphère tient, sans doute, à la proximité de la côte d'Afrique. Qu'est-ce qui flotte ainsi dans l'air et en altère la transparence?... Le soleil, en plein midi, est si peu lumineux qu'on peut en contempler, à l'œil nu, sans fatigue, le disque rouge. Est-ce de la brume?.. On voit à grande distance, on voit même l'horizon, ou du moins un faux horizon bien parallèle à l'horizon réel. Le ciel est gris et terne, rien ne signale cependant une grande humidité. D'impalpables poussières flottent-elles dans l'air?.. Des poussières pourraient-elles produire les singuliers effets de mirage dont nous avons été témoins?

L'heure du coucher du soleil approche... Peu à peu l'astre pâlit, on le voit s'éteindre graduellement, puis disparaître à une quinzaine de degrés au-dessus de l'horizon, où l'on ne distingue aucun nuage. L'opacité de l'atmosphère semble très-uniforme. On a cessé évidemment de voir le soleil, parce que ses rayons inclinés avaient à traverser une quantité de plus en plus épaisse de la matière répandue dans l'air.

L'atmosphère prend partout une teinte rouge. Plus vive vers le couchant, cette teinte rouge est réfléchie par la mer calme, de même couleur que le ciel. L'horizon recule étonnamment.

Vers l'heure astronomique du coucher du soleil, le spectacle qui s'offre à nos regards est vraiment étrange. Les poissons-volants, les thons ou bonites qui les chassent, troublent seuls de leurs bonds la surface des eaux ; le ciel rose à l'orient est au couchant d'un pourpre magnifique. La mer reproduit cette ardente atmosphère en miroir fi-

dèle. Malgré l'identité de couleur du ciel et de l'O-
céan, l'horizon est bien défini, mais — là est le côté
saillant du phénomène — prodigieusement relevé à
l'Ouest. La mer semble avoir une pente considérable
au bas de laquelle marche le navire. L'illusion est
complète de ce côté, la surface de l'Océan semble
faire un angle de 10 à 15 degrés avec le plan
horizontal du lieu. Cette course silencieuse au bas
d'une mer inclinée, rouge et plate, est un des phénomènes les plus extraordinaires auxquels j'ai assisté
dans mes voyages.

4 janvier 1876.

14° Nord, 19° 53' Ouest.

Calme. — A 2 heures de l'après-midi, on annonce
la terre, si l'on peut donner le nom de terre au petit
îlot bas de sable blanc qui se montre très-distincte-
ment par bâbord.

M. — Mais c'est impossible de voir la terre à si
petite distance... nous avons eu à midi une excellente
latitude; de plus on a sondé sans trouver fond.

X. — Nous devons être sous l'illusion d'un mirage... ce banc à fleur d'eau est sûrement une
terre élevée et très-distante. Cependant on se
croirait sur le point d'échouer sur cette grève, tant
elle paraît près de nous... Ah! on sonde... on ne saurait manquer à cette précaution, quand les cartes et
la raison sont en si parfait désaccord avec les sens.

M. — 85 mètres de fond... Cette concordance complète de la sonde et des observations ne nous permet pas de douter de notre point, et cependant...

X. — Il est dur de n'en pas croire ses yeux, n'est-ce pas? D'après le relèvement de l'îlot de sable, ce doit être quelque blanc terrain du cap Manuel vivement éclairé par le soleil. Latitude observée, chronomètre, sonde, relèvements, sont trop d'accord pour nous permettre un instant de croire à une erreur.

M. — J'estimerais que, dans quelques minutes, nous allons faire tête sur ce banc... cependant, il faut bien l'avouer, il recule à mesure que nous avançons... si sa position réelle avait concordé avec sa position apparente, nous serions déjà échoués.

X.— J'ai assisté, par calme, sur nos côtes, à des phénomènes bien plus bizarres... Dans la Déroute — dangereux passage, où les débris de la flotte de Tourville cherchèrent un refuge, après la bataille de la Hogue,— entre la côte de Normandie et les îles normandes, tout l'équipage d'un petit navire, sur lequel j'étais alors embarqué, a pu voir une bouée de deux mètres prendre l'aspect d'un grand phare. Nous quittions le groupe si serré des petits îlots de Chausey, quand le mirage commença... Maîtresse Ile a bientôt l'aspect d'une terre colossale, aux flancs abrupts, les rochers qui l'entourent s'élèvent en colonnes... puis ces colonnes s'élargissent par leurs sommets, pour s'unir entre elles et avec Maîtresse Ile, d'où semble partir de chaque côté un prodigieux viaduc aux arches gigantesques. A notre droite, la grève si plate, surtout à basse-marée, se transforme en rive escarpée ; enfin, devant nous, à grande distance, nous voyons surgir un phare inconnu. Nous avions trop la pratique de cette route pour prendre grand souci de ces illusions diverses. L'orgueilleux phare diminue à mesure que nous en approchons, et quand nous en sommes à un demi-mille, ce n'est plus qu'une modeste bouée.

M. — Nous devons, sans doute, une partie des fables de l'Odyssée aux mirages si fréquents de l'Archipel grec... Des gens ignorants de toutes les lois naturelles, si étrangement dupes de leurs sens, devaient se croire le jouet de capricieuses divinités... Bien des miracles, de même, sont des phénomènes naturels inexpliqués.

X. — Le prétendu banc de sable s'élève ; à sa droite, paraît un nouvel îlot de teinte sombre, sa couleur nous a empêchés de le distinguer plus tôt dans cette atmosphère si singulièrement voilée, car il est déjà haut sur l'horizon. C'est la petite île de Gorée ; au binocle, on distingue le fort qui la couronne.

M. — Notre fameux îlot de sable n'est bien, en effet, qu'une vaste tache blanche des roches du cap Manuel.

X. — On voit maintenant les Mamelles ; sur l'une d'elles, on a bâti un superbe phare, l'orgueil de la côte d'Afrique. Dakar méritait cette faveur. Du Maroc au cap de Bonne-Espérance, c'est la situation la plus favorisée. Saurons-nous en tirer parti ?... Il est permis d'en douter. Le Sénégal n'est déjà plus que la ferme de l'infanterie de marine, comme l'Algérie est la ferme de l'armée.

7 janvier 1878.

Le courrier d'Europe arrive et nous apprend que

'introuvable Assemblée, nommée dans un jour de l
malheur, vient d'élire des Sénateurs républicains.
Après un tel événement, il faudrait être aveugle pour
ne point voir combien la force des choses domine
parfois la volonté de l'homme, et l'on répète avec Bos-
suet : « L'homme s'agite, Dieu le mène. »

Nous faisons de l'eau et du charbon avant notre
départ pour la France. Cela semble bien simple de faire
de l'eau et du charbon ; cependant, sur la côte d'Afrique tout entière, c'est, pour ainsi dire, le seul point
où les navires de grand tonnage trouvent de réelles
facilités pour ce travail. Dakar est sur la route de
l'Europe à l'Amérique du Sud et à l'Afrique méridio-
nale. Nous avons rarement, dans nos acquisitions, la
main heureuse; cette fois, nous avons été mieux ins-
pirés, et s'il ne se fonde point d'établissements sérieux
dans une position pareille, il faudra nous en prendre
encore à notre déplorable système d'administration.

L'Angleterre, non contente d'étendre chaque jour
ses possessions du Cap de Bonne-Espérance, jette sans
bruit les fondements d'un nouvel empire sur la côte
occidentale d'Afrique. A force de persévérance, elle
est parvenue à faire pénétrer un certain nombre
d'idées civilisatrices dans la tête de quelques chefs
noirs puissants. Beaucoup moins que nous, elle s'est
préoccupée de faire, mais elle a essayé d'apprendre
aux nègres à faire *par eux-mêmes*. Ses efforts ont été
couronnés de succès, diverses peuplades ont adopté
quelques-unes de nos institutions. Dans l'Apollonie —
le pays des belles femmes — on trouve des écoles fort
bien tenues. Le gouverneur du Cap-Coast cherche à
former une chambre représentative avec les chefs des
diverses tribus... Là même, l'Angleterre prétend introduire son régime parlementaire.

Si donc, comme il est probable, la côte nord du golfe de Guinée se développe sous l'influence anglaise, Dakar en profitera. Quant à la pointe sud du continent africain, c'est déjà un nouveau monde anglo-saxon plein de vie. Dakar est l'escale naturelle entre l'Europe et le Brésil destiné à devenir prochainement, sous l'influence des immigrations allemande, anglaise et américaine, une puissance productrice de premier ordre. La sûreté et la commodité de son port ne laissent rien à désirer pour les navires de toutes grandeurs ; sa rade est juste à mi-distance entre deux grands fleuves, le Sénégal et la Gambie, qui pénètrent profondément dans l'Afrique. C'est enfin le point abordable de la côte le plus rapproché de Tombouctou, la populeuse cité noire.

Dans de semblables conditions, Dakar doit devenir quelque chose en dépit du gouvernement.

Parfois notre bonne administration est prise de velléités économiques, en voici une digne d'elle :

L'ordre suivant arrive de Paris :

Art. 1. La place de médecin d'Assinie est supprimée.

Art. 2. Un cheval du service de l'artillerie sera mis à la disposition d'un médecin de Gorée pour visiter ce poste.

Or :

1° Gorée est distant d'Assinie de 400 lieues.

2° Assinie est sur le continent, et Gorée est une île, comme chacun sait.

La nature avait désigné les peuplades du littoral comme intermédiaires entre le commerce intérieur de l'Afrique et le commerce européen... c'était trop simple. Les grands hommes auxquels notre colonie fut successivement confiée n'auraient eu qu'à rester tranquilles, à voir le commerce prospérer tout seul et les produits de l'industrie africaine affluer à nos comptoirs.

Alors surgit, du cerveau d'un profond génie, cette pensée lumineuse : « Si l'on dissipait à coup de fusil ces intermédiaires, on ferait le *commerce direc'*, on ne payerait plus tribut à ces *parasites,* tout serait bénéfice.» Et depuis, l'administration a pieusement conservé, dans ses traditions, comme pensée fondamentale, cette énorme balourdise. Si l'on disait aux panégyristes de cette brillante conception : « Vous êtes d'abominables socialistes, votre théorie du rôle funeste des intermédiaires est le grand cheval de bataille des Fourier, Cabet, Louis Blanc, le point de départ de tous leurs sophismes, la base de toutes leurs utopies, » vous indigneriez ces gens pour la plupart ultra-conservateurs... cependant, rien de plus vrai.

X. — J'ai passé quelques années à Grand-Bassam ; on y dépensait, bon an, mal an, un petit million pour procurer 500,000 francs d'affaires — je dis d'affaires et non de bénéfices — aux maisons Régis et Renard. Deux mots sur la topographie de ces lieux, pour comprendre ce qui va suivre : la lagune de Grand-Bassam est un lac long, étroit, séparé de la mer, à laquelle il est parallèle, par un banc de sable très-peu large ; la rive nord, ou terre ferme, est prodigieusement riche en huile de palme. Sur le banc de sable intercalé entre la lagune et la mer, s'était établie l'intelligente population des Jack-Jack ; elle remplissait à la satisfaction commune, entre les producteurs et les navires anglais qui mouillaient sur la côte, le fameux rôle d'intermédiaires. On se dit donc : Fondons un poste à l'entrée du lac de Grand-Bassam, à son point de jonction avec la mer, faisons entrer dans la lagune quelques petits

navires de guerre, arrogeons-nous par la force le droit
d'y naviguer seuls ; le rôle des Jack-Jack sera fini,
nous échangerons directement avec les producteurs.
Or, malheureusement pour nous, le commerce anglais
est très-honnête et le commerce français très-malhon-
nête ; les producteurs d'huile de palme, malgré tous
nos efforts, continuèrent donc à échanger avec les Anglais, par l'intermédiaire des Jack-Jack, refusant avec
énergie de se faire voler par nous. Un semblable état
de choses ne se pouvait tolérer. Les chambres de Mar-
seille et de Bordeaux s'en émurent — dans la personne
des deux intéressés. On arriva donc à cette conclusion le plus naturellement du monde : « Il faut détruire
les Jack-Jack. » Ce qui fut dit, fut tenté. Le calcul
était simple : d'une part, expéditions, c'est-à-dire dys-
senteries, coliques sèches, insolations, fièvres pernicieuses pour les pauvres diables, croix et grades pour
les officiers ; — de l'autre, monopole pour les Renard,
Régis et compagnie, avec faculté de rançonner l'indigène sous la protection de nos armes... Ainsi, un noir
arrive à l'un de nos comptoirs de Grand-Bassam avec
de la poudre d'or, le traitant l'examine : « Ta poudre
est sale », dit-il, en la jetant dédaigneusement sur le
sable. Le noir se retire furieux, le traitant ramasse avec
soin le sable, le lave, et en un tour de main en tire la
poudre d'or. On y vendait aux nègres du charbon
pour de la poudre de chasse. Expéditions, coups de
fusil, coups de canon, brûlements de villages, rien
n'y put... notre commerce mourut de ses filouteries,
et nous avons dû fuir ces lieux empestés, engraissés de
nos cadavres, y laissant pour des siècles une réputation
de brigands.

M. — C'est toujours la même politique : besoin de
guerroyer pour des chefs militaires, incapables de

faire autre chose, sous l'impulsion de monopoleurs parés du nom de négociants... Restons à Dakar qui est sain, campons-y fortement, car il est toujours bon de pouvoir montrer bec et ongles à des populations musulmanes ; surtout restons tranquilles... alors, par les intermédiaires, les produits de l'intérieur viendront à nous solliciter l'échange, et le commerce, librement et loyalement fait sous nos yeux, se développera de lui-même.

X. — Mais quels profits tireraient de ce système nos administrateurs grands hommes ?... Intérêt à part, ils sont possédés de la manie *de faire* ; il faut qu'*ils fussent...* quoi, peu importe, mais il faut qu'ils fassent quelque chose, et surtout que rien ne se fasse sans eux. Montrer de l'initiative, c'est porter atteinte à leur pouvoir. Près de Dakar, à Rufisque, une ville se fonde tout naturellement, se développe, prospère... Pourquoi s'est-elle établie à Rufisque, position inférieure à Dakar?... Pour ne pas avoir l'administration sur le dos. Aussi l'administration a prononcé le *delenda Carthago* : « Il faut détruire Rufisque », dit-elle hautement et sans ambages...

M. — Je croirais difficilement à cette ineptie, si je ne l'avais entendue de mes propres oreilles...

X. — Pourquoi Rufisque, aussi, prospère-t-elle sans l'ordre de l'administration?

Dakar est à l'état embryonnaire : on y voit à peine quelques maisons européennes confortables. Les monuments les plus remarquables sont les grands hangars à charbon, l'un des plus sûrs éléments de prospérité de la colonie. Il y a un jardin public, de belles allées d'arbres, des commencements de rues, au milieu desquelles courent de sales aiglons et d'ignobles vautours au cou déplumé, chargés à peu près seuls de l'enlèvement des immondices.

De vieux baobabs donnent à la ville et au paysage une physionomie caractéristique.

Quand on voit les sveltes femmes yoloffes, d'un noir franc, leur démarche légère et dégagée, la finesse de leur peau, les contours délicats de leur corps, la grâce merveilleuse avec laquelle elles se drapent dans leurs cotonnades à fond bleu, leur figure éveillée, fine et spirituelle, leurs attitudes coquettes, on est bien obligé de s'avouer que la beauté pourrait bien ne pas être exclusivement blanche.

Aucune race n'a plus reçu que les Yoloffs le don inné de la distinction dans la tournure et les manières. Les hommes sont grands, bien faits, à part leurs jambes grêles, ils portent avec une élégance grave les vêtements des tableaux bibliques; ils ont la fière tournure des disciples du Coran, sous laquelle, à vrai dire, se cache souvent pas mal de bassesse. En somme, on ne peut nier que la race yoloffe ne soit une race d'élite.

Des communautés élèvent des jeunes filles dans la foi chrétienne; mais dès qu'elles sont en âge de se marier, elles embrassent l'islamisme pour ne point épouser des ivrognes. Entre un chrétien et un musulman, l'ivrognerie est la seule différence ; pour l'un et l'autre, être chrétien, c'est avoir le droit de s'enivrer. Nos prédications n'ont eu qu'une conséquence, l'introduction d'un vice de plus.

Il faut croire que l'islamisme est la religion la plus acceptable pour des populations fétichistes, car elles se répand en Afrique avec rapidité ; ses missionnaires sont nombreux et ardents. Si l'on songe qu'un mouvement analogue se produit dans l'Inde et la Chine.

on arrive à conclure que, de toutes les religions, c'est encore celle de Mahomet, au moment où elle expire en Europe, qui opère le plus de conversions sur le globe.

Derrière la ville européenne s'étendent les gourbis de la ville noire ; on s'y trouve en pleine Bible.

Assurément, les patriarches n'étaient pas des nègres, mais couleur à part, on croit avoir sous les yeux Laban, Abraham et Jacob. L'islamisme, le vrai, l'islamisme arabe — si différent de la religion turque — est, en effet, un simple retour à l'hébraïsme primitif ; par suite, la race yoloffe s'est trouvée refondue dans le moule du judaïsme antique.

Ce sont les mêmes amples draperies, les mêmes mœurs patriarcales, la même vie de pasteurs. La femme est bien, à la fois, la servante soumise et la compagne aimée des vieux patriarches. L'esclavage est bien aussi l'esclavage hébreu ou arabe, si différent de l'atroce esclavage romain ou colonial ; ce n'est pas non plus la barbare servitude du Dahomey ; l'esclave est membre de la famille, par achat, au lieu de l'être par le sang.

Mais j'oubliais que, de par la loi, il n'y a point d'esclaves sur la terre française... il n'y a que des captifs ! !... Ceci me reporte à l'époque de la Restauration où nos rois et princes légitimes criaient, pour faire pièce à Bonaparte : A bas la conscription !... à bas les impôts indirects !... Ils ne faillirent point à leurs promesses, en hommes d'honneur qu'ils étaient : ils abolirent la conscription, pour établir le recrutement, et les impôts indirects, pour établir les contributions indirectes.

Derrière le village noir, s'élèvent des monticules de sable si blanc, que, de la rade, quand le soleil les éclaire, on dirait des monceaux de neige. Ce sont des dunes qui tendent à séparer la presqu'île de Dakar de la grande terre. Là, on peut suivre leur marche ; partant de la mer, au vent, elles s'avancent ondulées comme des vagues, se mouvant d'ailleurs suivant les mêmes lois... Le temps des ondulations diffère, c'est à peu près tout. Les particules sableuses jouent le rôle des molécules liquides sous l'action des mêmes forces, la pesanteur et le vent. Une vague de sable met tantôt des mois, tantôt moins d'un jour ou d'une heure, à faire la route que parcourt, en quelques secondes, la vague marine.

Toutefois, la surface d'un liquide est un plan horizontal, tandis que la pente naturelle des sables est d'environ 40 degrés, aussi le système d'ondulations des dunes se termine-t-il par une pente de 40 degrés. On peut voir les petits grains sableux, arrivés à la crête de la dernière onde, tomber par l'action de la pesanteur à l'abri du vent, et prendre rang sur la surface de pente naturelle.

On est frappé de la netteté de la ligne de démarcation des dunes ; à un mètre du pied de la pente sableuse, on ne voit pas un grain de sable. Ici la dune, et là — à la place où elle sera dans quelques jours — la végétation et la vie, dans toute la puissance qu'elles peuvent acquérir sur de la roche presque nue. Demain ces plantes et ces arbustes en fleurs, sur lesquels jouent des insectes de toutes sortes, seront ensevelis avec les animaux qui ne peuvent émigrer.

A la limite du village et des dunes, se trouvent plusieurs baobabs, colosses trapus du règne végétal, au tronc peu élevé comparativement à leur diamètre énorme et bientôt divisé en grosses branches contournées, au feuillage si maigre et si rare — en cette saison — qu'ils semblent dépouillés par les frimas. Aux extrémités des ramifications des branches tordues, tombent, au bout d'un long pédoncule, les longs fruits ovoïdes, appelés pains de singe. Leur branchage est tellement surchargé d'infects aigles et de puants vautours, que ces oiseaux garnissent ces arbres dénudés, comme d'une sorte de feuillage. Quelques-uns de ces baobabs se noient dans la dune, leur tronc gigantesque a déjà disparu ; leurs premières branches, menacées de submersion, s'étendent à fleur de sable, comme les bras convulsivement tordus d'un géant qui sombre dans un sol mouvant.

10 janvier 1876.

La mer est calme, mais une longue houle du N.-E. nous prévient de la proximité des alizés. Les terres hautes du Cap-Vert s'embrument de la vapeur particulière à la côte d'Afrique. Les Mamelles et leur phare prennent une teinte grise, et l'on voit disparaître à l'horizon les volutes écumantes des flots du large, brisant sur les écueils des Almadies. Au nord de la presqu'île, la côte s'affaisse en plage blanche et sablonneuse.

M. — Si nous avions été assez heureux pour partir avec une bonne série d'harmattan, notre traversée en eût été singulièrement abrégée.

X. — Nous sommes à l'époque où il souffle, une semblable aubaine n'était pas impossible ; mais l'harmattan est rare.

M. — C'est un vent très sec?

X. — Sec au point de disjoindre les maisons en bois de faire éclater les meubles: il gerce la peau qui tombe par écailles, et fait mourir les arbres en absorbant leur séve ; c'est un vent très-salubre... Pendant l'été, il se fait, dans le Sahara, un appel d'air immense, asse puissant pour produire dans le régime des vents de l'Atlantique une inversion complète, et pour transformer, à une distance considérable de la côte, les alizés de N.-E. en vents de S.-O. ; c'est ce que l'on appelle la mousson d'Afrique. Pendant l'hiver l'inverse a lieu, l'harmattan est un vent d'impulsion ; venant du centre du désert, dépourvu de toute humidité, il est extrêmement avide d'eau et dessèche tout sur son passage. L'harmattan opère, dit-on, des cures merveilleuses, met un terme aux épidémies, guérit les fièvres intermittentes et rémittentes, etc..... Mais pour profiter de l'harmattan franchement Est ou même E. S. E., il faut rester extrêmement près de la côte; à quelques lieues, il se compose déjà avec les alizés.

M. — Nous sommes en hiver, nous devons nous attendre à les trouver très-frais et malheureusement d'une direction bien Nord.

X. — Mais, par une compensation nécessaire, nous devons trouver plus tôt la région des vents d'Ouest; car le soleil, en se rendant aux solstices d'hiver, a remorqué à sa suite les diverses zones de vents et de calmes. Tout le système a marché avec l'astre qui le produit, mais dont l'action non-immédiate met en retard les solstices météoriques — pardonnez-moi l'expression et la figure — sur les solstices astronomiques.

16 janvier 1876.

27° 40' *Nord*, 27° 30' *Ouest.*

X. — Jusqu'à présent, nous n'avons pas à nous

plaindre, nous avons trouvé les vents un peu plus Est
que ne le comportait la saison. Mais ici, nous devrions
trouver les calmes ; si les vents de N.-E. persistent,
nous sommes menacés d'une piètre traversée.

M. — En effet, nous devrions entrer dans la zone
des calmes, frontière commune des vents d'Ouest et
et des alizés.

X. — Cette zone, dans cet hémisphère, surtout
dans cette saison, n'a pas la fixité de celle de l'hémisphère sud. Nous en approchons cependant selon toute
probabilité, car le baromètre marque une tendance
manifeste à se maintenir au-dessus de sa hauteur normale. Cette hausse donne de grandes probabilités à la
théorie de Maury, d'après laquelle les calmes seraient
dus, dans le voisinage du trentième degré, au croisement des courants supérieurs de N.-E. venant du pôle
avec les courants supérieurs de S.-O. venant de l'équateur, pour s'y transformer en courants de surface.

M. — Cette élévation du baromètre est, en effet,
bien remarquable, et nous n'avons jamais manqué de
la constater entre chaque tropique et le trentième degré
correspondant.

18 janvier 1876.

31° 40' *Nord*, 30° 50' *Ouest*.

Les vents jouent, le temps se couvre, les nuages cotonneux ont disparu, le ciel perd sa teinte d'azur foncé,
nous quittons les alizés pour entrer dans les calmes et
les vents variables... espérons qu'une bonne poussée
de S.-O. va nous conduire à destination.

23 janvier 1876.

39° 20' Nord, 22° Ouest.

Nous passons au vent de ces terribles Açores où se déchaînent si volontiers des vents furieux. Les forces souterraines se sont dernièrement piquées d'honneur entre Saint-Michel et Tercère ; excitées à la lutte par leurs rivales atmosphériques, elles ont fait surgir, par des fonds énormes, de nouvelles roches à fleur d'eau.

Dans le courant général de la circulation aérienne, les Açores semblent être le centre d'un grand remou local. Au sud de ces îles le vent est Est ; au nord, il court à l'Ouest dans une direction tout opposée ; sa direction la plus ordinaire est le Nord entre les îles et l'Espagne, et Sud, au contraire, entre l'archipel et les Bermudes... Les pics élevés de ce groupe produiraient, dans la circulation aérienne, un tourbillon fixe, semblable à ces remous qu'engendrent les roches saillantes dans les fleuves. La position quasi-centrale de ces hautes terres dans le bassin formé par l'Espagne, l'Afrique, et les deux Amérique, leur assigne, de toute nécessité, un rôle considérable dans les phénomènes météoriques de cet océan.

Le temps est beau, une jolie brise de Sud nous pousse. Les matelots groupés à l'avant du navire chantent en chœur :

> Rien n'est plus beau que ma patrie,
> Rien n'est plus doux que mon amie....

27 janvier 1876.

48° 20' *Nord*, 9° 36' *Ouest*.

X. — Quelle chance nous avons pour notre attérage !..
Beau temps, belle vue, bonnes observations, rien ne
nous manque ; mais en cette saison les affaires s'em-
brouillent vite sur nos côtes. Il ne faut pas chanter
victoire avant d'avoir l'ancre au fond... De fréquentes
brumes vous enveloppent tout à coup, au moment où
l'on y pense le moins.

M. — A midi, la sonde nous a déjà rapporté un
échantillon de la terre de France.

X. — Regardez les cartes d'attérage des côtes d'Espagne, et dites-moi si nous ne sommes pas les enfants
d'un pays béni.... Les falaises abruptes de la presqu'île ibérique s'enracinent immédiatement à de
grandes profondeurs ; au contraire, un magnifique plateau, précédant les nôtres, s'étend d'Ouessant à Saint-
Sébastien ; c'est un fond de sable, de coquilles brisées,
surtout d'herbes marines, merveilleusement propre à
être râclé par le chalut. Le poisson y abonde, la nature
nous a dotés d'un admirable terrain de pêche, et l'Océan
nous offre une mine inépuisable de ressources alimen-
taires. Aussi voyez quels hardis marins peuplent tout
le littoral, l'île de Groix, par exemple ; sur leurs chaloupes pontées, les Croisillons bravent les fureurs de
ce golfe de Gascogne si redouté des plus gros navires.
De temps à autre, il arrive un désastre ; une famille
tout entière disparaît avec un bateau... Qu'importe !

les petits qui jouent sur la grève n'ont qu'une pensée : se mesurer avec l'Océan.

M. — Le calme s'est fait ; quand on se voit environné, si près du but, de pauvres navires obligés de rester en place, on sent l'avantage de la vapeur, et l'on rend grâce à Fulton.

X. — Oui, mais regardez ce nuage qui se lève à l'horizon, c'est la brume...

Bientôt nous voyons courir sur l'eau un brouillard épais, il nous enveloppe un instant ; mais le soleil reparaît dans un beau ciel bien dégagé.

X. — Si peu qu'il ait duré, ce brouillard me semble de mauvais augure.

Les bancs de brume deviennent plus fréquents, plus compacts, plus longs à traverser... la nuit s'est faite ; le ciel s'éclaircit de nouveau, on observe la polaire.

X. Dix heures du soir et nous ne voyons pas les feux d'Ouessant !... c'est à n'y rien comprendre. Cependant nous traversons une flotte de navires qui n'ont certes pas manqué de les reconnaître.

M. — C'est étrange, car il fait très-clair.

X. — Oui, mais Ouessant retient peut-être un banc de brume dont il se voile à nos regards... des terres bien plus basses ont la singulière faculté d'attirer et de retenir les brouillards. D'après Humboldt, il se forme même des nuages au-dessus d'écueils et de bancs submergés.

Tout à coup nous sommes entourés d'une vapeur tellement opaque que, de la passerelle, on ne voit pas le beaupré... et de tous côtés, nous avions en vue des feux de navires.

X. — Le phare n'est pas loin pourtant... On stoppe, et l'on sonde pour passer le temps ; mais les indications de la sonde, dans ces parages, sont peu instructives.

Cette obscurité rend anxieux, surtout si près du but; on entend les cornes à bouquin des navires à voiles, et l'on ne voit rien, absolument rien, à une demi-longueur de navire.

Vers onze heures, il y eut un vrai coup de théâtre. La brume disparaît comme on lève un rideau, les étoiles scintillent dans une moitié du ciel... une belle clarté rouge apparaît un moment pour s'éteindre, une petite lumière blanche lui succède pour grandir et lancer un magnifique éclat... un peu à gauche se montre un beau feu blanc d'intensité constante.

Ce sont les feux d'Ouessant...

Salut, Patrie!...

FIN

Paris. — Typ. Tolmer et Isidor Joseph, 43, rue du Four-Saint-Germain

OUVRAGES DU MÊME AUTEUR :

Paris. — Typ. Tolmer et Isidor Joseph, 43, rue du Four-Saint-Germain.

www.ingramcontent.com/pod-product-compliance
Lightning Source LLC
Chambersburg PA
CBHW050149030726

47505CB00005B/1292